Hans Rath, Jahrgang 1965, studierte Philosophie, Germanistik und Psychologie in Bonn. Er lebt in Berlin, wo er sein Geld unter anderem als Drehbuchautor verdient. Mit seiner Romantrilogie um den vom Leben und der Liebe gebeutelten Anfangvierziger Paul («Man tut, was man kann», «Da muss man durch» und «Was will man mehr») hat Rath sich eine große Fangemeinde geschaffen.

«Hans Raths Geschichte ist skurril, ziemlich tiefsinnig und einfach tierisch lustig!» (Cosmopolitan)

«Ein Volltreffer!» (Gong)

HANS RATH

UND GOTT SPRACH:
WIR MÜSSEN REDEN!

ROMAN

Rowohlt Taschenbuch Verlag

4. Auflage Juni 2014

Veröffentlicht im Rowohlt Taschenbuch Verlag,
Reinbek bei Hamburg, November 2013
Copyright © 2012 by Rowohlt Verlag GmbH, Reinbek bei Hamburg
Umschlaggestaltung any.way, Barbara Hanke/Cordula Schmidt,
nach einem Entwurf der Hafen Werbeagentur, Hamburg
(Illustration: Kai Pannen)
Satz aus der Swift PostScript, InDesign,
bei Pinkuin Satz und Datentechnik, Berlin
Druck und Bindung CPI books GmbH, Leck
Printed in Germany
ISBN 978 3 499 25981 4

*«Wenn es Gott nicht gäbe,
müsste man ihn erfinden.»*

Voltaire

GOTT IST KOMISCH

Mitten in der Nacht steht meine Exfrau vor der Tür.
«Was ist passiert?», frage ich entgeistert.
«Ich brauch deine Hilfe. Meine Ehe steht auf der Kippe.»
«Deine aktuelle Ehe?», stottere ich und streiche mir verwirrt durchs Haar.
«Natürlich meine aktuelle Ehe», erwidert sie patzig. «Welche denn sonst? Unsere Ehe ist seit drei Monaten geschieden. Da kann nix mehr kippen.»
«Danke, dass du mich daran erinnerst», sage ich matt.
«Gern geschehen. Was ist jetzt? Kann ich reinkommen?»
Kalte Nachtluft kriecht an ihr vorbei in mein winziges Apartment.
«Nicht so gern», antworte ich ehrlich.
«Und warum nicht?», fragt sie und späht argwöhnisch über meine Schulter. «Hast du etwa eine andere Frau hier?»
«Was heißt denn: eine *andere* Frau?», frage ich. «Wir sind geschieden. Wenn mir der Sinn danach steht, kann ich hier Bunga-Bunga-Partys feiern, ohne das mit dir abzusprechen.»
«Ja! Das sähe dir wieder mal ähnlich!», ruft sie. «Weil du nicht über mich hinwegkommst, wirfst du dich gleich der erstbesten Schlampe an den Hals, die dir über den Weg läuft.»
Ich seufze. Es liegt mir nicht, mich zu streiten, wenn

ich müde bin. Ellen weiß das. Während unserer Ehe hat sie deshalb am liebsten frühmorgens oder spätabends Krach angefangen.

«Lass uns morgen reden», bitte ich freundlich.

Sie presst die Lippen aufeinander und überlegt. Für Sekundenbruchteile habe ich die Hoffnung, dass sie tatsächlich einlenken könnte. Ein Irrtum, wie ich nach sieben Jahren Ehe eigentlich wissen müsste.

«Dir ist aber schon klar, dass dieses Apartment mir gehört, oder?», pflaumt sie mich an. «Und die Praxis, für die du auch schon eine ganze Weile keine Miete mehr bezahlst, gehört ebenfalls mir. Ich finde, da kann ich durchaus mal einen klitzekleinen Gefallen von dir erwarten.»

Sie sieht mich an. Ich kenne diesen Blick. Wenn ich ihr jetzt die Tür vor der Nase zuschlage, wird sie mir den Strom oder das Wasser abdrehen lassen. Oder beides. Vielleicht droht mir auch die Zwangsräumung. Ellen kann sehr ungemütlich werden, wenn man nicht nach ihrer Pfeife tanzt.

Genervt trete ich zur Seite, damit sie hereinkommen kann.

«Nun hab dich nicht so», sagt sie und marschiert Richtung Küche. «Du hast doch geschworen, für jeden da zu sein, der Hilfe braucht.»

«Hab ich nicht», erwidere ich und schließe die Tür. «Psychologen leisten keinen hippokratischen Eid, falls du das meinst.»

Sie verschwindet in die Küche. «Hast du etwa keinen Weißwein?», höre ich sie rufen. Sie wartet nicht ab, ob ich antworte, sondern beginnt, geräuschvoll meinen Kühlschrank zu durchwühlen.

«Im Eisfach», sage ich und lasse mich müde auf einen Küchenstuhl sinken.

«Im Eisfach? Da kann die Flasche aber platzen», gibt sie zu bedenken.

«Dann mal gut, dass du gekommen bist», erwidere ich. «Du hast mich zwar heute um meinen Schlaf und insgesamt um ein paar Jahre meines Lebens gebracht, aber wenigstens platzt mir obendrein nicht auch noch eine Flasche Weißwein.»

Sie gießt sich ein und hebt fragend die Flasche. Ich nicke und bekomme ebenfalls ein Glas.

«Okay. Schieß los!», sage ich und nehme einen Schluck.

«Wie? Hier? In dieser winzigen Küche soll ich über meine Eheprobleme reden? Ist das dein Ernst?»

«Wo wäre es dir denn lieber? Ich hätte noch ein winziges Bad anzubieten, oder ein winziges Schlafzimmer.»

«Was soll das nun wieder heißen?», bellt sie. «Etwa, dass ich dir kein anständiges Apartment zur Verfügung stelle? Weißt du eigentlich, dass dein guter Freund Adam Weberknecht …»

«Adam Weberknecht ist nicht mein guter Freund. Im Grunde kenne ich ihn kaum.»

«Jedenfalls lebt er seit seiner Scheidung unter einer Brücke!»

«Dann hat er bestimmt mehr Platz als ich. Vielleicht besuche ich ihn mal.»

Sie stößt verächtlich Luft durch die Nase, nippt am Wein und verzieht das Gesicht. «Uh. Teuer war der aber nicht, oder?»

«Zwei Euro irgendwas», antworte ich schulterzuckend.

«Ja. So schmeckt er auch. Vielleicht bringst du Adam Weberknecht eine Pulle davon mit, wenn du ihn unter der Brücke besuchst.»

«Sorry, Ellen. Sobald ich mir wieder Jahrgangschampagner leisten kann, melde ich mich bei dir.»

«Weißt du eigentlich, was dein Problem ist, Jakob?», fragt sie spitz.

«Ja. Dass du mir über den Weg gelaufen bist», erwidere ich.

Sie überhört den Einwand. «Dein Problem ist, dass du ein Weichei bist. Schon die kleinsten Schwierigkeiten hauen dich um.»

«Schön, dass wir jetzt wissen, was mein Problem ist. Vielleicht kommen wir dann jetzt mal zu deinem Problem.»

«Nur, damit das klar ist. Ich will von dir nichts geschenkt. Diese Beratung hier stellst du mir bitte ganz normal in Rechnung, okay?»

«Okay. Mach ich.»

«Allerdings werde ich dein Honorar natürlich zunächst mal mit den ausstehenden Mieten verrechnen. Du bist ja …»

«Schon gut, Ellen», winke ich ab. «Sag mir doch jetzt einfach, was du auf dem Herzen hast.»

Sie nippt an ihrem Wein und sieht sich um. «Diese winzige Küche schlägt mir wirklich aufs Gemüt.»

«Ellen, es ist mitten in der Nacht. Hat das alles nicht Zeit bis morgen? Ich geb dir den ersten Termin. Versprochen. Du kannst meinetwegen gleich um acht Uhr vorbeikommen. Okay?»

Sie nimmt einen weiteren Schluck Weißwein und mustert mich. «Ich hab mir schon gedacht, dass die Praxis schlecht läuft, als du mit den Mieten in Rückstand geraten bist. Aber ich wusste nicht, dass du am Rande des Ruins stehst.»

«Wie kommst du darauf?»

«Ein Psychologe, der mitten in der Nacht noch Termine für den nächsten Morgen vergeben kann, steht ganz offensichtlich finanziell mit dem Rücken an der Wand.»

«Danke für deine Einschätzung», sage ich. «Und jetzt lass uns über dich reden.»

«Du kannst es mir ruhig sagen, wenn du knapp bei Kasse bist.»

«Möchtest du mir was leihen oder dich nur an meiner Not ergötzen?»

Sie überlegt.

«Lass gut sein, Ellen. Als ich erfahren habe, dass unser Ehevertrag nur den Zweck hatte, die Millionen deines todkranken Erbonkels vor mir in Sicherheit zu bringen, hast du für alle Zeit das Recht verloren, dich in meine finanziellen Angelegenheiten zu mischen. Wenn es dich glücklich macht, kannst du mich gerne damit erpressen, dass ich materiell von dir abhängig bin. Aber spar dir bitte deine Ratschläge.»

Sie sieht mich an und zieht die Mundwinkel nach unten. Dabei spannen sich ihre Lippen, was sie immer tun, wenn Ellen zum Angriff schreitet.

Ich komme ihr zuvor. «Und jetzt sag mir endlich, warum du hier bist, sonst gehe ich nämlich wieder ins Bett.»

Es klingelt.

«Da ist er ja», sagt Ellen hastig.

«Wer?»

«Armin. Mein Mann. Du musst ihn zur Vernunft bringen. Er ist rasend vor Eifersucht, und auf mich hört er einfach nicht.»

Wieder klingelt es. Diesmal länger.

Mir schwant etwas. «Du hast gewusst, dass er kommen würde. Du hast ihn absichtlich hergelockt, damit nicht du dich mit ihm herumschlagen musst, sondern ich.»

«Logisch!», antwortet sie. «Wer ist denn hier der Psychologe?»

Ich brauche einen Moment, um zu verdauen, dass meine

Exfrau mich ganz selbstverständlich mitten in der Nacht in ihre Eheprobleme reinzieht.

«Okay. Hat er Drogen genommen?», frage ich. «Oder ist er betrunken?»

Sie schüttelt den Kopf. Wieder klingelt es.

«Moment! Ich komme!», rufe ich in Richtung Haustür und wende mich dann wieder Ellen zu: «Noch was, das ich wissen sollte?»

«Er ist Boxer.»

«Boxer?»

«Ja. Berufsboxer.»

«Da steht ein rasend eifersüchtiger Typ vor meiner Tür, der professionell Leute zusammenschlägt? Hast du sie noch alle, ihn herzubringen?»

Ellen zuckt mit den Schultern. «'tschuldigung, aber ...»

«Welche Gewichtsklasse?»

«Federgewicht», antwortet Ellen.

Ich luge durch den Türspion. Im Halbdunkel kann ich einen Hänfling erkennen, der mir gerade mal bis zum Kinn reicht. Er ist zwar etwas aufgebracht, wirkt aber ungefährlich. Ein beruhigender Anblick.

«Ich komme jetzt raus», sage ich und drehe den Schlüssel herum. Fast im gleichen Moment wird die Tür aufgestoßen, und Armin stürmt in die Wohnung, so schnell, dass ich gar nicht realisiere, wie er zum Schlag ausholt. Im Grunde wird mir erst klar, dass Ellens Mann gleich auf mich eindreschen wird, als seine Faust sich wenige Millimeter vor meiner Nase befindet. Ich habe noch kurz für den hoffnungsfrohen Gedanken Zeit, dass die Sache glimpflich ausgehen könnte, dann höre ich ein Knirschen und spüre einen stechenden Schmerz im Gesicht. Es fühlt sich an, als würde mir jemand die Nase mit einem Vorschlaghammer in den Schädel treiben.

Während ich wie ein nasser Sack zu Boden sinke, beschließe ich, meinen Job an den Nagel zu hängen. Blühen wird mir das nach Lage der Dinge ja sowieso. Es ist traurig, aber wahr, dass meine Praxis miserabel läuft. Bis endgültig die Lichter ausgehen, dürfte es nur eine Frage der Zeit sein. Obendrein bin ich ganz bestimmt kein guter Psychologe, wenn meine Menschenkenntnis so dermaßen schlecht ist wie jetzt gerade. Schade, denke ich, als ich mit einem Krachen auf der hässlichen Auslegware lande. Eigentlich mag ich meinen Job. Außerdem habe ich leider nichts anderes gelernt. Dann wird mir schwarz vor Augen.

Ich erwache in einem Krankenwagen. Mein Kopf dröhnt. Ich spüre ein Pochen hinter den Schläfen. Neben mir sitzt ein schlaksiger Typ mit ungesunder Hautfarbe. Er kaut irgendwas und blättert dabei in einer Illustrierten. «Liegen bleiben», sagt er, ohne hochzusehen.

Ich lege den Kopf wieder zurück, und das Pochen wandert in die Nasengegend. «Könnte ich bitte was gegen die Schmerzen haben?»

«Sorry, aber ich hab mir den Rest der Packung gerade eingeworfen», nuschelt er und schluckt dann ostentativ.

«Sind Sie auch ein Patient?», frage ich irritiert.

Er schüttelt den Kopf. «Ich bin Dr. Kessels. Der Arzt.»

«Aha», erwidere ich verunsichert. «Und warum essen Sie mir dann meine Schmerzmittel weg?»

«Weil ich seit dreißig Stunden auf den Beinen bin und keine Amphetamine mehr habe. Oder wollen Sie, dass mein Magengeschwür mich umbringt?»

«Das nicht. Aber meine Nase tut auch höllisch weh.»

Er seufzt genervt und schlägt mit der Faust gegen die Verbindungswand zur Fahrerkabine. «Mach die Funzel an! Hier hat's jemand eilig.»

Die Sirene jault auf, ruckartig beschleunigt der Wagen.

«Danke», sage ich.

Er winkt ab. «Das wird Ihnen nicht viel nutzen. In der Notaufnahme sind bestimmt noch drei Dutzend Leute vor Ihnen dran. Mit 'ner angebrochenen Nase stehen Sie ziemlich weit hinten auf der Liste.»

«Vielleicht könnten Sie noch mal über mich drüberfahren, bevor Sie mich abliefern», schlage ich vor.

Er lacht heiser, bekommt einen Hustenanfall und bekämpft ihn mit einem Asthmaspray, das er nach einigem Suchen in einer Kiste mit Krimskrams findet. Schwer atmend setzt er sich wieder auf seinen Hocker. «Sie dürfen einen Kettenraucher nicht so zum Lachen bringen.»

Mit quietschenden Reifen kommt der Wagen zum Stehen.

Auf dem Krankenhausflur herrscht Jahrmarktsatmosphäre. Wie der Arzt prophezeit hat, tummeln sich hier ein paar Dutzend Kranke nebst Familien und Freunden. Die meisten plaudern, um die Wartezeit zu verkürzen. Einige telefonieren, andere spielen Karten. Ich soll ein mehrseitiges Antragsformular ausfüllen und mich auf ein paar Stunden Wartezeit einstellen. Immerhin bekomme ich unkompliziert eine Schmerztablette.

Ich suche mir einen Platz und beginne, das Formular zu studieren.

«Und ich dachte schon, ich wäre der Einzige hier, der komisch aussieht», höre ich eine Stimme sagen.

Vor mir steht ein Endvierziger in einem Clownskostüm. Er hat beide Daumen hinter die gepunkteten Hosenträger geklemmt und grinst. Auf seiner Stirn und im angegrauten Dreitagebart sind Reste von Schminke zu erkennen. Scheint so, als käme er direkt aus der Manege.

«Sie sehen aus wie Jack Nicholson in *Chinatown*», sagt er

und setzt sich neben mich. «Guter Film, übrigens. Kennen Sie den?»

Ich überlege, was der Clown meinen könnte, und strecke mich, um in der gegenüberliegenden Glasscheibe zu erkennen, dass der übernächtigte Dr. Kessels meine Nase provisorisch geschient und dabei Unmengen von Pflaster verbraucht hat. Ich sehe aus, als hätte der Kerl mich nicht nur zusammenflicken, sondern abdichten wollen.

Seufzend lehne ich mich wieder zurück und schaue den Clown an, der mich mustert und vermutlich immer noch auf eine Antwort wartet. Inzwischen habe ich leider seine Frage vergessen. Gerade will ich nachhaken, da kommt er mir zuvor.

«Wer hat Ihnen nur so einen sauberen Punch verpasst?» Er wirkt regelrecht fasziniert von meinem Nasenbruch.

«Der Mann meiner Exfrau», antworte ich.

«Der Bursche hat Talent», erwidert der Clown.

«Kein Wunder. Er ist Berufsboxer.»

«Dann sollten Sie froh sein, dass Sie sofort umgefallen sind. Sonst hätte er Sie wahrscheinlich noch schlimmer zugerichtet.»

Ich stutze. «Woher wollen Sie wissen, dass ich sofort umgefallen bin?»

«Ach ... ich hab früher selbst ein bisschen geboxt», antwortet er. «Und das da ...» Er zeigt auf meine Nase. «... sieht nach einem lupenreinen Knockout aus. Ich vermute, bevor sie ‹piep› sagen konnten, lagen Sie bereits am Boden. Und ich vermute auch, der Schlag kam völlig unerwartet, denn einen so schönen Nasenbruch kriegt man praktisch nicht hin, wenn der Gegner die Deckung oben hat.»

Ich muss lächeln. Der Kerl gefällt mir.

Er reicht mir die Hand. «Ich bin übrigens Abel Baumann.»

«Jakob Jakobi», erwidere ich. «Freut mich. Und warum sind Sie hier?»

«Komische Geschichte», sagt Baumann. «Ich hatte heute einen Auftritt bei einer Betriebsfeier. Danach kriegte ich Stiche in der Herzgegend. Organisch ist aber alles in Ordnung. Mir ist das in letzter Zeit schon ein paarmal passiert. Ist wohl psychosomatisch, meint der Arzt.»

«Gut möglich», erwidere ich. «Sind Sie denn beruflich oder privat großem Stress ausgesetzt?»

Baumann nickt. «Kann man schon so sagen.»

«Und belastet Sie das? Fühlen Sie sich oft müde und abgekämpft? Oder schlafen Sie schlecht?»

Wieder überlegt Baumann, dann stutzt er. «Hey! Moment mal! Sie kennen sich aus mit diesen Psychosachen, oder?»

Ab und zu tauchen in meinem Privatleben gewisse Fragetechniken aus meiner Therapiearbeit auf. Eine Berufskrankheit, mit der ich mich inzwischen abgefunden habe. «Stimmt. Ich bin Psychotherapeut.»

«Das ist toll», erwidert Baumann. «Ich soll mir einen wie Sie suchen, damit mein Herzklabaster aufhört. Hat mir eben der Arzt geraten.»

Normalerweise würde ich Baumann jetzt meine Visitenkarte geben und ihn in meine Praxis bitten, aber da Ellens Mann mich im Bademantel zur Strecke gebracht hat, habe ich kein Geld, keine Papiere und erst recht keine Visitenkarten dabei. Außerdem wollte ich eben noch meinen Job an den Nagel hängen. Vielleicht sollte sich dieser Baumann also lieber einen anderen Therapeuten suchen. Einen mit professionellem Auftreten und beruflicher Perspektive.

«Tut mir leid, aber ich praktiziere zur Zeit nicht», lüge ich.

Er sieht mich an und überlegt. «Also, wenn es am Geld liegt…», sagt er dann, «das ist kein Problem. Ich habe Geld.»

«Nein. Es liegt nicht am Geld. Ich befinde mich nur gerade in einer Phase der beruflichen Neuorientierung.»

«Aha.» Baumann wirkt enttäuscht. «Was kostet denn so was eigentlich?», will er wissen. «Nur damit ich mal einen Anhaltspunkt habe.»

«Bei mir dauert eine Sitzung fünfundvierzig Minuten und das kostet achtzig Euro. Wie viel die Krankenkasse davon übernimmt, muss man im Einzelfall sehen. Ich mache bei neuen Patienten immer eine Probesitzung, um herauszufinden, ob die Chemie stimmt. Das wird von den meisten Kassen nicht erstattet.»

«Schade, dass Sie gerade nicht praktizieren», sagt Baumann. «Ich bin mir ziemlich sicher, dass die Chemie zwischen uns beiden stimmen würde.»

Mit gespieltem Bedauern hebe ich die Schultern.

«Und ich kann Sie nicht wenigstens dazu überreden, diese Probesitzung mit mir abzuhalten? Sie wären wirklich zu nichts verpflichtet.» Er zieht einen Hunderter aus seinem Clownskostüm und wedelt mir damit vor der Nase herum. «Die haben mich bar bezahlt. Ich kann mir also eine Probesitzung bei Ihnen leisten. Ich würde im Voraus zahlen. Und 'n kleines Frühstück für uns beide wäre auch noch drin.»

«Sie wollen jetzt sofort ein Therapiegespräch?»

«Ja. Warum nicht? Um die Ecke gibt es ein Café, wo wir reden können. Um diese Zeit ist da bestimmt nichts los. Und Sie müssen hier doch sowieso noch ein paar Stunden warten.»

Da hat er recht. Allerdings behandele ich nur sehr ungern Patienten, die ich noch nicht kenne, außerhalb meiner Praxis und außerhalb der Sprechzeiten. Andererseits könnte ich einen Kaffee und ein ordentliches Frühstück gebrauchen. Außerdem scheint dieser Baumann ein netter Kerl mit überschaubaren Problemen zu sein. Also, warum nicht ein paar Prinzipien über Bord werfen, wenn die Situation es erfordert? Das predige ich meinen Patienten ja schließlich auch immer.

«Einverstanden», sage ich kurzentschlossen und erhebe mich. «Ich hole mir jetzt noch ein paar Schmerztabletten, und dann gehen wir frühstücken. Aber wenn Sie mich schon für die Sitzung bezahlen, dann geht das Frühstück auf mich.»

Baumann nickt erfreut. «Klingt fair.»

Eine halbe Stunde später sitzen wir in einem Café unweit des Krankenhauses. Hinterm Tresen steht eine *macchina* in der Größe eines Caprifischerbootes. Ein kleiner Italiener poliert die Metalloberfläche, als würde er eine Bikinischönheit mit Sonnenmilch einreiben. Seine früh verblühte Ehefrau kümmert sich um alles andere. Wahrscheinlich führen die beiden keine glückliche Ehe, aber immerhin ist der Cappuccino Weltklasse.

«Hat unsere Sitzung eigentlich schon angefangen?», will Baumann wissen, während die Signora uns Fenchelsalami, Parmaschinken und andere Köstlichkeiten auftischt.

«Die frischgepressten Säfte kommen auch gleich», erklärt sie und huscht davon.

«Nein. Sie bestimmen, wann es losgeht», antworte ich an Baumann gewandt. «Wenn Sie bereit sind, fangen wir an.»

«Okay. Ich bin bereit. Was wollen Sie denn wissen?»

«Was möchten Sie mir denn erzählen?»

Baumann nippt an seinem Cappuccino, lehnt sich zurück und verschränkt die Arme vor der Brust. «Was wir heute hier besprechen, das bleibt doch unter uns, oder?»

«Ja. Prinzipiell unterliegen Psychologen der Schweigepflicht. Warum fragen Sie?»

Er merkt auf. «Was heißt denn: prinzipiell?»

Ich zucke mit den Schultern. «Na ja. Wie immer gibt es Ausnahmen. Wenn ich den Eindruck habe, dass Sie eine Gefahr für sich oder andere sind, dann bin ich unter bestimmten Voraussetzungen gesetzlich dazu verpflichtet, das zu melden. Aber solche Fälle kommen eher selten vor.»

Er nickt grüblerisch.

«Haben Sie etwas auf dem Herzen, das juristisch problematisch sein könnte?», frage ich.

Baumann zuckt mit den Schultern. «Was weiß denn ich, was Sie für juristisch problematisch halten? Ich bräuchte schon die Garantie, dass Sie mich nicht einsperren lassen. Das würde mir nämlich gerade überhaupt nicht in den Kram passen.»

«Diese Garantie kann ich Ihnen leider nicht geben», entgegne ich. «Es gibt Gesetze, und an die muss ich mich halten.»

Er seufzt und blickt eine Weile nachdenklich zur Decke.

«Vielleicht möchten Sie noch einmal in Ruhe überlegen, ob Sie überhaupt mit mir sprechen wollen», schlage ich vor. «Wir können das hier einfach vergessen. Sie brauchen auch nichts zu bezahlen.» Mein Blick fällt auf die vor uns stehenden Köstlichkeiten, und ich füge rasch hinzu: «Wäre allerdings nett, wenn Sie mir das Geld fürs Frühstück pumpen würden. Ohne Ihr Honorar bin ich nämlich so pleite wie zuvor.»

Er überlegt immer noch. «Verstehe», sagt er nach einer Weile. «Könnten Sie mir denn versprechen, dass Sie eine solche Entscheidung nicht allein auf Basis der Gesetzgebung treffen, sondern auch von Ihrem Bauchgefühl abhängig machen? – Wissen Sie, ich traue dem Gesetz nicht besonders.»

«Aber Sie trauen meinem Bauchgefühl?», frage ich überrascht.

Er nickt. «Sie haben heute einen Schlag ins Gesicht bekommen. «Offenbar wissen Sie, dass man sich im Leben so sehr irren kann, dass es weh tut.»

Auch ich lehne mich nun zurück und nehme einen Schluck Cappuccino. Wer ist der Mann, der mir da gerade gegenübersitzt? Anscheinend habe ich den netten Kerl im Clownskostüm falsch eingeschätzt. Wer weiß, welche Überraschungen dieser Abel Baumann noch bereithält. Jedenfalls hat er mein Interesse geweckt. «Gut, ich verspreche es», sage ich. «Und nun bin ich gespannt, was Sie mir zu erzählen haben.»

Baumann räuspert sich und lehnt sich vor. In diesem Moment kommt die Signora an unseren Tisch und bringt die frischgepressten Säfte. Dabei macht sie eine hektische Bewegung und rammt versehentlich ihren Ellenbogen gegen meine angebrochene Nase. Für Sekundenbruchteile sehe ich einen makellosen Sternenhimmel. Dann wird mir erneut schwarz vor Augen.

GOTT IST ERFINDERISCH

Ich erwache in einem winzigen Krankenzimmer. Mühsam richte ich mich auf. Kommt mir vor, als hätte ich überall Muskelkater, selbst in Regionen meines Körpers, wo ich niemals Muskeln vermutet hätte. Was ist mit mir passiert? Ich schaue zum Fenster und stelle fest, dass es dunkel wird. Hatte der Tag nicht eben erst angefangen? Seltsam.

Ich teile das Zimmer mit zwei alten Männern. Der eine schnarcht leise, der andere liegt mit weit geöffnetem Mund da und gibt keinen Mucks von sich. Würde die Bettdecke sich nicht im Rhythmus der Atemzüge heben und senken, könnte man den Kerl glatt für tot halten.

Mein Blick fällt auf einen winzigen Fernseher, der an der gegenüberliegenden Wand unterhalb der Decke klebt. Sieht aus, als hätte jemand versucht, ihn so aufzuhängen, dass man möglichst wenig vom Fernsehprogramm erkennen kann. Gerade läuft stumm ein Fußballspiel. Könnte auch Eishockey sein.

Ein leises Knarren. Die Tür öffnet sich und das ebenso dezent wie sorgfältig geschminkte Gesicht meiner Mutter erscheint.

«Er ist wieder unter den Lebenden», sagt sie zu jemandem, den ich nicht sehen kann. «Du musst später rauchen gehen, Schatz.»

«Schon okay», antwortet die Stimme hinter der Tür. Es ist mein Bruder Jonas.

Ein paar Sekunden später stehen die beiden am Kopfende meines Bettes.

«Was ist passiert?», will ich wissen. «Und warum seid ihr beide hier?»

Mutter runzelt vorwurfsvoll die Stirn, dann wendet sie sich zu Jonas. «Hab ich es nicht gleich gesagt? Er wird es uns nicht danken. Wie üblich.»

«Was danken?», frage ich und ärgere mich darüber, dass Mutter in der dritten Person über mich spricht, während ich anwesend bin. Obwohl sie weiß, dass es mich auf die Palme bringt, macht sie das regelmäßig.

Ihr strafender Blick trifft mich. «Wir haben stundenlang in dieser schrecklichen Cafeteria gehockt und darauf gewartet, dass du endlich aus dem Koma aufwachst. Wir waren schon ganz krank vor Sorge.»

«Koma? Was denn fürn Koma?»

Jonas macht eine beschwichtigende Handbewegung und bedeutet mir mit einem Seitenblick, dass unsere Mutter ein wenig übertreibt. Auch das macht sie regelmäßig.

«Es gab Komplikationen bei deiner OP», erklärt Jonas. «Dein Leben stand auf Messers Schneide. Um ein Haar hätten sie dich verloren.»

Die Information dringt nur langsam in mein Bewusstsein. Zugleich spüre ich ein seltsames Unbehagen. Ich habe nicht die geringste Erinnerung an die letzten Stunden. Vermutlich hätte ich meinen eigenen Tod verschlafen. Vorsichtig betaste ich meine Nase. Ich erinnere mich nun wieder an Abel Baumann, die Kellnerin und meinen doppelten Knockout.

«Keine Sorge. Sie haben alles wieder gut hinbekommen», erklärt Jonas.

«Aber du musst uns jetzt hoch und heilig versprechen,

dass du mit dem Trinken aufhörst», sagt Mutter theatralisch.

Ich blicke fragend zu Jonas, der zuckt ahnungslos mit den Schultern.

«Einer Mutter kann man nun mal nichts vormachen», fährt sie fort. «Ich weiß doch, dass die meisten Komplikationen bei einer Vollnarkose auftreten, weil es sich bei den Patienten um schwere Alkoholiker handelt. In solchen Momenten kommt die Wahrheit dann eben doch ans Licht.»

Ich seufze. «Mutter, ich bin kein Alkoholiker.»

«Da habe ich aber von Ellen was ganz anderes gehört. Dem Inhalt deines Kühlschrankes nach zu schließen, ernährst du dich von Billigwein.»

Hätte ich mir ja denken können, dass sich die beiden längst ausgetauscht haben. Meine Exfrau und meine Mutter verstehen sich nämlich blendend. Kein Wunder, denn charakterlich gleichen sie sich wie ein Ei dem anderen. Ich habe ein paar Jahre gebraucht, um zu begreifen, dass ich mit Ellen quasi meine Mutter geheiratet habe, psychologisch gesehen. Das ist zwar schrecklich, aber nachvollziehbar. Ein Therapeut ist ebenso wenig gegen Neurosen gefeit wie ein Zahnarzt gegen Karies. Wobei dieser Vergleich hinkt, weil Zahnschmerzen meist nach ein paar Tagen vorbei sind, während eine neurotische Ehe gerne mal sieben Jahre dauern kann.

«Ellen wollte übrigens auch kommen. Sie hat versucht, ihre Termine zu verschieben. Hat aber nicht geklappt. Sie lässt dich grüßen. Wenn du willst, dann holt sie dich morgen ab.» Mutter zieht ihr Smartphone hervor und entriegelt es mit einem Wisch. «Soll ich ihr simsen?»

«Nein», sage ich. «Und wieso kann ich nicht sofort raus? Mir geht's gut.»

«Sie wollen dich noch eine Nacht hierbehalten», antwortet Jonas. «Ist nur zur Beobachtung.»

«Also ich würde auch keine Nacht länger als nötig in diesem alten, zugigen Kasten bleiben», erklärt Mutter und zupft an ihrer Kurzhaarfrisur. «Wobei ich gesehen habe, dass in den picobello renovierten Einzelzimmern für die Privatpatienten sogar Plasmafernseher hängen.»

«Wie schade, dass ich kein Privatpatient bin», erwidere ich. «Einen Plasmafernseher hätte ich auch gern gehabt, als ich im Koma lag.»

Mutter verzieht ihre schmalen Lippen zu einem spöttischen Lächeln. «Vielleicht kann dir ja dein Bruder eine Nacht in der gehobenen Zimmerkategorie spendieren.»

«Mutter! Bitte!», wirft Jonas mit gespielter Empörung ein. In Wahrheit könnte er stundenlang zuhören, wenn sie ihn über den grünen Klee lobt.

«Wusstest du eigentlich, dass die Bank ihm einen äußerst lukrativen Job in Übersee angeboten hat?»

Ich nicke Jonas anerkennend zu. «Nein. Aber gratuliere. Und wo da genau in Übersee?»

«Was spielt denn das für eine Rolle?», blafft Mutter.

«Ich finde, es ist schon ein Unterschied, ob er künftig an der Wall Street sitzt oder irgendwo in den Anden.»

«Weder noch», erwidert Jonas herablassend. «Sie wollen, dass ich dabei helfe, eine Investmentbank in Florida aufzubauen.»

Wäre Arroganz ansteckend, müsste mein Bruder jetzt auf die Quarantänestation. Und zwar zusammen mit unserer Mutter.

«Florida», wiederhole ich und pfeife anerkennend. «Das ist doch ein Paradies für Rentner, habe ich gehört. Magst du Mutter nicht mitnehmen? Ihr könntet abends am Strand sitzen, Hummer essen und über mich lästern.»

«Schon klar, dass du mich loswerden willst», erwidert Mutter. «Aber ich bleibe natürlich in Berlin. Erstens würde ich unseren Familiensitz nie im Leben verkaufen, und zweitens kümmert sich eine Mutter immer besonders um jenes Kind, das ihr die größten Sorgen bereitet. Bei Jonas weiß ich, dass er seinen Weg gehen wird. Er ist noch nicht mal vierzig, hat einen guten Job und verdient eine Menge Geld. Es würde mich außerdem nicht wundern, wenn er uns bald eine hübsche Amerikanerin vorstellt ...»

«Mutter, ich habe schon verstanden, dass ich dein Problemkind bin», unterbreche ich. «Aber besten Dank für die vielen verletzenden Details.»

«Gern geschehen», entgegnet Mutter mit einem eiskalten Lächeln.

«Deine Befürchtungen sind übrigens unbegründet», fahre ich fort. «Ich komme gut allein zurecht und habe nicht die Absicht, dich um Hilfe zu bitten.»

Mutter zieht verächtlich Luft durch die Nase. «Du kommst allein zurecht? Da höre ich aber ganz andere Geschichten. Ellen hat mir erzählt, du kannst die Miete nicht bezahlen, weder für das Apartment noch für die Praxis. Außerdem scheinen dir die Patienten nicht gerade die Bude einzurennen.» Sie seufzt bedeutungsvoll. «Ein Glück, dass dein Vater das nicht miterleben muss. Er würde sich ganz bestimmt ...»

Ein energisches, kurzes Klopfen lässt sie verstummen. Dann öffnet eine korpulente Krankenschwester schwungvoll die Tür und verkündet: «Ich bitte jetzt alle Besucher mal kurz auf den Flur. Es dauert nur ein paar Minuten. Vielen Dank!»

Die Visite erspart mir Mutters Vortrag über all jene Enttäuschungen, die ich meinem Vater glücklicherweise nicht mehr zumuten muss, weil er vor fünf Jahren das Zeitliche gesegnet hat. Man könnte sagen: in weiser Voraussicht. Knapp vor seinem Siebzigsten ereilte ihn ein Herzinfarkt. Kein ungewöhnliches Schicksal für einen ebenso arbeitsbesessenen wie unsportlichen Alkoholiker. Wobei Vaters tägliche halbe Flasche Scotch oder Brandy nie als Alkoholismus bezeichnet werden durfte. Da er ausnahmslos nach 17 Uhr trank und nie Anzeichen eines Rausches zeigte, galten seine acht bis zehn doppelstöckigen harten Drinks am Tag offiziell immer als kultivierte Variante des Feierabendbierchens.

Routiniert verteilt die Krankenschwester Medikamente. Meine Bettnachbarn bekommen randvolle Tablettenboxen, nach Tageszeiten sortiert. Auf mein Tischchen stellt sie einen kleinen Plastikbecher mit zwei Pillen darin. «Nur ein mittelschweres Schmerzmittel. Reine Vorsichtsmaßnahme, falls Ihnen heute Nacht die Nase weh tun sollte.»

«Danke», sage ich.

Sie nickt und zieht mit den Worten «Der Arzt ist auch gleich da» die Tür ins Schloss. Ich kann für den Bruchteil einer Sekunde Mutter sehen, die gerade auf Jonas einredet. Bestimmt schildert sie ihm meine desolaten Lebensumstände und spart nicht mit düsteren Farben und apokalyptischen Wendungen. Seit Vaters Tod muss ich mir regelmäßig von ihr anhören, dass ich als Psychotherapeut und Stütze der Gesellschaft eine herbe Enttäuschung bin. Mutter glaubt, dass ich in Vaters viel zu große Fußstapfen treten wollte. Psychologisch gesehen ist das ein Totschlagargument, weil alle Kinder zunächst einmal in die Fußstapfen ihrer Eltern treten wollen. Die Frage ist nur, ob man dem vorgezeichneten Weg dann später wirklich folgt oder davon abweicht.

Ich gebe zu, in meinem Fall scheinen die Dinge klar auf der Hand zu liegen. Mein Vater ist der berühmte Psychologe

Bartholomäus Jakobi. Sein Buch über die verkaufspsychologische Wirkung der Spektralfarben gilt als Standardwerk und hat ihm zunächst wissenschaftliche Anerkennung eingebracht, dann diverse Gastprofessuren und damit schließlich eine große Villa in Berlin-Zehlendorf. Obwohl Mutter nicht müde wird, das Haus als unseren Familiensitz zu bezeichnen, lebt sie dort seit Jahren allein und weigert sich, zumindest einen Teil des viel zu großen Anwesens unterzuvermieten.

Erneut wird die Tür geöffnet, und jener schlaksige Typ mit ungesunder Hautfarbe, der sich mir letzte Nacht als Dr. Kessels vorgestellt hat, erscheint.

«Hallo! Wie geht es Ihnen?»

Ich zucke mit den Schultern. «Danke. Eigentlich ganz gut.»

«Das freut mich», sagt er und hustet heiser. «Tut mir leid, dass Sie noch bis morgen hierbleiben müssen, aber ich möchte kein Risiko eingehen. Sonst sterben Sie womöglich ausgerechnet heute Nacht, und dann heißt es wieder, ich hätte die OP verbockt.»

«Und? Haben Sie sie verbockt?», frage ich launig.

«Natürlich habe ich sie verbockt», erwidert er und schielt auf meinen Becher mit Schmerztabletten. «Anfängerfehler. Ich habe der Narkoseschwester eine falsche Anweisung gegeben. Ist aber nur passiert, weil ich seit fast fünfzig Stunden auf den Beinen bin.»

«Hört sich an, als müssten Sie den Laden allein schmeißen», werfe ich ein.

«Sagen wir so: Das aktuelle Gesundheitssystem ist nicht gerade arbeitnehmerfreundlich.» Er lässt meine Pillen nicht aus den Augen.

«Eine würde ich Ihnen abtreten», sage ich. «Die andere brauche ich vielleicht noch selbst.»

«Hey! Das ist aber nett von Ihnen! Danke!» Er fischt eine der Pillen aus dem Plastikbecher und schiebt sie sich in den Mund. «Sie müssen sich jedenfalls keine Sorgen machen. Ich bin sicher, morgen früh ist alles überstanden. Und Ihre Nase dürfte auch wieder wie neu werden.»

«Was genau ist denn eigentlich mit mir passiert?», frage ich.

Er öffnet die Pillenschachtel meines Bettnachbarn und pickt sich ein paar Tabletten heraus, als wären es Erdnüsse. «Nichts Besonderes. Ihr Herz ist stehengeblieben.»

«Oh», erwidere ich verblüfft.

«Nur ein paar Minuten.»

«Ehrlich gesagt klingt das für mich ziemlich lange.»

«I wo!», erwidert er und wirft sich seine gesammelten Pillen in den Mund. «Es klingt dramatischer, als es ist. Stimmt schon, in gewisser Weise waren Sie eine kurze Weile tot. Und vor zweihundert Jahren wären Sie es wohl auch geblieben.» Er lacht kurz auf und hustet ein paarmal. «Aber für uns heute ist das Routine. Kein Grund zur Panik.»

«Dann ist es ja ein hübscher Zufall, dass ich noch am Leben bin.»

«Das ist die richtige Einstellung!», entgegnet er und wendet sich zur Tür. «Ich muss zurück in den OP. Komplizierte Herzgeschichte. Wir sollten ihm beide die Daumen drücken. Kann ich noch was für Sie tun?»

Ich will schon den Kopf schütteln, da fällt mir doch noch etwas ein. «Draußen stehen ein Kerl um die vierzig und eine ältere Dame mit kurzen, dunklen Haaren. Könnten Sie denen bitte sagen, dass ich Ruhe brauche und jetzt nicht mehr gestört werden darf?»

Er lächelt. «Familie, was? Kein Problem. Ich wimmel die beiden ab.»

Im nächsten Moment ist er verschwunden. Sofort meldet sich mein schlechtes Gewissen. Ich benutze eine schäbige Ausrede, um Mutter und Jonas wegzuschicken, obwohl die beiden nur meinetwegen den ganzen Tag im Krankenhaus verbracht haben. Mein Gewissen zwickt mich zum Glück nicht lange. Zum einen werde ich mir noch viele Jahre anhören müssen, wie meine engste Familie heute aufopferungsvoll um mein Leben gefiebert hat. Zum anderen bin ich tatsächlich hundemüde. Meine Notlüge war also lediglich eine kleine Übertreibung. Langsam fallen mir die Augen zu.

Als ich wieder erwache, herrscht tiefste Nacht. Draußen ist es zappenduster. Der Raum wird nur vom matten Schein des Fernsehbildschirms erleuchtet. Meine Bettnachbarn sehen sich einen alten Film an. Die beiden sind nun hellwach. Man hört Tütenknistern und Essgeräusche.

Ich konzentriere mich auf den Bildschirm und erkenne James Stewart. Gerade spricht er mit einem freundlichen Kerl in altmodischer Unterwäsche. Die Szene kommt mir bekannt vor. Das ist einer dieser Streifen, die jedes Jahr zu Weihnachten wiederholt werden. Ich überlege, wie der Film heißt, und erinnere mich, dass James Stewart sich das Leben nehmen will und der freundliche Kerl ein Engel ist, der ihn retten soll. Ich glaube, das Wort *Leben* kommt sogar im Titel vor. Während ich angestrengt überlege, werde ich erneut von bleierner Müdigkeit gepackt. Wieder fallen mir die Augen zu, und wieder werde ich ins Reich der Träume hinabgezogen.

Als ich erwache, fühle ich mich frisch und ausgeruht. Es ist Morgen. Die Wintersonne taucht den Raum in kaltes Licht. Erstaunt stelle ich fest, dass meine Zimmernachbarn verschwunden sind, und zwar mitsamt ihren Betten. Ich setze mich auf und schaue mich um.

«Ich dachte, ein Einzelzimmer wäre Ihnen lieber», höre ich Abel Baumann sagen. Er sitzt etwas versteckt an dem kleinen Besuchertisch vor meinem Bett, hat zwei dampfende Tassen Kaffee mitgebracht und hält mir nun eine davon hin. «Möchten Sie? Ist ganz frisch.»

«Danke.» Ich nehme die Tasse entgegen, überlege aber zugleich, ob ich es Baumann ein bisschen krummnehmen sollte, dass er mir bis ans Krankenbett gefolgt ist. Ich mag ihn zwar, und er hat irgendwie eine gute Aura. Trotzdem muss ich darauf achten, die professionelle Distanz zu wahren. Ich nehme einen Schluck Kaffee. Tut gut. «Wo sind denn die beiden Alten hin, die hier lagen?»

«Die hab ich in ein anderes Zimmer verlegen lassen», sagt Baumann.

Erst jetzt fällt mir auf, dass er sein Clownskostüm gegen einen Arztkittel getauscht hat.

«Arbeiten Sie etwa hier?», frage ich irritiert.

Baumann streicht über seine grauen Bartstoppeln. «Nein. Den Kittel hier hab ich nur geliehen.»

Er sieht mein fragendes Gesicht und fügt hinzu: «Ehrlich gesagt, mache ich das häufiger, dass ich mir ... ähm ... Dinge leihe.»

«Sie leihen sich einen Arztkittel und lassen Patienten verlegen?», frage ich mit kritischem Blick.

Baumann zuckt mit den Schultern. «Wenn mich schon alle hier für den neuen Chefarzt halten, dann kann ich es uns doch auch ein bisschen nett machen, oder? Außerdem schulden die mir was. Immerhin hab ich schon Visite gemacht.»

«Sie haben ... Visite gemacht?», frage ich erschrocken. «Das ist definitiv nicht in Ordnung. Ich hoffe, Sie wissen das.»

Baumann winkt ab. «Ich hab den Leuten nur Mut zugesprochen. Dafür kommt man ja wohl nicht gleich in den Knast, oder?»

«Oh. Da wäre ich mir nicht so sicher.»

«Eigentlich bin ich ja auch nicht der Visite wegen gekommen. Ich wollte sehen, wie es Ihnen geht. Und ich dachte, nebenbei könnten wir einen Termin für unsere erste Sitzung ausmachen. Hat ja gestern nicht geklappt.»

«Stimmt.» Mir fällt ein, dass ich heute entlassen werden soll. Wir könnten uns später treffen. «Sie sind nicht zufällig mit dem Auto da, oder?»

Baumann schüttelt den Kopf. «Ich gehe meistens zu Fuß.»

Ich überlege, ob ich Baumann um Taxigeld bitten soll. Ich schulde ihm ja ohnehin noch das Frühstück. Allerdings spricht es nicht gerade für eine funktionierende professionelle Distanz, wenn sich ein Psychologe ständig Geld von seinem Patienten pumpt. Bevor ich den Gedanken zu Ende denken kann, wird die Tür aufgerissen, und die korpulente Krankenschwester erscheint, diesmal in Begleitung von zwei Polizisten.

«Das ist er», verkündet sie und zeigt auf Abel, dessen freundliches Lächeln nicht über sein urplötzliches Unbehagen hinwegtäuschen kann.

«Können Sie sich als Mitarbeiter dieses Krankenhauses ausweisen?», fragt einer der Polizisten in forschem Ton.

Abel schüttelt den Kopf. «Ich hab den Kittel nur geliehen. Ich wollte ihn gleich wieder zurückgeben ...», beginnt er zu erklären, wird aber von dem anderen Polizisten unterbrochen: «Sie müssen mitkommen.»

Rasch und routiniert haken die beiden Beamten den verdutzten Baumann unter und geleiten ihn zur Tür.

«Entschuldigen Sie die Störung», sagt einer der beiden

zu mir, der andere nickt zustimmend. Abel sieht mich flehentlich an, schweigt aber. Bevor ich etwas sagen kann, sind die Polizisten mit ihm und der Krankenschwester auf dem Gang verschwunden.

Ich brauche ein paar Schrecksekunden, um zu begreifen, dass ich es nicht mit meinem Gewissen vereinbaren kann, Abel Baumann einfach so seinem Schicksal zu überlassen. Er mag noch nicht offiziell mein Patient sein, aber immerhin hat er mich bereits für die erste Sitzung gebucht.

Entschlossen werfe ich die Decke zurück, springe aus dem Bett und will zur Tür hechten, aber mein Kreislauf kommt nach der langen Ruhephase nicht so schnell auf Touren. Ich falle der Länge nach hin. Glücklicherweise wird dabei ausnahmsweise meine Nase nicht in Mitleidenschaft gezogen. Dafür bin ich nun schlagartig hellwach.

Als ich den Gang betrete, sind die Polizisten gerade im Begriff, mit Abel im Fahrstuhl zu verschwinden.

«Moment!», rufe ich. «Warten Sie! Ich komme mit!»

Die Beamten sehen sich erstaunt an, immerhin stellt sich einer der beiden in die Lichtschranke, um die Fahrstuhltür zu blockieren. Ich eile durch den Krankenhausflur und sehe, dass Baumann erleichtert lächelt.

«Stehen Sie denn in irgendeiner Beziehung zueinander?» Der Polizist, der die Fahrstuhltür blockiert, sieht mich argwöhnisch an.

«Herr Baumann ist mein Patient», antworte ich.

Der Beamte mustert meine ungewaschenen Haare und den schmuddeligen Bademantel. Dann dreht er sich zu Baumann, der mit seinem schneeweißen Kittel problemlos als Koryphäe der Humanmedizin durchgehen würde.

«Stimmt das?», fragt der Beamte.

Baumann nickt. «Ja. Das ist mein Psychotherapeut.»

Der Polizist wirft seinem Kollegen einen kurzen, aber vielsagenden Blick zu. Dann bedeutet er mir mit einem Kopfnicken, dass ich ebenfalls in den Fahrstuhl steigen soll.

GOTT IST RATLOS

Mein Plan, Abel Baumann Scherereien zu ersparen, geht total schief. Am Ende kriegen wir beide Ärger. Abel, weil er ein Wiederholungstäter ist. Man hat ihn schon Dutzende Male verhaftet, weil er sich für einen anderen ausgab. Noch vor kaum zwei Wochen war er ein paar Straßen weiter als Architekt unterwegs und koordinierte über mehrere Tage hinweg die Arbeiten an einem riesigen Hotelkomplex. Mit dem Ergebnis, dass nun die Hälfte der Zimmer fehlt, weil Baumann angeordnet hat, diverse Zwischenwände rauszureißen. Er habe die Zimmer größer, heller und freundlicher gestalten wollen, gab er später zu Protokoll. Dummerweise waren die betreffenden Wände von nicht unerheblicher Bedeutung für die Statik des Gebäudes. Anders ausgedrückt: Der Rohbau hätte jede Minute in sich zusammenkrachen können. Die Ingenieure, die nun damit beschäftigt sind, zu retten, was zu retten ist, haben es jedenfalls als ein Wunder bezeichnet, dass das Gebäude überhaupt noch steht.

Der Revierleiter, ein Gemütsmensch mit Walrossbart, macht mir zum Vorwurf, dass ich von alldem nichts wusste. Polizeioberrat Schavinski findet, wenn ich schon als psychologischer Betreuer auftrete, dann sollte ich zumindest eine leise Ahnung davon haben, wen ich eigentlich betreue. Ich verbitte mir kategorisch jede Einmischung in meine Tätigkeit als Psychologe, muss aber insgeheim natürlich zugeben: Der Mann hat völlig recht. Außerdem möchte Schavinski mir ja nur ans Herz legen, künftig etwas besser auf meinen Patienten aufzupassen, damit der Papierkram sich in Grenzen hält.

Zwischenzeitlich meldet einer von Schavinskis Beamten, dass ich mein Krankenbett verlassen habe, ohne die Formalitäten zu erledigen. Ich vermute, die dicke Schwester hat mich verpetzt. Ich soll jedenfalls unbedingt noch unterschreiben, dass ich auf eigenes Risiko abgehauen bin. Das entsprechende Formular werde man der Polizei per Fax zukommen lassen. Ich sehe Polizeioberrat Schavinski an, dass er es mir persönlich übelnimmt, nicht wenigstens den Papierkram im Krankenhaus erledigt zu haben.

Dummerweise kann ich Ellen nicht erreichen. Sie könnte meinen Ausweis holen und ihn mir vorbeibringen. Zumindest das ist sie mir schuldig.

Ich spreche ihr auf die Mailbox, habe aber wenig Hoffnung, dass sie mich bald zurückruft. Als Millionärin ist Ellen eine umschwärmte Frau. Und da die meisten Leute mehr von ihr wollen als nur eine kleine Gefälligkeit, geht sie gewöhnlich erst spätabends die Mailboxliste ihrer Bittsteller durch.

Polizeioberrat Schavinski entscheidet deshalb, dass wir für ein paar Stunden die Gastfreundschaft seines Hauses in Anspruch nehmen werden. So lange nämlich, wie es dauern wird, den Papierkram zu erledigen und abzuklären, ob Baumann hinter Gittern bleiben muss oder nicht.

Man sperrt uns in eine Art Abstellkammer, in der zwei knochenharte Pritschen auf uns warten. An den Fußenden liegen säuberlich gefaltete, dunkelgraue Decken, die schon beim Hinsehen kratzen. Immerhin bekommen wir eine Kanne Kaffee und ein paar belegte Brote spendiert.

Wir frühstücken schweigend. Baumann scheint etwas

auf dem Herzen zu haben. Tatsächlich räuspert er sich nach einer Weile und sagt: «Tut mir übrigens sehr leid, dass ich Sie in diese Lage gebracht habe.»

Ich winke ab. «Immerhin haben wir so Gelegenheit, in Ruhe miteinander zu reden.»

Baumann hebt erstaunt den Kopf. «Heißt das etwa, Sie wollen mir immer noch helfen?»

«Das weiß ich noch nicht», erwidere ich. «Aber wir haben ja beschlossen, dass wir das in einer Probesitzung herausfinden werden.»

Baumann wirkt verblüfft. «Und ich dachte schon, Sie wären stinksauer auf mich. Immerhin sitzen wir meinetwegen in Haft.»

Ich zucke mit den Schultern. «Wenn Leute zu mir kommen, dann stecken sie grundsätzlich in Schwierigkeiten. Das bringt mein Beruf so mit sich.»

Er nickt erfreut. «Das heißt also, wir können sofort loslegen?»

«Wenn Sie möchten, gern», erwidere ich.

«Klar möchte ich. Was wollen Sie wissen?»

«Zum Beispiel, was es für Sie bedeutet, in das Leben anderer Menschen hineinzuschlüpfen.»

«Och. Nichts Besonderes», entgegnet Baumann.

«Warum machen Sie es dann ständig?»

«Um zu helfen.» Er klingt, als würde er sich wundern, dass ich nicht selbst darauf gekommen bin.

«Aha. Und wem hilft es, wenn Sie sich als Architekt ausgeben und ein Hotel unbewohnbar machen?»

Baumann winkt ab. «Mit dem ursprünglichen Konzept wäre es unbewohnbar geworden. Ein idealer Platz, um frustrierte Geschäftsleute auf Selbstmordgedanken zu bringen. Glauben Sie mir, ich habe ein halbes Dutzend Suizide allein im ersten Jahr verhindert. Die sollten mir eigentlich dankbar sein. Bestimmt werden sie jetzt obendrein mit Designpreisen überschüttet.»

«Ich vermute, es kostet eine Menge Geld, Ihr Design wieder rückgängig zu machen. Rechnen Sie also nicht mit allzu viel Dankbarkeit.»

«Ach was! Diese angeblichen Spezialisten für Baustatik sind doch nur gerufen worden, damit der Bauherr jetzt die Versicherung bescheißen kann. Die Statik des Gebäudes ist astrein. Ich hab nur Wände rausgenommen, die man sowieso nicht braucht.»

«Und woher wissen Sie das so genau? Sind Sie etwa Architekt?»

Baumann nickt. «Ist zwar schon eine ganze Weile her, aber ich habe tatsächlich mal als Architekt gearbeitet.»

Ich lehne mich amüsiert zurück und nehme einen Schluck Kaffee. «Heute Morgen haben Sie sich als Arzt ausgegeben. Wollen Sie mir erzählen, dass Sie auch Mediziner sind?»

Baumann zuckt gleichgültig mit den Schultern. «Stimmt aber. Ob Sie es nun glauben oder nicht.»

Ich stelle meine Tasse zur Seite. «Und das gilt natürlich auch für all die anderen Fälle, in denen Sie geholfen haben, richtig?»

Baumann nickt wieder. «Genau. Ich bin vielseitig.»

«Aber Ihr eigentlicher Job ist Zirkusclown», stelle ich fest.

«Wie man's nimmt», erwidert Baumann. «Ich war zwar einige Jahre mit einem Zirkus unterwegs, trete aber heute nur noch sporadisch auf. Man kann mich über so eine Agentur buchen. Ich mache Kindergeburtstage, Hochzeiten, Weihnachtsfeiern. Eben alles, was so anfällt.»

«Als dieser Schavinski über Sie gesprochen hat, da klang es, als wären Sie in allen möglichen Branchen unterwegs.»

«Bin ich ja auch», stellt Baumann fest.

«Und wie muss ich mir das vorstellen?», frage ich. «Was haben Sie in letzter Zeit so alles gemacht?»

Er legt den Mittelfinger an die Stirn und beginnt, sie mit kleinen, kreisenden Bewegungen zu bearbeiten. «In letzter Zeit», murmelt er und überlegt. «Da war ich zum Beispiel Jugendrichter ...»

«Weil Sie natürlich auch Jura studiert haben», hake ich ein und bemühe mich, sachlich zu klingen.

«Genau. Ich gebe aber zu, das ist auch schon eine ganze Weile her», erwidert Baumann ungerührt.

«Und was haben Sie da so gemacht? Als Jugendrichter, meine ich?»

«Unter anderem ein paar Kids freigesprochen, die wegen diverser Einbrüche angeklagt waren.»

«Hatten Sie Mitleid, oder waren die Kids wirklich unschuldig?»

«Sie haben versucht, ihre großen Brüder zu decken.»

«Dann haben Sie diesen Kids also geholfen, eine Straftat zu vertuschen.»

«Nicht ganz», sagt Baumann. «Ich habe wenig später als Staatsanwalt noch dafür gesorgt, dass die wahren Täter verhaftet werden.»

«Sie waren also auch Staatsanwalt», stelle ich fest und muss mich erneut bemühen, nicht ironisch zu klingen. «Haben Sie sich dann auch noch bei der Strafkammer eingeschlichen und die Bande höchstpersönlich verurteilt?»

Baumann wiegt den Kopf hin und her. «Das wollte ich, aber die haben mich beim Fälschen von Beweisen erwischt.»

Ich schweige einen Moment. «Welche Jobs haben Sie noch so angenommen?»

Baumann nippt an seinem Kaffee. «Mal überlegen. Ich war Sprengstoffexperte, Bankangestellter, Kernphysiker, Feuerwehrmann, Kapitän ...»

«Schiffskapitän oder Flugzeugkapitän?», frage ich und bin nun doch amüsiert über Baumanns Aufzählung. Wie zur Hölle schafft man es nur, sich in derartige Jobs reinzumogeln? Ich werde Schavinski bei Gelegenheit um Akteneinsicht bitten. Bis dahin hoffe ich, dass Baumanns besonders riskante Abenteuer nur seiner Phantasie entspringen.

«Beides», erwidert Baumann locker.

«Sie haben sich als Pilot ausgegeben? Im Ernst?» Meine Heiterkeit verwandelt sich abrupt in Bestürzung. «Und was war das für ein Flugzeug?»

«Eine 737.»

«Ein Frachtflugzeug, hoffe ich.»

Baumann schüttelt den Kopf. «Nein. Eine Passagiermaschine.»

«Eine Passagiermaschine?», wiederhole ich fassungslos. «Sie haben Leute durch die Gegend geflogen?» Ich hoffe sehr, dass er nur eine Wahnvorstellung zum Besten gibt.

Baumann nickt. «Knapp einhundert. Aber nur nach Marokko und zurück», fügt er rasch hinzu, als würde das die Sache irgendwie besser machen.

Ich lasse die Dimension von Baumanns Weltverbesserungsversuchen auf mich wirken. Wenn seine Geschichten wahr sind, dann ist er definitiv eine Gefahr für sich und andere. Und das heißt, sofern er nicht in einer geschlossenen Abteilung landen will, muss er seine Hilfsaktionen einstellen. Und zwar sofort.

«Herr Baumann, es tut mir leid, Ihnen das sagen zu müssen ...», beginne ich diplomatisch, «... aber sie dürfen sich nicht länger fremde Identitäten aneignen. Das kann nicht nur für Sie, sondern auch für andere Menschen tödlich enden.»

Baumann wirkt enttäuscht. Aber die Standpauke kann ich ihm leider nicht ersparen.

«Wenn Sie sich ohne Pilotenschein ans Steuer einer Passagiermaschine setzen», fahre ich fort, «dann ist das ...»

«Ich habe einen Pilotenschein», unterbricht Baumann sachlich.

«Ach ja?», erwidere ich und kann mir nun doch einen ironischen Unterton nicht verkneifen: «Und ist der vielleicht auch schon etwas älter? Ähnlich, wie Ihre Examen in Jura und Medizin? Oder Ihr Architekturstudium?»

Baumann streicht sich nachdenklich über seinen Dreitagebart. «Ja, da ist was dran», nuschelt er verlegen, fügt dann aber hinzu: «Wobei das ja ganz offensichtlich nicht heißt, dass ich die Dinge verlernt habe.»

Ich merke, ich muss deutlicher werden. «Hören Sie, wenn Sie sich als Arzt verkleiden und den Leuten Mut machen, finde ich das ja noch irgendwie okay. Aber es ist schlicht unverantwortlich, dass Sie sich als Pilot ausgeben und eine vollbesetzte Passagiermaschine fliegen.»

Baumann schüttelt energisch den Kopf. «Unverantwortlich wäre es nur gewesen, wenn ich *nicht* eingesprungen wäre. Der Pilot, der die Maschine eigentlich hätte fliegen sollen, wäre aufgrund einer kleinen Kursabweichung mit einem Privatflugzeug kollidiert.» Baumann macht eine Kunstpause. «Nur ein Flüchtigkeitsfehler, aber niemand hätte diese Katastrophe überlebt.» Er wiederholt mit ernstem Gesicht: «Wirklich. Niemand.»

Ich habe mir zwar über Baumanns psychischen Zustand noch keine abschließende Meinung gebildet, aber schon jetzt ist klar, dass er ernste Probleme hat. «Und woher wissen Sie, dass es zu dieser Katastrophe gekommen wäre?», frage ich.

«Ich weiß es einfach», antwortet Baumann.

«Aha. Heißt das, Sie sind so eine Art Medium?», spekuliere ich.

Baumann schüttelt den Kopf. «Nein. Das nicht.»

Da er keine Anstalten macht, sich zu erklären, beschließe ich, ihn ein wenig zu provozieren. Vielleicht löst das seine Zunge. «Dann sind Sie vielleicht ein genialer Physiker, der so etwas wie eine Zeitmaschine erfunden hat?»

Baumann lächelt, schüttelt wieder den Kopf. «Nein. Auch das nicht. Ich hab zwar einiges erfunden, aber nichts davon war genial.»

«Aha. Und warum kennen Sie dann Gottes geheime Pläne?», frage ich. «Sind Sie vielleicht der liebe Gott höchstpersönlich?»

Baumann zuckt merklich zusammen, dann lacht er schallend. «Beeindruckend!», ruft er und wird von einem neuerlichen Lachanfall geschüttelt. Tränen laufen ihm über die Wangen. «Sie haben den Nagel auf den Kopf getroffen, Dr. Jakobi. Ich bin es wirklich.»

Ich stutze. Hat Baumann da gerade wieder eine Wahnvorstellung beschrieben, oder steigt er lediglich auf meinen Witz ein?

«Vor Ihnen sitzt der liebe Gott höchstpersönlich», erklärt mein Gegenüber und wischt sich die Lachtränen aus dem Gesicht.

Wir schweigen.

«Witzig», sage ich nach einer Weile und gebe mich unbeeindruckt. «Ich hab Sie mir immer anders vorgestellt.»

Baumann hebt den Zeigefinger und sagt mit gespielter Strenge: «Das ist verboten. Man darf sich kein Bild von mir machen.»

«Na, immerhin scheint Gott Humor zu haben», sage ich.

Baumann nickt. «Es bleibt Gott nichts anderes übrig, als die Dinge mit Humor zu nehmen.» Sein Lächeln verwandelt sich in einen Anflug von Melancholie. Nachdenklich schaut er zu Boden. «Es ist die Wahrheit, Dr. Jakobi. Ich bin es wirklich.» Er beugt sich vor und sieht mir nun direkt in die Augen. «Ich bin Gott. Und ich bin, unter uns gesagt, ziemlich im Arsch. Es wäre also schön, wenn Sie mir helfen könnten, Doktor.»

Langsam greife ich nach meiner Tasse, führe sie bedächtig zum Mund und nehme einen kleinen Schluck. Dann noch einen. Und dann noch einen. Es ist ein Ritual, um Zeit zu gewinnen. Immer, wenn ich eine Denkpause brauche, aber dafür die aktuelle Sitzung nicht unterbrechen will, trinke ich ein paar Schlückchen Kaffee in Zeitlupe.

Im Geiste fasse ich zusammen: Mein neuer Patient leidet an einer schweren schizophrenen Psychose, die sich einerseits darin äußert, dass er wechselnde Identitäten annimmt, um die Welt zu verbessern. Andererseits hat Abel Baumann die immerhin originelle Wahnvorstellung, nicht nur irgendein Auserwählter zu sein, sondern Gott höchstpersönlich. Unklar ist noch, ob wir wirklich die gleiche Person meinen, wenn wir von Gott sprechen. Es gibt ja eine Menge Menschen in Politik und Wirtschaft oder auch im Showgeschäft, die sich für Götter halten, ohne gleich biblische Dimensionen für sich zu beanspruchen. Ich beschließe, hier einzuhaken. «Wen oder was meinen Sie genau, wenn Sie von *Gott* sprechen?»

Baumann lacht. «Welchen Teil von *Gott* haben Sie denn nicht verstanden, Dr. Jakobi?»

«Sie wollen mir also sagen, dass Sie Gott, der Allmächtige, sind», präzisiere ich.

«Gott, der Allmächtige», wiederholt Baumann und

schmeckt den Wörtern nach. «Das ist leider lange her. Ich bin nicht mehr allmächtig. Wenn ich es noch wäre, dann säßen wir jetzt nicht hier.»

«Gott ist nicht allmächtig?», wundere ich mich.

«Nicht die Bohne», bestätigt Baumann.

«Aber das war nicht immer so», werfe ich ein.

«Nein. Die ersten Probleme haben sich zwar schon vor langer Zeit angekündigt, aber so richtig schlimm ist es vor etwas mehr als zwanzig Jahren geworden.»

Ich ahne, dass wir uns dem Trauma nähern, das für Baumanns Psychose verantwortlich oder zumindest mitverantwortlich sein könnte. «Es gab also einen konkreten Auslöser.»

Baumann nickt, zögert aber, weiterzusprechen.

Ich mache eine aufmunternde Geste, doch er schüttelt den Kopf und lehnt sich wieder zurück. «Heute nicht. Unsere Zeit ist gleich rum.»

Erstaunt schaue ich auf die Uhr. «Nein. Wir haben noch genug Zeit. Außerdem habe ich sowieso gerade nichts Besseres vor.»

«Doch», sagt Baumann. «Sie werden gleich freigelassen. Ich muss leider noch eine Weile hier bleiben. Aber das ist kein Problem. Gegen Abend komme ich auch raus.»

Hab ich was nicht mitbekommen? Ich erhebe mich und schaue durch das kleine vergitterte Türfenster. «Niemand da», verkünde ich.

Einen Atemzug später wird am Ende des Ganges eine Tür entriegelt, und Polizeioberrat Schavinski erscheint in Begleitung einer seiner Mitarbeiter.

Erstaunt blicke ich zu Baumann.

Der zuckt mit den Schultern. «Ein bisschen was hab ich schon noch drauf», sagt er. «Immerhin bin ich ja Gott.»

Die Zellentür öffnet sich, und Schavinski tritt ein.

«Ihr Bruder wartet draußen. Sie können gehen. Wenn wir noch Fragen haben, melden wir uns.» Er blickt zu Baumann. «Sie müssen leider noch eine Weile hierbleiben. Aber wir arbeiten dran, dass Sie heute auch im eigenen Bett schlafen können.»

«Rufen Sie mich an?», frage ich Baumann.

Der nickt, zieht eine Visitenkarte hervor und drückt sie mir in die Hand. «Falls Sie in der Gegend sind, schauen Sie einfach vorbei.»

Ich werfe einen kurzen Blick auf die Karte. «Keine Telefonnummer?»

«Brauch ich nicht. Ich weiß, wenn Sie kommen.»

Der Revierleiter wirft mir einen besorgten Blick zu.

«Mein Patient macht Witze», sage ich und stecke die Karte in meinen Bademantel.

GOTT IST UNTERWEGS

Mein Bruder trägt teuren Zwirn, lehnt lässig an seiner Nobelkarosse und raucht eine Filterlose. «Du siehst scheußlich aus», sagt er zur Begrüßung.

«Ich freu mich auch, dich zu sehen», erwidere ich und öffne rasch die Beifahrertür, weil ein eiskalter Wind durch meinen Bademantel weht.

Jonas schnippt seine Zigarette weg, steigt ein und startet den Motor. Dann greift er nach einer Packung Nikotinkaugummis und schiebt sich eines in den Mund. «Stell dir vor! Mit diesen Dingern bin ich jetzt schon runter auf zwanzig am Tag. Toll, oder?» Er lässt den Wagen langsam in den stockenden Verkehr rollen.

«Toll», bestätige ich. «Dein Husten klingt auch schon viel heller.»

Er nickt zufrieden. «Perspektivisch will ich es mir ja ganz abgewöhnen», sagt er. «Geht nur gerade im Moment nicht. Zu viel Stress.»

Eine Weile kämpfen wir uns schweigend durch die mittägliche Rushhour.

«Jakob?»

«Mm?»

«Wie schlecht geht es dir eigentlich wirklich?» Es klingt, als wäre er auf eine höchst dramatische Weise beunruhigt. Den Hang zum Theatralischen hat er von Mutter geerbt.

Da ich keine Lust habe, mit meinem erfolgreichen Bruder über meine Misserfolge zu reden, sage ich: «Gut. Sie tut kaum noch weh.»

Er wirft mir einen ärgerlichen Seitenblick zu. «Du weißt ganz genau, dass ich nicht deine Nase meine.»

«Sondern?», frage ich mit gespieltem Erstaunen. Es ist ein absichtlich schlecht gespieltes Erstaunen.

Jonas verdreht genervt die Augen. «Ich meine natürlich deine finanzielle Situation. Abgesehen davon finde ich es etwas beunruhigend, wenn ich meinen Bruder bei der Polizei aufgabeln muss.»

«Ich hab einem Patienten geholfen», sage ich. «Und was meine finanzielle Situation betrifft: Geht so.»

«Hab ich mir fast gedacht. Brauchst du Geld?»

«Nein. Ich komm schon über die Runden.»

«Mutter macht sich aber Sorgen», sagt er, und wieder ist da dieser Anflug von Pathos in seiner Stimme.

«Ich weiß», erwidere ich. «Das ist ihr großes Hobby, seit Vater tot ist. Das hat aber nichts mit mir zu tun. Sie kompensiert nur, dass es niemanden mehr gibt, den sie bemuttern kann.»

«Sie hat Vater nicht bemuttert.» Jonas sagt es mit Nachdruck. Wie immer, wenn wir im Gespräch an diesen Punkt kommen, will er der Wahrheit nicht ins Auge sehen.

«Sie hat ihm Papieruntersetzer unters Glas geschoben, damit er beim Saufen keine Kringel auf den Tisch macht. Und sie hat stillschweigend die Karaffe mit seinem Fusel nachgefüllt. Wenn du mich fragst, dann hat sie ihn nicht nur bemuttert, sie hat ihn zu Tode bemuttert.»

Jonas schnauft verärgert. «Jakob, du bist ein ganz schlimmes Schandmaul.»

«Ich vermute, das liegt in der Familie», erwidere ich.

Jonas hat gar nicht zugehört. «Und du bist undankbar», fährt er fort. «Wir wollen dir ja schließlich nur helfen.»

Das stimmt sogar, allerdings ist der Preis, den ich dafür zahle, hoch. Als ich meinen Bruder zuletzt angepumpt habe, musste ich mir einen sehr langen Vortrag über die moralische Verkommenheit von Leuten mit Konsumschulden anhören. Dabei hatte ich gar nicht vor, mit seinem Geld einen Teleshoppingkanal leer zu kaufen, ich wollte nur die nächste Miete finanzieren. Damals dachte ich irrtümlicherweise noch, meine Pechsträhne wäre nicht von Dauer. Jedenfalls habe ich an diesem Tag begriffen, dass mein Bruder nur Banker geworden ist, damit er sich moralisch überlegen fühlen kann. Im Grunde verachtet er Armut als ein Zeichen von Schwäche.

Wenn Jonas mir jetzt generös von sich aus Geld anbietet, dann entweder, weil er etwas im Schilde führt, oder weil ich in seinen Augen endlich so tief gesunken bin, dass sein moralischer Sieg auf der Hand liegt.

«Ich kann dir nicht mal eben aus der Patsche helfen, wenn ich erst in Florida bin», erklärt Jonas. Klingt, als würde er mir alle paar Tage das Leben retten. Dabei ist es schon was Besonderes, dass er seine wertvolle Mittagspause opfert, um mich bei der Polizei aufzulesen. Eigentlich braucht Jonas seine Mittagspause nämlich, um durchzuarbeiten.

«Also, wenn du Geld brauchst, sag es einfach», setzt er nach. «Und sag es bitte bald.» Er lässt sein Fenster heruntersurren, zieht eine Zigarette hervor und zündet sie an.

Es wird binnen zwei Sekunden arschkalt. Da ich meinem Bruder in seinem eigenen Wagen nicht das Rauchen verbieten will, schweige ich und kuschele mich, so gut es geht, in meinen Bademantel. Die gefühlte Temperatur liegt trotzdem unterhalb des Gefrierpunktes. Bald fühlen sich meine Lippen taub an, und ich schlottere ein wenig.

«Ist dir kalt?»

«Bisschen», sage ich zähneklappernd.

Er wirft die Zigarette hinaus und lässt das Fenster wieder hochsurren. «Sag doch was, Mensch!»

«Du hast mir noch nie Geld angeboten», stelle ich fest, als sich meine Körpertemperatur normalisiert hat. «Und du hast zuletzt Mittagspause gemacht, als es eine Bombendrohung in deiner Bank gab.»

Jonas wirft mir einen irritierten Seitenblick zu. Er wirkt verunsichert.

«Willst du mir nicht einfach sagen, was du wirklich auf dem Herzen hast?»

Er wirkt ertappt, greift nach seinen Nikotinkaugummis, steckt sich gleich zwei in den Mund und überlegt. Ich warte.

Endlich räuspert er sich. «Die Wahrheit ist, dass ich die Schnauze voll habe vom Finanzsektor. Ich werde zwar nach Florida ziehen, aber nicht, um dort einen neuen Job anzunehmen. Meine Kündigung liegt schon bei der Bank.»

Hoppla. Ich habe zwar mit Neuigkeiten gerechnet, aber nicht mit einer solch fetten Schlagzeile. Mein Bruder, Mutters Musterknabe, schmeißt die Brocken hin, weil ihm sein persönliches Glück wichtiger ist als das Ansehen der Familie. Respekt.

«Mutter wird dich töten», sage ich.

Er nickt. «Deswegen darf sie es nie erfahren. Als du im Krankenhaus gewitzelt hast, dass sie doch mit in die Staaten ziehen könnte, hab ich fast einen Herzschlag bekommen. Stell dir vor, sie hätte die Idee toll gefunden!»

«Sie darf es nie erfahren?», wiederhole ich perplex. «Bist du sicher, dass du dir als erwachsener Mann solche albernen Versteckspiele antun willst?»

«Fragst du mich das als Bruder oder als Psychotherapeut?»

Guter Einwand. Muss ich selbst mal drüber nachdenken.

«Jakob, du weißt doch, wie sie einen mit ihren gutgemeinten Ratschlägen verfolgen kann. Ich brauche jetzt erst mal ein paar Monate, um den Kopf frei zu kriegen.»

«Hast du Geld?», frage ich. «Soll ich dir was pumpen?»

Er grinst, fischt eine Zigarette aus seinem Sakko und lenkt den Wagen an den Straßenrand. Wir sind da.

«Versprichst du mir, dass diese Sache unter uns bleibt?»

«Keine Sorge. Ich schweige», sage ich. «Und danke fürs Bringen.»

Er nickt zufrieden. «Brauchst du noch irgendwas?»

Ich schüttele den Kopf und lasse die Autotür ins Schloss fallen. Jonas hebt zum Gruß die Hand und gibt Gas.

Als ich nach einem entspannten Nachmittag gebadet und ausgeruht in der Küche sitze und den Tag gerade mit einer schönen Flasche Pennerglück ausklingen lassen will, reißt mich die Türglocke aus der wohltuenden Lethargie. Ich habe überhaupt keine Lust auf Besuch. Also ignoriere ich das Geräusch.

Wieder das Klingeln, diesmal nachdrücklicher.

«Nun mach schon auf, Jakob!», höre ich Ellen rufen. «Ich weiß doch, dass du da bist.»

Ich überlege kurz, dann rufe ich: «Ich bin nicht allein!»

«Red keinen Quatsch! Mach auf! Hier draußen ist es saukalt!»

Ich seufze, bleibe aber sitzen.

«Gut. Wenn du es nicht anders willst, dann komme ich eben rein.» Ein Schlüssel wird ins Schloss gesteckt. «Hast du gehört, Jakob? Ich komme jetzt in deine Wohnung.»

«Untersteh dich!», rufe ich.

Kurze Stille.

«Okay! Ich geb dir zehn Sekunden, um die Tür aufzumachen! Aber dann komme ich wirklich rein!», erwidert sie.

Erneut ist es ein paar Atemzüge lang still. Dann wird der Schlüssel im Schloss gedreht, man hört das leise Quietschen der Scharniere, gefolgt vom lauten Krachen der Sicherheitskette, als diese die Tür blockiert.

«Jakob! Verdammt!», schimpft sie wütend. «Was soll denn das hier?»

Inzwischen stehe ich im Flur. «Hast du eigentlich noch alle Tassen im Schrank, Ellen? Du kannst doch nicht einfach hier aufkreuzen und mich zwingen, dich in meine Wohnung zu lassen. Was kommt als Nächstes? Brennst du das Haus nieder, um mich auf die Straße zu jagen?»

Im Türspalt ist ihre Nasenspitze zu sehen. «Ich weiß, dass du sauer auf mich bist. Deshalb bin ich ja gekommen. Ich möchte mich bei dir entschuldigen.»

Sie wartet auf eine Reaktion, aber ich schweige.

«Nun mach schon auf, Jakob! Bitte. Ich hab Schampus mitgebracht. Und einen ziemlich teuren Chablis. Das mit Armin tut mir wirklich leid.»

Typisch Ellen. Sie hat es lässig in Kauf genommen, dass ich von Armin eins auf die Nase kriege. Jetzt möchte sie sich möglichst unkompliziert dafür entschuldigen. Das geht mir zwar einerseits gegen die Ehre, andererseits habe ich schon lange keinen guten Chablis mehr getrunken. «Nimm mal deine Nase aus der Tür», bitte ich.

Sie tut es, ich entferne die Sicherheitskette und öffne. Ellen schnalzt vorwurfsvoll mit der Zunge. «Jetzt mal ehrlich, Jakob, musst du hier so einen Affenzirkus veranstalten?»

Ich ignoriere ihre Bemerkung und strecke die Arme aus, um die Flaschen entgegenzunehmen. «Danke für deinen Besuch und danke für die Geschenke», sage ich. «Ich nehme deine Entschuldigung an. Vergessen wir einfach, was passiert ist.»

Sie drückt sich unsanft an mir vorbei in den Flur. «Das könnte dir so passen. Nachdem du mich ewig da draußen in der Kälte hast stehen lassen, musst du mir jetzt wenigstens ein Glas Champagner anbieten, finde ich.»

Als ich in die Küche komme, ist sie bereits dabei, die Flasche zu entkorken. «Wie geht es deiner Nase?»

«Wie geht es deiner Ehe?»

Der Korken knallt. Da ich keine Champagnerkelche besitze, füllt sie zwei Weingläser mit der golden schimmernden Flüssigkeit.

«Armin und ich haben gerade eine Auszeit genommen. Er ist mir irgendwie zu ... impulsiv. Übrigens sind wir nicht offiziell verheiratet. Wir haben uns zwar das Jawort gegeben. Das war aber auf den Malediven. Nach deutschem Recht ist unsere Ehe ungültig.»

«Ich wette, das hast du vorher gewusst.»

Sie sieht mich an, hebt ihr Glas und prostet. «Hältst du mich wirklich für so berechnend, Jakob?»

«Absolut», erwidere ich wie aus der Pistole geschossen.

Sie schüttelt nachdenklich den Kopf. «Komisch. Wenn ein Mann pragmatisch handelt, dann gilt er als geradlinig und konsequent. Tut eine Frau das Gleiche, ist sie sofort eiskalt und berechnend.»

Ich habe nicht die geringste Lust, mit meiner Exfrau darüber zu diskutieren, ob sie eiskalt und berechnend ist. Was sie, nebenbei bemerkt, zweifellos ist. Da ich aber keinen Streit will, sage ich: «Lass uns über was anderes reden.»

«Hab ich dir jemals erzählt, dass mein Vater meine Mutter nach fast vierzig Jahren Ehe quasi über Nacht mittellos auf die Straße gesetzt hat?»

Ich nicke. «Du erzählst die Geschichte immer dann, wenn du mir zu erklären versuchst, warum du die Millionen deines Onkels für dich ganz allein haben wolltest. Also eigentlich ständig.»

Ellen nickt nachdenklich. «Schon seltsam, dass wir beide nicht die Kurve gekriegt haben, oder? Ich meine, immerhin bist du Eheberater.»

Das stimmt nicht ganz. Ich *war* Eheberater. Die Patienten haben leider das Weite gesucht, als sie von meiner Scheidung erfuhren. Dabei kann eine zerbrochene Ehe ganz nützlich sein, wenn man helfen will, andere Beziehungen zu retten. Aber ich verstehe auch, dass die Leute keinen Psychologen wollen, der sein eigenes Leben nicht im Griff hat. Man engagiert ja auch keinen bulimischen Ernährungsberater. Oder einen fetten Fitnesslehrer.

«Unsere Ehe ist Schnee von gestern. Was spielt es also noch für eine Rolle, welche Chancen wir verpasst haben?», frage ich.

Sie leert ihr Glas in einem Zug und gießt uns beiden großzügig nach. «Hast du dich jemals gefragt, ob wir es noch mal miteinander versuchen sollten?»

Ich bin erstaunt. «Nein.»

«Wirklich? Nie?»

«Nein. Nie. – Aber ich hab mir im Nachhinein oft gewünscht, dass du damals mit mir geredet hättest, statt mir diesen Vertrag unterzujubeln ...»

«Ich dachte, es ging dir nie ums Geld», unterbricht sie spitz.

«Ging es auch nicht. Du hast mir misstraut. Das war der Punkt. Ich weiß nicht, was du dir ausgemalt hast. Vielleicht, dass ich mit der Hälfte deiner Kohle durchbrenne ...»

«Und wenn es so war?», unterbricht sie. «So was passiert schließlich ständig. Ja, vielleicht hatte ich einfach Angst. Vielleicht wollte ich dich nicht verlieren.»

«Na, das hat ja super geklappt», sage ich.

Sie verkneift sich eine Replik. «Also gut», nickt sie und muss sich sichtlich überwinden, fortzufahren. «Ich gebe hiermit offiziell zu Protokoll, dass ich damals einen Fehler gemacht habe. Ich hätte mit dir reden müssen. Tut mir leid, dass ich das versäumt habe.»

Unwillkürlich steigt Ärger in mir auf. «Ellen, du hast unsere Ehe für ein paar lumpige Millionen geschrottet. Du kannst nicht erwarten, dass ich dir das mal eben so verzeihe.»

«Es waren nicht nur ein paar lumpige Millionen», korrigiert sie sachlich.

«Ist doch schnurz, wie viel es war», maule ich. «Du wolltest schlicht nicht teilen. Und das wäre auch völlig okay gewesen, weil es nicht mein, sondern dein Erbonkel war. Aber du hättest mich nicht belügen dürfen, damit ich diesen verdammten Ehevertrag unterschreibe.»

Sie sieht mich schweigend an, dann sagt sie: «Es ging um fast hundertvierzig Millionen.»

«Was?» Ich glaube mich verhört zu haben.

«Die Erbschaft. Es sind hundertvierzig Millionen», wiederholt sie. «Und du hättest dir vor Gericht die Hälfte davon holen können. Verstehst du jetzt mein Problem? Keine Ahnung, ob du mit ein paar Millionen zufrieden gewesen wärst. Falls aber nicht, hätte ich die Hälfte verloren, und deshalb ...»

«Stopp! Moment!», unterbreche ich. «Du willst mir sagen, dass du selbst im allerschlimmsten Fall siebzig Millionen Euro behalten hättest?»

Sie nickt, als wäre das eine Selbstverständlichkeit.

«Aber warum, zur Hölle, hast du mich dann ausgebootet? Das ist doch viel mehr Geld, als ein normaler Mensch in einem Leben ausgeben kann.»

«Du wärst dann aber vielleicht ratzfatz mit deinen siebzig Millionen und irgendeiner Schlampe über alle Berge gewesen. Und genau das wollte ich verhindern», entgegnet sie entschieden.

«Aber wir sind doch jetzt trotzdem getrennt», sage ich verwirrt. «Wo ist denn da die Logik?»

«Die Logik ist, dass wir zwar getrennt sind, ich dir aber nicht obendrein auch noch siebzig Millionen hinterhergeworfen habe», stellt sie fest.

Ich werde gerade das Gefühl nicht los, in einem surrealen Meisterwerk von Buñuel mitzuspielen. Um mich auf den Boden der Tatsachen zurückzuholen, nehme ich einen großen Schluck Champagner. Dann sage ich: «Aber selbst in diesem Fall wärst du noch wahnsinnig reich. Außerdem war es nur deine fixe Idee, dass ich dir dein Erbe wegnehmen will. Wenn du ehrlich zu mir gewesen wärst, hättest du nicht nur das ganze Geld behalten können, obendrein wäre unsere Ehe höchstwahrscheinlich noch existent.»

Sie gießt uns erneut ein, schiebt die nun leere Flasche zur Seite und zieht den Chablis etwas näher zu sich, als wäre zu befürchten, dass er sich heimlich aus dem Staub macht. «Siehst du. Und genau darüber wollte ich mit dir reden», sagt sie mit einem gewinnenden Lächeln.

«Worüber jetzt?», frage ich und stehe schon wieder auf der Leitung.

«Na, über unsere Ehe. Ich fand nämlich, sie war gar nicht so schlecht.»

Ich weiß immer noch nicht, worauf sie hinauswill.

«Ich dachte, dass wir es vielleicht noch mal miteinander versuchen sollten», fährt Ellen fort. «Wenn du endlich aufhören würdest, darüber zu lamentieren, dass ich dein Vertrauen missbraucht habe, wäre ich bereit, dir eine größere Summe Geldes zu überweisen. Du sollst wissen, dass es mir ebenfalls nicht nur ums Geld geht. Ich möchte, dass du es als Geschenk ansiehst. Es würde dich zu absolut nichts verpflichten. Ich möchte dich nur um etwas bitten.»

«Du willst mich kaufen?», frage ich völlig entgeistert.

«Ich dachte an eine Million Euro», ergänzt Ellen.

«Oha», rutscht es mir raus.

«Mach damit, was immer du willst, aber versprich mir, dass du ernsthaft darüber nachdenkst, unserer Beziehung noch eine allerletzte Chance zu geben.» Sie schiebt das Glas zur Seite, beugt sich vor und schaut mir direkt in die Augen. «Wir hatten doch eine gute Zeit miteinander, Jakob. Und jetzt ist mehr als genug Geld da, um alle unsere Wünsche zu erfüllen. Lass uns mit der Vergangenheit abschließen und noch mal ganz von vorn anfangen.»

Ich fische den Korkenzieher aus der Schublade und beginne, Ellens Chablis zu öffnen. Sie hat recht. Wir waren wirklich kein schlechtes Paar. Und mit ihrem Geld könnten wir uns nun ein sehr angenehmes Leben machen. Leider hat die Sache einen winzigen Haken: Ich will nicht der Galan meiner geschiedenen Frau werden.

«Sehe ich es richtig, dass du mir eine Stelle als Noch-Exmann anbieten möchtest?», frage ich.

Sie wirkt amüsiert. Ich gieße uns ein, sie nippt und ist offenbar mit ihrer Weinauswahl sehr zufrieden. Ich nehme ebenfalls einen Schluck und mache ein anerkennendes Gesicht. Sie hat sich wirklich nicht lumpen lassen.

«Uh. Billig war der aber nicht, oder?», sage ich.

Sie lächelt und schweigt.

«Dass du bereit bist, eine runde Million für mich auszugeben», fahre ich fort, «das ehrt mich übrigens. Wirklich. Du hättest ja auch versuchen können, mich zu leasen. Oder mich billig in der Zwangsversteigerung zu kriegen.»

Ellens Gesicht wird ernst. «Ich will dir nur helfen, Jakob.

Wie schon gesagt: Die Million ist nicht an Bedingungen geknüpft. Ich bitte dich nur, noch mal über alles nachzudenken.»

Warum glauben eigentlich alle Leute, dass sie mir helfen müssen?

«Danke. Ich brauch deine Hilfe nicht», sage ich entschlossen. «Und dein Geld brauche ich auch nicht.»

Ihre Lippen spannen sich. «Wie viele Patienten sind dir geblieben?», fragt sie mit scharfem Unterton. «Zehn? Zwanzig? Höchstens zwanzig, würde ich sagen.»

«Einer», sage ich wahrheitsgemäß.

Ellen, die gerade einen Schluck Wein nehmen will, hält erstaunt inne und stellt das Glas zurück auf den Tisch.

Ich nicke bestätigend. «Nachdem ich mir keine Sprechstundenhilfe mehr leisten konnte, ging mit den Terminen einiges drunter und drüber», erkläre ich. «Und die Bank will mir keinen Kredit geben.»

«Warum nimmst du mein Geld dann nicht?», fragt sie.

«Würdest du es von mir annehmen, wenn du in meiner Position wärst?»

Sie überlegt kurz. «Nein. Ich hätte dich nach der üblen Trickserei mit dem Ehevertrag langsam vergiftet und würde mir nun dein Erbe unter den Nagel reißen.»

Ich muss grinsen. Ihr loses Mundwerk mochte ich schon immer.

«Im Ernst: Ja, ich würde das Geld nehmen», fährt sie fort. «Aber ich bin da auch pragmatischer als du.» Sie sieht mich an. «Und wie soll es jetzt für dich weitergehen, Jakob?»

Ich zucke mit den Schultern. «Vielleicht kann mein letzter Patient mir helfen. Immerhin hält er sich für Gott höchstpersönlich.»

«Interessant», erwidert Ellen. «Selbst Gott hat Probleme?» Sie muss kichern. «Das klingt kompliziert. Und bei ihm kannst du ausnahmsweise mal nicht eine verkorkste Kindheit oder ein schwieriges Verhältnis zu den Eltern für alles verantwortlich machen.» Wieder muss sie kichern, dann steht sie auf und sagt: «Entschuldige mich einen Moment, ich bin gleich wieder da.» Kichernd verschwindet sie in Richtung Bad.

Ich nicke geistesabwesend. Ellen hat mich da gerade auf einen Gedanken gebracht: Ob Abel Baumann wohl Familie hat? Es würde mir helfen, mit jemandem zu sprechen, der ihn gut kennt.

Mein Handy reißt mich aus den Gedanken.

«Jakobi.»

«Polizeioberrat Schavinski hier. Ich wollte Ihnen nur sagen, dass wir Ihren Schützling auf freien Fuß gesetzt haben. Der Staatsanwalt hat sich noch mal breitschlagen lassen, weil Herr Baumann ja jetzt in Ihrer Obhut ist. Außerdem habe ich eben seine Krankenakte bekommen. Medizinisch gesehen ist alles in Ordnung. Das heißt also: Jetzt sind Sie dran.»

«Moment», sage ich. «Ich bin nur sein Psychotherapeut, nicht sein rechtlicher Betreuer. Wenn er wieder Mist baut, ist das ganz allein seine Sache. Nur, um das klarzustellen.»

Schweigen. Schavinski räuspert sich, man hört das Rascheln von Papier. «Da haben Sie mir heute Mittag aber was anderes erzählt.» Wieder Papierrascheln. «Und wie ich hier gerade sehe, haben Sie es auch unterschrieben.»

«Was habe ich unterschrieben?»

«Dass Sie Baumann für ungefährlich halten. Und zwar in jeder Hinsicht. Soll ich Ihnen den Abschnitt mal vorlesen?»

«Nein. Schon gut», sage ich. Da ich häufiger Papiere unterschreibe und mich nachher darüber ärgere, wird es schon stimmen, was Schavinski da behauptet. «Und jetzt habe ich Baumann an der Backe, oder was?»

«Exakt», erwidert Schavinski fröhlich. «Und das Beste ist, dass Sie mir damit eine Menge Papierkram ersparen.»

«Halten Sie ihn eigentlich für gefährlich?», frage ich.

Schavinski zögert.

«Ist eine rein persönliche Frage», füge ich hinzu.

«Wenn Sie mich fragen, dann hat der Kerl einen an der Waffel. Und es ist nur ein Zufall, dass bisher niemand zu Schaden gekommen ist», antwortet Schavinski. «Immerhin haben wir ihn schon im Hochsicherheitstrakt eines Kernkraftwerkes festgenommen. Fragen Sie mich nicht, wie der Kerl es da rein geschafft hat.»

«Danke für Ihre Einschätzung», sage ich.

«Die Krankenakte schick ich Ihnen per Post. Und weil ich heute einen guten Tag habe, lege ich noch eine Kopie Ihrer Aussage bei. Nur damit Sie wissen, was Sie da unterschrieben haben. Ich wünsche Ihnen einen schönen Abend, Dr. Jakobi.»

Das Gespräch wird beendet. Missmutig beiße ich mir auf die Unterlippe. Ich kenne Baumann noch nicht lange genug, um ihn halbwegs zuverlässig beurteilen zu können. Dass ich ihn als ungefährlich einstufe, habe ich gesagt, bevor ich wusste, dass er sich für Gott hält und sich manchmal auch so benimmt. Wenn ich mir vorstelle, dass er gerade einen vollbesetzten Jumbo-Jet auf eine nächtliche Startbahn manövrieren könnte, wird mir spontan schlecht. Ich springe auf und greife im Flur nach meinem Mantel. Gleichzeitig klopfe ich an die Badezimmertür. «Ellen, entschuldige bitte, aber mir ist da gerade etwas dazwischengekommen. Ich …»

«Ich bin hier», höre ich Ellen sagen. Ich sehe sie durch die geöffnete Schlafzimmertür. Sie sitzt mit nacktem Oberkörper auf meinem Bett und hat die Arme lässig vor den Brüsten verschränkt.

«Was hältst du von meinem Angebot?», fragt sie, siegessicher lächelnd.

Ich ziehe meinen Mantel über. «Du platzt hier einfach so rein, bietest mir eine Million Euro und willst anschließend mit mir vögeln? Wenn ich dir einen freundschaftlichen Rat geben darf: Such dir einen Therapeuten.»

Schlagartig verfinstert sich ihr Gesicht. «Ich habe mich bei dir entschuldigt. Ich schenke dir ein Vermögen. Und ich biete dir ein brandneues Leben, frei von finanziellen Sorgen. Was willst du noch, Jakob?»

«Dass du bitte die Tür zuziehst, wenn du gehst», sage ich und trete in die kalte Abendluft.

«Sei vorsichtig, Jakob», höre ich hinter mir Ellens drohende Stimme. «Ich kann auch andere Saiten aufziehen.»

Ohne mich umzusehen, ziehe ich die Tür ins Schloss und mache mich auf den Weg. Hoffentlich hat Gott inzwischen keinen Mist gebaut, denke ich.

GOTT IST KOOPERATIV

Die Adresse auf Abel Baumanns Visitenkarte gibt es nicht. Da, wo das betreffende Haus stehen müsste, klafft eine Baulücke. Erst bei genauerem Hinsehen erkenne ich, dass der Platz trotzdem bewohnt ist. Fünf oder sechs Bauwagen sind versteckt hinter Bäumen, Gestrüpp und Sperrmüll im Halbdunkel auszumachen. Eine Konstruktion aus Holz und Eisenschrott entpuppt sich als selbstgebauter Briefkasten. Die mit Filzstift aufgekritzelte Adresse stimmt mit jener auf Baumanns Visitenkarte überein. So wohnt also Gott. In einer Wagenburg auf einer illegalen Müllkippe. Ich hatte mir sein Reich etwas pompöser vorgestellt.

Das matte Licht meines Handydisplays leuchtet mir den Weg, als ich mich zu den Bauwagen vorarbeite und dabei zwei Ratten aufscheuche, die so groß sind, dass ich sie im ersten Moment für streunende Hunde halte. Glücklicherweise haben die beiden genauso viel Respekt vor mir wie ich vor ihnen. Bei Gelegenheit muss ich Gott mal fragen, was er sich bei manchen seiner Kreaturen eigentlich so gedacht hat.

Ein alter Mann mit schlohweißem Irokesenschnitt öffnet mir eine halbe Ewigkeit, nachdem ich an seinem Bauwagen geklopft habe. Er hat sich offenbar viel Zeit gelassen, um die knapp zehn Quadratmeter seiner Behausung zu durchqueren.

«Was'n los?», fragt er und streicht über seinen Unterarm, den ein tätowiertes Kreuz mit Flammen ziert.

«Hübsch», sage ich und deute auf das Tattoo. «Hat das was zu bedeuten?»

Er nickt. «Das bedeutet, dass ich mal jung und blöd war. Wollen Sie meinen Hintern sehen? Ich hab dieses berühmte Bild von Michelangelo draufstechen lassen, wo Gott Adam erschafft. Wenn ich den Arsch zusammenkneife, dann berühren sich ihre Zeigefinger.»

«Leider bin ich gerade etwas in Eile», weiche ich aus. «Wissen Sie zufällig, wo ich Abel Baumann finden kann?»

Der Irokese nickt. «Bei Freddy. Der hat heute 'ne Hochzeitsgesellschaft, und da wollte Abel zugucken.»

Die Wortwahl irritiert mich. «Zugucken? Heißt das, er ist auf einer Hochzeit, zu der er nicht eingeladen wurde?»

Der Irokese nickt. «Ja. Wie üblich, könnte man sagen.»

«Wo finde ich denn diesen Freddy?», frage ich beklommen. Ich ahne, dass Abels ungebetenes Auftauchen bei einer Hochzeit für Ärger sorgen könnte.

«Sind Sie etwa 'n Bulle oder so was?» Der Irokese verschränkt demonstrativ die Arme vor der Brust. Obwohl er die siebzig überschritten haben dürfte, spannen sich beachtliche Muskeln unter seinem Ringelpulli.

«Nein. Ich bin sein Therapeut», erwidere ich.

Das Gesicht des Irokesen hellt sich auf. «Ach, Sie sind das! Hab schon viel von Ihnen gehört», sagt er und ergreift freudig meine Hand. «Ich bin übrigens Heinz. Besser bekannt als Eisen-Heinz. Kraftakrobat. Abel und ich haben uns im Zirkus kennengelernt.» Mit der Wucht eines Schraubstocks drückt Eisen-Heinz mir herzlich die Hand. «Freddys Pizzeria ist nur fünf Minuten die Straße runter. Essen Sie lieber nichts, seine Frau kocht beschissen. Aber die beiden sind rasend nett.»

Tatsächlich macht der Laden einen sympathischen Eindruck. Freddys Frau Valentina bringt locker drei Zentner auf die Waage, wird von ihrem Mann, einem hageren Kerl mit zurückgegelten Haaren und Menjou-Bärtchen, aber trotzdem liebevoll *meine kleine Gazelle* genannt.

Abel Baumann sitzt am einzigen Tisch im Eingangsbereich, gleich neben der Theke. Vor ihm steht ein doppelter Grappa. Gewöhnlich warten hier die Pizzalieferanten auf ihren Einsatz, vermute ich. Interessiert betrachtet Baumann den Gastraum, wo eine vielleicht dreißigköpfige Hochzeitsgesellschaft gerade von Freddy und zwei Aushilfen mit Espresso, Digestifs und Tiramisu versorgt wird. Die Braut, eine kurvige Endzwanzigerin mit vollem, pechschwarzem Haar, packt ihrem schmächtigen Bräutigam großzügig Nachtisch auf den Teller, als ich mich neben Baumann setze.

«Eisen-Heinz hat mir gesagt, wo ich Sie finden kann.»

«Ich weiß», erwidert Baumann, ohne das Geschehen im Gastraum aus den Augen zu lassen.

«Stimmt. Hatte ich ganz vergessen. Sie haben ja sicher auch gewusst, dass ich kommen würde, richtig?»

Baumann nickt ernst und nippt an seinem Grappa. Ich bedeute dem vorbeihuschenden Freddy, dass ich auch gern so einen hätte und versuche zu ergründen, was mein Sitznachbar nur an dieser Hochzeitsfeier findet.

«Kennen Sie die beiden?»

Baumann schüttelt den Kopf.

«Kennen Sie hier sonst jemanden?»

«Außer Freddy und Valentina? Nein.»

Freddy stellt mir den Grappa vor die Nase. Ich nehme einen winzigen Schluck. «Würden Sie mir dann verraten, was Sie hier machen?»

«Da! Jetzt!», sagt Baumann und deutet mit einer Kopfbewegung zum Brautpaar. Ich sehe, wie der Bräutigam mit seinem übervollen Teller an der Festtafel Platz nimmt, während die Braut ihren Blick über die Menge schweifen lässt. Sie scheint sich davon überzeugen zu wollen, dass alle Gäste gut versorgt sind. Erst bei genauem Hinsehen erkennt man, dass sie mit ihren Gedanken ganz woanders ist. Ihr träumerisches Lächeln verrät es. Sie sonnt sich im Hochgefühl dieses Augenblicks. Mit jeder Pore ihres Körpers genießt sie diesen Moment voller Glanz und Liebe, diese Sekunden im Bannstrahl des vollkommenen irdischen Glücks.

«Das war er», sagt Baumann und dreht nun doch den Kopf zu mir. «Das war der Höhepunkt ihres Lebens.»

Ich nicke. «Zumindest der vorläufige Höhepunkt.»

Abel schüttelt energisch den Kopf. «Nein. Der absolute. Das gerade war der absolute Höhepunkt ihres Lebens.»

«Aber es weiß doch niemand, was noch kommt», gebe ich irritiert zu bedenken.

«Doch. Ich schon. Ich weiß es», entgegnet Baumann. «Sie wünscht sich Kinder, kann aber keine bekommen. In ein paar Jahren wird sie das frustriert einsehen. Ihre Ehe existiert zu diesem Zeitpunkt nicht mehr. Dieser Kerl mit dem Berg Tiramisu vor der Nase, den sie heute geheiratet hat, wird eine Geliebte haben und sich scheiden lassen, um mit der anderen Frau ein neues Leben zu beginnen. Zu diesem Zeitpunkt wird die andere Frau von ihm schwanger sein. Bei dieser anderen Frau handelt es sich um die Schwester unserer schönen Braut. Und das wird ihr für alle Zeiten das Herz brechen.»

Offenbar hat mein Patient einen psychotischen Schub. «Sind Sie deshalb hier?», frage ich. «Ist das so eine Art göttliche Mission? Wollen Sie die Braut vielleicht vor einer unglücklichen Zukunft bewahren?»

«Soll ich?», fragt Baumann launig und kippt seinen Grappa in einem Zug herunter.

«Nur zu!», sage ich und mache eine einladende Handbewegung.

Er mustert mich. «Sie wollen von mir tatsächlich einen ... Gottesbeweis?»

Ich wiege den Kopf hin und her. Wenn es helfen würde, Baumanns psychischen Zustand zu verbessern, dann hätte ich gegen unkonventionelle Maßnahmen nichts einzuwenden. Aber deshalb glaube ich noch lange nicht, dass er tatsächlich die Macht hat, den Lauf der Welt zu verändern. Wahrscheinlich wird Baumann mir einen Taschenspielertrick servieren, indem er eine vermeintlich magische Handbewegung macht und dann behauptet, damit habe er das Leben der Braut zum Besseren gewendet. Man könnte ihm nicht einmal das Gegenteil beweisen, weil es Jahre dauern würde, bis man es nachprüfen könnte. Da es mich dennoch interessiert, wie sich mein Patient aus der Affäre zieht, sage ich locker: «Ach, ja. Warum eigentlich nicht?»

Baumann schaut mich an und scheint zu überlegen, ob er mir meine Bitte erfüllen soll. «Wollen Sie gleich die große Show, oder reicht Ihnen eine kleine Kostprobe?», fragt er lächelnd.

«Bitte keine Umstände», sage ich.

«Gut. Ich werde es mir überlegen», entgegnet Baumann abwiegelnd. «Aber zunächst würde ich gerne etwas anderes mit Ihnen besprechen.»

Er winkt Freddy an unseren Tisch und drückt ihm mit den Worten «Danke, stimmt so» einen Schein in die Hand.

Dann zieht er einen Umschlag aus der Innentasche seines Mantels und reicht ihn mir. «Fünfzehnhundert Euro.»

«Wofür?», frage ich.

«Ihr Honorar. Dafür, dass Sie mich nach München begleiten.»

Ich schaue auf den Umschlag, dann wieder zu Baumann.

«Übermorgen wären wir wieder zurück. Wenn Ihnen das Honorar nicht hoch genug ist, sagen Sie es bitte. Spesen gehen natürlich extra.»

«Und was wollen wir in München?»

«Meine Familie besuchen. Sie möchten meine Familie doch gern kennenlernen, um mehr über mich zu erfahren, oder etwa nicht?»

«Das habe ich nie gesagt.»

«Aber gedacht», sagt Baumann. Offenbar mache ich ein verwundertes Gesicht, denn er fügt hinzu: «Keine Sorge, ich kann nicht automatisch Ihre Gedanken lesen. Nur, wenn Sie intensiv an mich denken. Oder wenn ich mich auf Sie konzentriere.»

Immer noch schaue ich ihn verständnislos an.

«Na, irgendwie muss ich ja mit meinen Geschöpfen in Kontakt treten können – und meine Geschöpfe mit mir.»

«Ach, Sie meinen, als ich diesen Gedanken hatte, war das so etwas wie ein Gebet», sage ich und bin beeindruckt von der Intelligenz meines Patienten. Es liegt nahe, dass ich mir sein familiäres Umfeld anschauen möchte. Um das zu vermuten, muss man kein Hellseher sein. Dass er mir seine richtige Vermutung aber als ein kleines Wunder verkauft, finde ich bemerkenswert.

Baumann zuckt mit den Schultern. «Keine Ahnung. Nennen Sie es, wie Sie wollen. Ich persönlich mache mir nicht viel aus Religion. Außerdem beten die meisten Leute sowieso nur deshalb, weil sie hoffen, dass ich ihre Probleme löse oder Ihnen Plätze im Paradies besorge.»

Er greift neben sich, fördert einen kleinen Koffer zutage und stellt ihn auf den Tisch. «Ich dachte, wir nehmen den

Nachtzug und fahren morgen Abend wieder zurück. Dann sparen wir das Hotel.»

Er sieht, dass ich verwundert auf seinen Koffer blicke.

«Ich habe nur das Nötigste eingepackt», erklärt er. «Ich dachte, wir kaufen Ihnen am Bahnhof eine Zahnbürste und das bisschen Krimskrams, was man sonst noch so braucht. Wir können aber auch noch mal bei Ihnen zu Hause vorbeifahren, wenn Ihnen das lieber ist.»

«Nein, ist schon okay», sage ich und denke daran, dass Ellen wahrscheinlich immer noch in meiner Wohnung auf mich wartet. Wie ich sie kenne, gibt sie nicht so leicht auf. Der Nachtzug nach München kommt mir also in gewisser Hinsicht sogar gelegen.

«Schön», fasst Baumann zusammen. «Freut mich sehr, dass Sie dabei sind.»

Eher nebenbei betrachtet er das Geschehen an der Festtafel. Ich folge seinem Beispiel und sehe eine Hochzeitsgesellschaft beim Schlemmen. Nichts Besonderes. Eine Weile schauen wir schweigend zu.

«Wen genau werden wir denn in München treffen?», frage ich.

«Ich habe einen Sohn», erwidert Abel. «Er weiß, dass ich mich in Therapie begeben habe. Und er möchte Sie gern kennenlernen.» Abel macht eine Kunstpause. «Und dann ist da noch die Mutter.» Er überlegt einen kurzen Moment. «Wir haben nicht das beste Verhältnis, würde ich sagen.»

«Sind Sie geschieden?», frage ich.

«Wir waren nie verheiratet. Unser Kind ist das Ergebnis einer Affäre. Es ist bei ihr und ihrem Mann aufgewachsen.»

Ich komme nicht dazu, mir über Baumanns Familienbande Gedanken zu machen, denn in diesem Moment ist ein dumpfer Schlag zu hören, gefolgt von einem lauten Klirren. Gläser kippen um, eines fällt zu Boden, wo es zerplatzt und seinen Inhalt über die Terracottafliesen verteilt. Atemlose Stille. Selbst die noch anwesenden Kinder geben keinen Laut von sich.

Eine junge, drahtige Frau mit kurzen Haaren und einem schlichten Abendkleid ist für diese Stille verantwortlich. Sie hat gerade mit ihren kleinen harten Fäusten auf den Tisch gehauen und damit das Geschirr zum Klingen und die Gäste zum Verstummen gebracht.

Nun steht sie mit vor Zorn gerötetem Gesicht und zusammengekniffenen Lippen da. Sie stützt sich mit ihren immer noch geballten Fäusten auf der Tischplatte ab. Das Weiß an den Knöcheln ist hervorgetreten. Die Anspannung der jungen Frau vibriert im Raum, weshalb niemand wagt, das Schweigen zu brechen.

Schließlich tut sie es selbst.

«Ich kann das nicht», bringt sie mühsam hervor. «Ich kann nicht mit ansehen, wie du meine Schwester heiratest, als würde es unsere Liebe überhaupt nicht geben.»

Die Köpfe drehen sich abrupt zum Bräutigam, zugleich ist ein ebenso erstauntes wie entsetztes kollektives Einatmen zu vernehmen.

Der Bräutigam sitzt vor seinem absurd großen Teller mit Tiramisu. Er hat kurz vor dem Ausbruch der jungen Frau den Löffel in den Mund gesteckt und ist in dieser Haltung erstarrt. Jetzt, wo alle Augen auf ihn gerichtet sind, zieht er in Zeitlupe den Löffel aus dem Mund und schluckt schwer. Er wirft einen vorsichtigen Blick zu seiner Frau, die ihn in ebenso banger wie hoffnungsvoller Erwartung ansieht.

«Das ist eine Lüge», sagt er mit heiserer Stimme. Es klingt wie: Lass uns später darüber reden, Schatz.

Die Braut blinzelt, ihre Augen bekommen einen feuchten Glanz.

«Glaub mir! Sie lügt», bekräftigt er ängstlich. «Es ist

nichts zwischen uns gewesen. Rein gar nichts! Bitte, Liebling, ich …»

Er verstummt abrupt, denn seine frischgebackene Ehefrau hebt abwehrend die Hände. Ihr Gesicht wirkt nun wie versteinert. Wahrscheinlich ahnt sie, dass ihre Schwester die Wahrheit sagt. Niemand versaut eine Hochzeit ohne triftigen Grund.

Die Schwester lässt sich schluchzend auf ihren Stuhl sinken. «Was bist du nur für ein Schwein!», stößt sie hervor. «Keine drei Tage ist es her, da hast du noch in meinem Bett gelegen und davon geredet, dass du die Hochzeit am liebsten absagen würdest.»

Eine ältere Dame legt ihren Arm um die Verschmähte und reicht ihr ein winziges Spitzentaschentuch. Gleichzeitig beginnt nun auch die Braut zu schluchzen. «War das etwa die Nacht, in der du angeblich kurzfristig nach Hamburg musstest?»

Während der Bräutigam nervös zwischen den beiden Frauen hin und her schaut und fieberhaft überlegt, wie er die Situation entschärfen kann, erwacht die Gesellschaft aus der Schockstarre. Hier und da wird getuschelt, zwei junge Frauen, wahrscheinlich Brautjungfern, springen auf und kümmern sich um die Frischvermählte, deren Make-up gerade von Tränenbächen weggespült wird. Die betrogene Schwester weint sich unterdessen an der Schulter der älteren Dame aus.

Rasch bemüht sich das Personal, den Glasschaden ohne viel Aufhebens zu beseitigen. Zudem werden eilig Schnäpse kredenzt. Wahrscheinlich sollen sie die Anwesenden beruhigen. Freddy scheint jedenfalls zu hoffen, dass er mit Spirituosen eine weitere Eskalation vermeiden kann. Er irrt.

Mit leisem Surren löst sich ein elektrischer Rollstuhl

von der Festtafel, in dem ein vierschrötiger Kerl um die sechzig sitzt.

Während sich das Gefährt erstaunlich schnell auf den Bräutigam zubewegt, zieht der Fahrer einen Krückstock hervor, um ihm dem Hallodri mit den Worten «Du gottverdammte Drecksau» über den Schädel zu ziehen.

Der Schlag verfehlt sein Ziel, denn der Bräutigam springt auf und weicht dem Angreifer aus.

Geschrei unter den Gästen, ein Tumult entsteht.

«Nein! Vater! Bitte nicht!», ruft die Braut.

Der Mann im Rollstuhl hört nicht hin. Er ist durch die Wucht des Schlages nach vorne gekippt. Sein Toupet hat sich gelöst und versperrt ihm nun die Sicht. Er berappelt sich hastig und reißt dabei den Krückstock hoch. Der Knauf liegt zwischen den Beinen des Bräutigams, dessen Fuß in der Rückenlehne seines umgekippten Stuhls feststeckt. Mit voller Wucht rammt der Brautvater dem Bräutigam den Knauf in die Weichteile.

Der Getroffene gibt keinen Mucks von sich, wirkt aber ungeheuer erstaunt, während sein Gesicht zügig die Farbe von Hüttenkäse annimmt. Außerdem presst er vor Schmerz die Beine zusammen, womit er den Stock mitsamt Knauf einklemmt. Wütend und ruckartig zieht der Brautvater den – wie man nun sieht – erstaunlich großen Knauf zwischen den Beinen des Bräutigams hervor. Diesmal geht ein gedämpftes «Uhh» durch die Reihen. Wahrscheinlich haben die meisten hier den gleichen Gedanken: Ein Schlag auf den Kopf wäre angenehmer gewesen.

Der Bräutigam zeigt immer noch keine Reaktion. Schließlich huscht ein entrücktes Lächeln über sein Gesicht, er geht in die Knie und fällt mit dem Gesicht voran in seine Familienportion Tiramisu.

Während die Gäste aufspringen und ich Freddy zum

Telefon eilen sehe, greift Baumann nach seinem Koffer. «Ich würde gerne weg sein, bevor die Polizei hier ist. Das gibt sonst ja doch wieder nur Ärger.»

Besorgt schaue ich Baumann an. «Im schlimmsten Fall kann ein Schlag in die Hoden so etwas wie einen Reflextod auslösen.»

«Keine Sorge», beschwichtigt Baumann. «Er braucht jetzt nur ganz viel Eis und noch mehr Geduld. Wenn das Erbrechen und der Schüttelfrost vorbei sind, hat er das Schlimmste bereits überstanden. Jedenfalls wird er die Hochzeitsnacht nie vergessen.» Baumann deutet mit einem Kopfnicken zur Tür. «Was ist? Wollen wir los?»

Als unser ICE bereits in voller Fahrt durch die Landschaft brettert, habe ich Baumanns Taschenspielertricks analysiert und bin nun sicher, das Puzzle zusammensetzen zu können. Ich vermute, dass mein Patient nicht mit einer derartigen Eskalation des Abends gerechnet hat, vielleicht aber schon mit einem kleinen Eklat. Ich könnte mir nämlich vorstellen, dass Baumann von der Affäre der Schwester mit dem Bräutigam wusste, so wie wahrscheinlich fast jeder am Tisch und womöglich auch Freddy, der es Baumann gesteckt haben könnte. Die Hoffnung auf das, was Baumann eben eine *gute Show* genannt hat, war also nicht unbegründet. Und Baumann musste auch damit rechnen, dass ich nach seiner Entlassung aus dem Polizeigewahrsam direkt informiert werden würde. Es war also nur eine Frage der Zeit, bis ich bei Freddy auftauchen würde. Mit Baumanns angeblicher Fähigkeit, in die Zukunft zu blicken, hatte das natürlich nichts zu tun.

Zufrieden nippe ich an meinem Wein. Wir sind die einzigen Gäste im Bordrestaurant. Mit einem saftigen Trinkgeld hat Baumann den Kellner dazu bewegen können, uns zu dieser späten Stunde noch Brot und Käse zu servieren. Außerdem stehen fünf Viertelliter-Fläschchen Rotwein am Fenster, die Baumann mit den Worten «Ist ja nicht mehr als eine normale Flasche» auf Vorrat gekauft hat. Ich glaube, er hat sich absichtlich verrechnet.

Auf dem Weg zum Bahnhof ist der erste Schnee gefallen. Große Flocken haben die Stadt binnen weniger als einer halben Stunde in ein mattes Weiß getaucht. Momentan ist die Schneehaut noch dünn wie ein Negligé, aber schon morgen früh könnte eine dicke Decke daraus geworden sein.

Im Fahrtwind des Zuges wirbeln die Schneeflocken am Fenster vorbei, als würde draußen ein Sturm toben. Ich betrachte das Schauspiel und denke daran, dass Weihnachten vor der Tür steht. Bald wird auch dieses Jahr im Regal der Geschichte verschwinden und dort langsam verstauben. Die Zeit ist schon ein seltsames Ding.

«Gegen Weltverlorenheit hilft übrigens Wein», sagt Baumann unvermittelt und gießt mir großzügig ein.

Seine Worte reißen mich aus den Gedanken. «Sie schulden mir einige Erklärungen», stelle ich fest.

Baumann nickt. «Ich weiß. Morgen. Wir trinken und essen jetzt was, dann ruhen wir uns aus, und morgen beantworte ich Ihre Fragen.» Er sieht, dass ich gerne sofort reden würde und fügt hinzu: «Es war ein sehr langer Tag.»

Das stimmt. Ich spüre es an einem unangenehmen Ziehen in der Nasengegend. Trotzdem muss Baumann mir heute noch erklären, wie er das Geld für die Reise und mein fürstliches Honorar aufgetrieben hat. Ich möchte nämlich nicht mitten in der Nacht von der Bahnpolizei aus dem Abteil gezerrt werden, weil Baumann irgendwelche krummen Dinger gedreht hat. Wäre uns nicht die Hochzeitsschlägerei dazwischengekommen, hätte ich ihn schon früher gefragt. «Das Geld für diese Reise. Und mein Honorar. Ist das Ihr Erspartes?»

Baumann hält inne, überlegt und antwortet: «Nein, warum fragen Sie?»

Ich schweige und sehe ihn prüfend an.

Baumann stutzt, denkt nach, dann versteht er. «Glauben Sie etwa, dass ich es gestohlen habe?»

Ich ziehe die Schultern hoch. «Keine Ahnung. Sagen Sie es mir.»

«Sie müssen sich wirklich keine Sorgen machen. Ich gehe zwar nicht immer den geraden Weg. Das heißt aber noch lange nicht, dass ich krumme Dinger drehe.»

«Schön. Dann sagen Sie mir doch einfach, woher Sie es haben.»

Er greift nach einem der Weinfläschchen, dreht den Verschluss ab und schenkt uns nach. «Nur damit Sie beruhigt sind: Ich habe das Geld gewonnen.»

Meine Augenbrauen wandern ein paar Millimeter nach oben. «Gewonnen?»

«Ja. Ganz legal gewonnen», fährt er fort. «Würde ich es drauf anlegen, könnte ich jedes Casino der Welt ausräumen. Will ich aber nicht. Ich bleibe bescheiden und verhalte mich unauffällig.» Er grinst. «Und wenn ich mal etwas Geld außer der Reihe brauche, gehe ich einfach in die nächste Spielbank und hebe ein bisschen was ab.»

«Gott ist ein Zocker? Interessant. Dabei hat Einstein doch behauptet: Gott würfelt nicht.»

«Ich weiß. Einstein war'n Klugscheißer», erwidert Baumann. «Gott würfelt nicht nur, er spielt auch sehr gern Roulette. Und Black Jack. Und manchmal pokert Gott sogar. Glauben Sie etwa, dass man so etwas wie den Menschen erschaffen kann, wenn man kein Glücksspieler ist?»

Als wir den Schlafwagen beziehen, ist es weit nach

Mitternacht. Baumann hat uns eine Suite gemietet, was bedeutet, dass unsere beiden Abteile durch eine dünne Tür verbunden sind. Auch wenn sie geschlossen ist, kann man sich unterhalten, ohne die Stimme zu erheben. Da wir beide müde sind, ist unser Gespräch aber verebbt. Ich höre, dass Baumann geräuschvoll gurgelt. Das Plätschern eines Wasserhahns dringt durch die Tür. Es folgen ein «Gute Nacht» und das Klicken des Lichtschalters.

«Gute Nacht», erwidere ich und lösche ebenfalls das Licht.

So hundemüde, wie ich bin, müssten mir binnen Sekunden die Augen zufallen. Stattdessen starre ich hellwach ins Dunkel und rekapituliere meinen Tag mit Abel Baumann. Ich möchte der entscheidenden Frage ein Stück näherkommen: Wer ist Abel Baumann? Er ist nicht Gott, so viel ist sicher. Aber er scheint ein paar Tricks zu beherrschen, die einfache Gemüter ziemlich beeindrucken könnten. Vielleicht ist Baumann beim Zirkus einem Hellseher begegnet, der ihm seine Betriebsgeheimnisse verraten hat. Vielleicht war mein Patient auch selbst Illusionist, bevor er sich für eine Karriere als Clown entschieden hat. Er könnte sogar ein ehemaliger Kollege von mir sein, der seine wissenschaftliche Karriere an den Nagel gehängt hat, um sich den Grenzwissenschaften zuzuwenden. Es wäre nicht ungewöhnlich, wenn es sich bei Baumann um einen Psychologen mit psychischen Problemen handelte.

«Grübeln Sie nicht so viel», höre ich Baumann nebenan sagen.

Ich muss grinsen. Baumann kann sich natürlich an zwei Fingern ausrechnen, dass ich über ihn nachdenke. Mit Hellseherei hat das wenig zu tun. Ich würde eher sagen, dass mein Patient ein durchaus talentierter Zauberer ist.

In Baumanns Abteil sind nun Geräusche zu hören. Dann ein Klopfen.

«Ich höre auf zu denken», sage ich. «Versprochen.»

Die Verbindungstür öffnet sich, Licht fällt in mein Abteil. Abel erscheint im Halbdunkel. Er hat eine Flasche Scotch und zwei Gläser in der Hand.

«Hier ist mein Vorschlag», sagt er: «Wir trinken ein Glas oder auch zwei, und ich beantworte so lange alle Fragen, bis einem von uns die Augen zufallen.»

Ich setze mich auf die Bettkante. «Klingt fair.»

Er stellt die Gläser auf einen kleinen, mausgrauen Tisch, zwängt sich auf den dazugehörigen Stuhl und gießt ein. «Ich bin aber nur bereit, auf meine Nachtruhe zu verzichten, wenn ich Sie nicht länger siezen muss.»

Er reicht mir ein Glas. «Ich bin Abel.»

Ich vermute, dass es sich günstig auf unser Therapeut-Patient-Verhältnis auswirken könnte, wenn ich seinem Vorschlag zustimme. «Jakob», erwidere ich also und proste ihm zu.

Wir trinken. Ein angenehmes Brennen in den Eingeweiden.

«Okay, Jakob. Dann schieß mal los!», sagt Abel. «Was willst du wissen?»

Ich halte ihm mein Glas hin. «Erst hätt ich gern noch einen. Passiert ja schließlich nicht alle Tage, dass Gott einem das Du anbietet.»

GOTT IST FRUSTRIERT

«Fangen wir doch einfach ganz von vorn an», schlage ich vor.

Abel, der gerade im Begriff ist, einen Schluck Scotch zu nehmen, setzt das Glas wieder ab. «Beim Urknall, oder wie?» Er fragt es wie ein Abiturient, der sich nicht sicher ist, die Prüfungsaufgabe richtig verstanden zu haben.

Ich muss grinsen. Eigentlich wollte ich die Lebensgeschichte von Abel Baumann hören. Die Biographie Gottes dürfte deutlich opulenter ausfallen, und vielleicht kann Abel mir dabei Antworten auf ein paar Fragen geben, die die Menschheit seit jeher beschäftigen: Wo kommen wir her? Wo gehen wir hin? Und was soll das alles hier?

«Du musst mir sagen, wo deine Geschichte beginnt», erwidere ich diplomatisch. «Ich war schließlich nicht dabei, als du die Welt erschaffen hast.»

Er nickt pflichtbewusst. «Gut. Der Urknall also.» Er knetet seine Finger. «Den Urknall musst du dir als mein persönliches erstes Silvesterfeuerwerk vorstellen. Ich hab mir einen netten Abend gemacht und dabei Himmel und Erde erschaffen. Die Erde war zunächst noch leer und öde. Sie sah ein bisschen so aus wie heute der Mond. Allerdings gab es auf dieser Ur-Erde einen gigantischen Ozean, der die meisten Teile des Landes bedeckt hat. Es war stockfinster, also habe ich beschlossen, erst mal Licht zu machen, und dann gesehen, dass ...»

«Abel?», unterbreche ich.

Er merkt auf. «Ja? Was ist denn?»

«Genau so steht es in der Bibel.»

«Ja. Und? Ist ja auch nicht alles falsch, was in der Bibel steht.» Er setzt ein gewinnendes Lächeln auf.

Ich mustere ihn skeptisch. «Und warum habe ich dann das Gefühl, dass du gerade versuchst, mir eine freie Interpretation des ersten Buches Mose als deine eigene Story unterzujubeln?»

Abel hält meinem Blick nur wenige Sekunden stand, dann schaut er zum Fenster, streicht sich verlegen über den Kopf und greift nach seinem Glas, um es sogleich in einem Zug zu leeren. «Schon gut!», bringt er zerknirscht hervor. «Du hast mich durchschaut. Die Wahrheit ist: Ich kann mich nicht mehr daran erinnern, dass ich die Welt erschaffen habe. Deshalb weiß ich auch nicht, *wie* ich sie erschaffen habe.» Er gießt sich nach. «Aber das alles ist ja jetzt auch schon ein paar Millionen Jahre her. Wenn nicht sogar noch länger!»

Ich kratze meine bescheidenen Kenntnisse der Astrophysik zusammen: «Soviel ich weiß, gibt es Leute, die behaupten, dass es vor dem Urknall einen leeren, zeitlosen Raum gegeben hat. Gott müsste in diesem leeren Raum bereits existiert haben, weil er ja ebenso unendlich ist wie das Universum selbst. Du wärst dann nicht seit Millionen oder Milliarden Jahren, sondern seit ewigen Zeiten hier.»

Auf Abels Stirn bilden sich tiefe Denkfurchen. «Das würde zumindest erklären, warum ich überhaupt auf die Idee gekommen bin, ein Universum zu erschaffen. Stell dir das mal vor: allein in einem leeren Raum. Und das auch noch für die Ewigkeit. Ohne Drinks. Ohne einen Film oder ein Buch. Und ohne jemanden, mit dem man mal ein bisschen quatschen kann. Ich gehe davon aus, dass ich mich zu

Tode gelangweilt habe.» Er nippt nachdenklich an seinem Scotch.

Intelligente Psychotiker wissen, dass sie nicht alle Details ihres Weltentwurfs erklären müssen. Es reicht schließlich völlig, wenn ihnen niemand das Gegenteil beweisen kann. Aber so leicht kommt Abel mir nicht davon.

«Schon klar», sage ich. «Ist ja auch viel passiert seit dem Urknall.» Beiläufig füge ich hinzu: «Aber an das Paradies erinnerst du dich schon noch, oder?»

«An die ersten Menschen, meinst du?»

Ich nicke. «Oder so. Ja.»

«Klar», antwortet Abel prompt. «Manchmal träume ich sogar noch davon, wie ich die ersten Menschen in ihren Höhlen besucht habe. Eine traumhafte Zeit war das damals.»

«Du warst also mit den ersten Menschen unterwegs», stelle ich betont sachlich fest. «Darf ich fragen, wie du das angestellt hast?»

«Na ja. Wie ich es seitdem immer angestellt habe. Manchmal bin ich als Mensch aufgetaucht, manchmal in Gestalt eines Tieres.»

«Du kannst dich also verwandeln», vermute ich.

Abel schüttelt den Kopf. «Es ist eher so, dass ich mir die Körper ... leihe.»

«So eine Art Seelenwanderung?»

«Könnte man so sagen», bestätigt Abel.

«Das heißt, du wechselst regelmäßig den Körper und bist auf diese Weise seit Anbeginn der Menschheit auf der Erde?» Interessante Theorie, denke ich. Und auch schwer widerlegbar.

«Mit kleinen Pausen», erwidert Abel. «Wobei ich nicht ausschließen will, dass ich da auch wieder ein paar Sachen vergessen habe.»

«Und wie muss ich mir das vorstellen? Im alten Ägypten

warst du Steineschlepper an den Pyramiden von Gizeh? Im revolutionären Frankreich bist du mit dem Mob zur Bastille gezogen? Und als die Titanic sank, da hast du den Leuten in die Rettungsboote geholfen? Oder wie?»

Abel wiegt den Kopf hin und her. «Also. Im alten Ägypten war ich beispielsweise ein Schoßhündchen, dann noch ein Schreiber und später eine mehrfache Mutter. Und als die Bastille gestürmt wurde, da habe ich als Dienstmädchen bei einer Familie in Manchester gearbeitet. Der Herr des Hauses war übrigens fürchterlich zudringlich. Wo ich gewesen bin, als die Titanic gesunken ist, da muss ich mal überlegen.» Er denkt angestrengt nach. «Vergessen», stellt er schließlich fest und schüttelt fassungslos den Kopf, als könne er selbst nicht glauben, dass er sich beim besten Willen nicht mehr daran erinnern kann, was er in irgendeiner Aprilnacht vor rund hundert Jahren gemacht hat.

«Aber prinzipiell liegst du richtig», fährt er fort. «Ich habe mich ein paar hunderttausend Jahre durch die Menschheitsgeschichte gehangelt wie ein Affe, der sich von Ast zu Ast schwingt. Hat viel Spaß gemacht. Leider habe ich dabei übersehen, dass irgendetwas aus dem Ruder läuft.» Abel will sich erneut nachgießen, hält plötzlich inne, stellt die Flasche zurück und schiebt sie dann mitsamt dem leeren Glas von sich. «Ich könnte jetzt ganz gut 'nen Kaffee vertragen. Was ist mit dir?»

Ich zucke mit den Schultern. «Ja. Wär schon toll. Allerdings ist es mitten in der Nacht. Ich fürchte, dass die hier ...»

Ein Klopfen unterbricht mich. Dass uns gleich darauf ein Servicemitarbeiter der Bahn unaufgefordert zwei Tassen Kaffee serviert, müsste mich eigentlich wundern. Aber inzwischen weiß ich ja, dass Abel einen Hang zu Showeinlagen hat. Ich vermute, er hat den Bahnmitarbeiter bestochen und ihm gerade eben heimlich eine SMS zukommen lassen. So hätte ich es gemacht.

Ich lasse Abels kleine Showeinlage bewusst unkommentiert und nippe an meinem Kaffee. Rasch verfliegt die bleierne Müdigkeit. Ein Glück, denn ich will unsere Sitzung auf keinen Fall unterbrechen. Ich habe das Gefühl, wir sind an einem sehr wichtigen Punkt angelangt. Möglich, dass wir uns dem Trauma, das Abels Psychose ausgelöst haben könnte, mit großen Schritten nähern.

«Du sagtest eben, dass irgendetwas aus dem Ruder gelaufen ist. Was genau hast du damit gemeint?»

«Tja. Wenn ich das nur wüsste», entgegnet Abel. «Fakt ist, dass die Menschheit den falschen Weg eingeschlagen hat. Aber ich kann dir beim besten Willen nicht sagen, was genau schiefgelaufen ist. Und ich weiß auch nicht, wann es schiefgelaufen ist.»

«Manche behaupten, der Sündenfall hat die Menschen aus dem Paradies gekegelt.»

«Ach Quatsch!» Abel schüttelt energisch den Kopf. «Ich habe niemals irgendjemandem irgendetwas verboten. Schon gar nicht, Äpfel zu essen.»

«Der Sündenfall ist ja auch nur eine Metapher», erwidere ich. «Außerdem bist du nicht der Einzige, der glaubt, dass die Menschheit auf dem Holzweg ist. Es gibt eine Menge Organisationen, die Menschenrechtsverletzungen, Kriege, Umweltverschmutzung und andere Untaten anprangern und zu verhindern versuchen.»

«Ich weiß», erwidert Abel. «Ich hab oft genug solche Bewegungen unterstützt. Und zwar quer durch die ganze Menschheitsgeschichte. Leider ohne Erfolg. Und jetzt frage ich mich, ob es uns weiterbringen würde, wenn wir wüssten, wann genau der Mensch das Maß für die Dinge verloren hat.»

Er registriert mein fragendes Gesicht und ergänzt: «Ist dir das etwa noch nicht aufgefallen? Der Mensch weiß nie, wann er genug hat. Das gilt praktisch überall. Beim Essen, beim Arbeiten, beim Saufen, beim Geld. Wer ein gutes Leben hat, will ein besseres, und wer ein besseres bekommt, will ein noch besseres. Arme Schlucker wollen Millionäre werden. Und Millionäre Milliardäre. Und wer Milliardär ist, will unter den Milliardären derjenige sein, der am meisten Geld hat.» Er blickt in seine nun leere Kaffeetasse.

«Ich hab mal gelesen, dass man mit dem Geld der in New York lebenden Milliardäre alle Obdachlosen des Big Apple zu Millionären machen könnte. Witzig, oder?»

Auch ich nehme den letzten Schluck von meinem Kaffee. «Meinst du, wir kriegen noch so zwei Tassen?»

«Also, ich hab noch», antwortet Abel und zeigt mir seine randvolle Tasse. Er wirft einen Blick auf den Tisch und fügt hinzu: «Aber du doch auch.»

«Nein. Ich hab gerade …» Ich will sagen: ausgetrunken, verstumme jedoch, weil auch meine Tasse wieder bis zum Rand gefüllt ist.

Abel nippt unschuldig an seinem Kaffee. Ich mustere ihn kritisch, was ihm nach einer Weile ein kleines Grinsen abringt.

«Ich hätte geschworen, eine wundersame Kaffeevermehrung haut jemanden wie dich bestimmt nicht aus den Socken», sagt er. «Dieser Trick ist zwar nicht ganz so simpel, aber für einen fortgeschrittenen Zauberer wie mich durchaus machbar.»

Er macht ein ernstes Gesicht und sieht mir nun direkt in die Augen. «Es besteht also weiterhin überhaupt kein Grund daran zu zweifeln, dass ich lediglich ein psychisches Problem habe, nicht wahr, Dr. Jakobi?»

Seine Provokation schwebt im Raum. Schweigen.

«Okay», sage ich, leicht gereizt. «Reden wir Klartext.»

Abel nickt kampflustig, während ich fortfahre: «Wenn du wirklich Gott bist, warum änderst du dann nicht einfach all die Dinge, die dir gegen den Strich gehen? Du hast diese Welt doch angeblich erschaffen. Also muss es doch auch möglich sein, dass du sie ganz oder teilweise wieder abschaffst. Wo also ist dein Problem?»

«Oh. Darf ich das als zarten Hinweis darauf verstehen, dass wir uns langsam mal meinen tatsächlichen Problemen zuwenden?», fragt Abel spitz.

«Ich dachte, das tun wir schon die ganze Zeit», erwidere ich in etwas entspannterem Tonfall, um die Situation nicht weiter aufzuladen.

«Mitnichten», entgegnet Abel sachlich. «Dazu müsstest du nämlich zumindest in Erwägung ziehen, dass ich die Wahrheit sage. Ich fürchte, du wirst mir nicht helfen können, wenn du meine Geschichte weiterhin nur als Teil einer Psychose begreifst.»

Intelligenten Psychotikern ist praktisch jedes Mittel recht, ihrem Weltbild Geltung zu verschaffen. Ich hab das schon in anderen Fällen erlebt. Insofern kommt Abels Bitte für mich nicht völlig überraschend.

Er lehnt sich zurück und schaut aus dem Fenster. Ich folge seinem Blick, nippe an meinem Kaffee und betrachte die umherwirbelnden Flocken. Der Schneefall ist stärker geworden.

Wir schweigen eine Weile.

«Ich soll also ernsthaft glauben, dass du Gott bist», stelle ich fest.

«Du sollst es nur in Erwägung ziehen. Mehr nicht», antwortet Abel. «Ich meine, da draußen gibt es eine Menge Leute, die an mich glauben, obwohl sie deutlich weniger Indizien für meine Existenz haben als du.»

«Ich bin Wissenschaftler», erwidere ich. Der Satz war als wirksame Verteidigung gedacht, klingt jedoch wie eine faule Ausrede.

Abel bemerkt es. «Wissenschaftler», wiederholt er süffisant. «Soso. Und was weiß man als Wissenschaftler so alles?»

«Zum Beispiel, dass man nicht alles glauben darf», sage ich.

Abels Blick fällt auf meine leere Tasse. «Noch Kaffee?» Es klingt freundlich, und doch ist da ein Hauch von Provokation in seiner Stimme.

Ich beuge mich vor. Ohne meine Tasse aus den Augen zu lassen, sage ich lauernd: «Ja, sehr gern.»

Angespanntes Schweigen.

Obwohl ich mich konzentriere, verpasse ich den entscheidenden Augenblick. Plötzlich, als hätte ich für einen Moment nicht hingesehen, ist meine Tasse ein weiteres Mal mit duftendem und dampfendem Kaffee gefüllt.

Ratlos blicke ich zu Abel. Der zuckt mit den Schultern. «Was soll ich dir sagen, Jakob? Du würdest es ja doch nicht glauben.»

«Versuchen wir es», erwidere ich. «Vielleicht überzeugst du mich ja.»

Abel wiegt skeptisch den Kopf hin und her, dann gibt er sich einen Ruck.

«Es passiert beim Blinzeln», erklärt er. «Vor jedem Lidschlag schaltet dein Gehirn für ein paar hundert Millisekunden die Wahrnehmung aus, damit dir dein eigenes Blinzeln nicht auffällt. Deshalb verpasst du alles, was in dieser Zeit passiert. Ist übrigens bei allen Menschen so.»

«Und in dieser Zeit gießt du mir Kaffee nach?»

«So ähnlich», erwidert Abel grinsend.

«Vielleicht solltest du Kellner werden», stichele ich.

«Leute mit einem solchen Tempo werden händeringend gesucht.»

Abel lächelt milde. «Der Planet, auf dem wir beide gerade sitzen, braucht auch nur einen Lidschlag, um sich fast fünfzehn Kilometer durchs Weltall zu bewegen. Ist keine Weisheit von mir, sondern eine ...» Er betont das folgende Wort genüsslich. «... wissenschaftliche Erkenntnis. Was kommt dir nun merkwürdiger vor? Dass ich in der Lage bin, dir ein bisschen Kaffee in die Tasse zu zaubern? Oder dass wir beide gerade mitsamt dieser Welt und einer Geschwindigkeit von fast zweitausend Stundenkilometern durch einen schwarzen, unendlichen Raum stürzen?»

Argwöhnisch beäugen wir uns. Zwei Boxer, die sich umkreisen und auf den entscheidenden Schlag lauern. Sieht nach einem ruhmlosen Unentschieden aus.

«Du hast meine Frage noch nicht beantwortet», sage ich. «Wenn du wirklich Gott bist, warum veränderst du die Welt dann nicht mit einem Fingerschnippen nach deinen Vorstellungen?»

«Wieso interessiert dich das?», erwidert Abel patzig. «Du glaubst doch sowieso nicht, dass ich Gott bin.» Er verschränkt die Arme vor der Brust und blickt düster ins Schneegestöber.

Auch ich drehe den Kopf wieder zum Fenster und schaue den Flocken beim Tanzen zu. Wenn man bedenkt, dass wir während unseres Gesprächs tatsächlich Hunderte von Kilometern durchs Weltall geschleudert werden, dann kann einem bei diesem Gedanken schon ein bisschen mulmig zumute werden. Erstaunlich, woran wir Menschen so alles glauben, weil wir es zu wissen glauben.

«Ich könnte versuchen, mir für die Dauer unserer Zusammenarbeit so eine Art professioneller Schizophrenie zuzulegen», beginne ich.

Abel merkt auf.

«Das heißt, als Psychologe wäre ich weiterhin der wissenschaftlichen Überzeugung, dass es sich bei Abel Baumann um einen Menschen mit einer schweren Psychose handelt. Und sollten wir auf eine kritische Situation zusteuern, dann würde ich auch auf Basis dieser Überzeugung meine Entscheidungen treffen.»

«Aber …?»

«Aber es gäbe eben auch noch den Privatmann Jakob Jakobi. Und der könnte nicht abstreiten, dass es Dinge zwischen Himmel und Erde gibt, die man nicht erklären kann. Dieser Privatmann wäre wohl sogar bereit, die Existenz gewisser unbekannter Mächte anzuerkennen. Ob man das aber nun schon als Gottglaube bezeichnen kann, das sei dahingestellt.»

«Immerhin», konstatiert Abel. «Das ist doch mal ein Anfang.»

«Du hast aber schon verstanden, dass ich fremde Hilfe hinzuziehen muss, wenn wir die Situation nicht in den Griff bekommen, oder?»

Abel nickt. «Du tust das, was du gut kannst. Ich tue das, was ich gut kann.»

Ich stutze. «Ist das aus der Bibel?»

Abel schüttelt den Kopf. «Nein. Aus *Heat*. Der erste gemeinsame Auftritt von De Niro und Pacino.»

Ich greife nach meinem Kaffee, um den nächsten Anfall von Müdigkeit im Keim zu ersticken. «Wir wollten über deine eigentlichen Probleme reden.»

Abel nickt. «Stimmt. Und nebenbei wolltest du noch wissen, warum ich die Welt nicht einfach nach meinen Vorstellungen verändere.» Er versucht ein lässiges Lächeln, aber es wirkt unentspannt. «Die ebenso traurige wie schlichte Erklärung lautet: Ich kann es nicht. Meine Kräfte lassen nach. An schlechten Tagen habe ich das Gefühl, dass ich im Stundentakt schwächer werde. Außerdem bin ich nicht mehr so beweglich wie früher. Das Tempo der Menschheit hat so gnadenlos zugenommen, da komm ich einfach nicht mehr mit.»

Ich glaube, mich verhört zu haben. «Gott kann mit seiner eigenen Welt nicht mehr Schritt halten?»

Abel nickt. «Ja, so ist es. Was denkst du, warum ich Herzklabaster habe? Und warum ich aus eigenem Antrieb mit einer Therapie beginne? Glaub mir, ich würde auf diesem Planeten sehr gern eine Menge Dinge verändern, aber mir sind die Hände gebunden. Und zwar seit dem Tag, als ich in den Körper von Abel Baumann geschlüpft bin.»

Mir geht das gerade alles zu schnell. Selbst in ausgeschlafenem Zustand ist Abels komplexe Persönlichkeit nicht leicht zu durchschauen. «In Abel Baumann geschlüpft heißt, du hast dir seinen Körper geliehen, richtig?», fasse ich mühsam zusammen.

«Genau so», antwortet er.

«Wobei ich da noch eine Frage habe», fahre ich fort. «Wenn Gott in einen Menschen geschlüpft ist, was passiert dann eigentlich währenddessen mit der Seele dieses Menschen? Ist die auch noch im Körper? Weiß die etwas von der Anwesenheit Gottes?»

«Die geht spazieren», erwidert Abel prompt.

«Spazieren. Aha. Und was heißt das?»

«Ähnlich wie im Traum. Da gehen die Seelen ja auch manchmal spazieren. Oder wenn man sich an einen fernen Ort wünscht. Dann ist die Seele oft schon da, der Körper aber noch nicht.» Abel mustert mich kritisch. «Das glaubst du mir jetzt nicht. Richtig?»

«Na ja. Ich dachte bislang immer, die Seele würde den Körper erst verlassen, wenn der Mensch tot ist.»

Abel winkt ab. «Vergiss es! Seelen sind unberechenbar. Wirklich! Die machen, was sie wollen. Manche schweben umher und möchten gar nicht durch einen Körper begrenzt werden. Andere lassen sich keine einzige Wiedergeburt entgehen. Wieder andere leben in Pflanzen, Tieren, Gewässern oder auch in den Elementen. Manche sind quirlig wie ein Vogelschwarm, andere behäbig wie eine Elefantenherde.»

Ich atme geräuschvoll aus. «Das klingt alles ziemlich ... abgefahren.»

«Du wolltest es wissen», sagt Abel schulterzuckend.

Ich nicke. «Gut, und als du dir Abel Baumanns Körper geliehen hast, ist dir aufgefallen, dass irgendwas aus dem Ruder läuft.»

«Genau», erwidert Abel. «Wobei die Probleme schon länger schwelen. Ich habe es nur nicht gleich gemerkt. Das lag wohl daran, dass alles völlig harmlos anfing. Millionen Jahre passierte auf der Erde praktisch ... nichts. Es gab nicht die geringste Innovation. Lag sicher auch daran, dass die ersten Menschen ziemliche Doofnüsse waren. Für die Erfindung des Faustkeils haben die Torfnasen sechshunderttausend Jahre gebraucht. Das musst du dir mal vorstellen! Sechshunderttausend Jahre! Für einen Faustkeil! Ich dachte also, ich tue meinen Schäfchen was Gutes und spendiere ihnen ein paar Erfindungen: Pfeil und Bogen, Kleidung, den Feuerstein und das Rad. All das natürlich im Laufe einiger Jahrtausende, ich wollte die Menschen ja nicht überfordern.» Abel streicht über seinen Dreitagebart. «Ich gebe zu, ein wenig Egoismus war auch im Spiel. Es ist wahnsinnig öde, Leuten zuzusehen, die sich keinen Millimeter weiterentwickeln. Jedenfalls scheinen meine Geschenke an die Menschheit so eine Art Initialzündung gewesen zu sein. Mit der Zeit versuchten sich die Menschen selbst als Erfinder. Und die Erfolge waren so beachtlich, dass ich eines Tages wieder eingreifen musste. Die Menschen erfanden nämlich nicht nur nützliche und sinnvolle Dinge, sie hatten auch eine Menge Ideen, um einander wirkungsvoll zu betrügen, zu bestehlen und zu töten.»

«Eingreifen heißt, du hast sie bestraft?», vermute ich.

«Wofür sollte ich sie bestrafen? Ich hatte ihnen ja nichts verboten. Also hatten sie auch nichts Unrechtes getan. Außerdem war ich damals von der naiven Vorstellung beseelt, ich könnte die Menschheit behutsam auf den rechten Weg führen. Deshalb versuchte ich, die Menschen in ihren noblen Bemühungen zu unterstützen. Nicht nur bei wichtigen Erfindungen und Entdeckungen hatte ich die Finger im Spiel, ich habe auch bei der Geburt einmaliger Kunstwerke, wichtiger politischer Entscheidungen oder epochaler Reden geholfen. Immer in der Hoffnung, die Welt damit besser machen zu können.»

«Wie muss ich mir das vorstellen?», frage ich, ebenso müde wie entgeistert. «Du schlüpfst mal kurz in den Körper von Michelangelo und meißelst seine David-Statue fertig?»

Abel lacht. «Michelangelo war einer der wenigen, die meine Hilfe nicht gebraucht haben. Aber ich hab zum Beispiel für Balzac Kaffee gekocht, als er an seiner menschlichen Komödie gearbeitet hat.»

Jetzt muss ich lachen. «Soviel ich weiß, ist Balzac unter anderem daran gestorben, dass er zu viel Kaffee gesoffen hat.»

«Ja, das war blöd», erwidert Abel. «Außerdem hatte ich mir von dem Romanzyklus viel mehr versprochen. Im Nachhinein hab ich mich wahnsinnig geärgert. Statt Balzac zu helfen, hätte ich den jungen Louis Pirandreau unterstützen sollen.»

«Sagt mir nichts. Müsste ich den kennen?»

Abel schüttelt den Kopf. «Er ist ein Unbekannter geblieben. War ein sehr guter Autor. Zeitgenosse von Balzac. Hätte ich Pirandreau unterstützt, würde es heute wahrscheinlich einige ausgezeichnete Bücher von ihm geben. So aber hat er den elterlichen Laden übernommen und nie etwas veröffentlicht.»

Ich möchte noch nicht schlafen, spüre aber, dass der Kaffee meine Müdigkeit nicht mehr lange im Zaum halten wird. «Warum hast du nicht einfach die Bösewichte ausgeschaltet?», will ich wissen. «Du hättest in ihre Körper schlüpfen und bessere Menschen aus ihnen machen können.»

«Stimmt», sagt Abel. «Kurzfristig wäre das eine Lösung gewesen. Aber eben nur kurzfristig. Seelen kann man nicht einfach umprogrammieren. Sie müssen lernen. Manchmal dauert das ein paar Jahre, manchmal Jahrzehnte, manchmal auch Jahrhunderte. Außerdem kann ich nicht überall gleichzeitig sein. Schon in der Frühzeit gingen mir regelmäßig ein paar Dutzend Seelen durch die Lappen, während ich versuchte, eine einzige zu retten. Heute ist das Verhältnis katastrophal. Wenn du ein Arschloch auf den richtigen Weg bringst, wachsen Tausende nach, die noch viel schlimmer sind. Ich weiß wirklich nicht, wo das noch alles hinführen soll.»

Abel schiebt seine Tasse zur Seite, greift nach seinem Glas und gießt sich Scotch ein. «So. Ein letzter. Dann muss ich ins Bett.»

Kommentarlos schiebe ich mein leeres Glas über den Tisch. Abel füllt es. Wir prosten.

«Außerdem habe ich mich schon oft gefragt: Was ist gut? Und was ist böse?» Müde nippt Abel an seinem Scotch. «Dieser Drink hier ersetzt in manchen Situationen die Medizin. Das Zeug kann einen aber auch um den Verstand bringen.

Oder nimm das Geld. Man kann viele sinnvolle Sachen damit kaufen, es ist aber auch in der Lage, ganze Nationen ins Chaos zu stürzen. Offenbar gibt es immer einen Weg, selbst die schönsten und nobelsten Dinge ins Gegenteil zu verkehren, wenn man es darauf anlegt.» Abels Blick verdüstert sich. «Tja. Das also ist die Situation: Ich habe mich durch die Weltgeschichte gehangelt und versucht, alles zum Besseren zu wenden. Und was ist dabei herausgekommen? Nichts! Null! Ich bin auf der ganzen Linie gescheitert. Schau dir die Welt an! Hunger, Krieg, Katastrophen, Unterdrückung, Ungerechtigkeit und Umweltverschmutzung, wohin man sieht. Habe ich was vergessen?»

Ich stütze mich müde auf dem Bett ab. «Dass diese Welt hier manchmal kein Zuckerschlecken ist, musst du mir nicht erklären, Abel. Aber die meisten Leute auf diesem Planeten finden das Leben trotzdem gar nicht so übel.»

Abel sieht mich an. «Du willst sagen, dass es auch mir ganz gut gehen könnte, wenn ich nicht diese blöden Wahnvorstellungen hätte.»

«Na ja. Vielleicht ist es besser, ein glücklicher Zirkusclown zu sein als ein unglücklicher Gott», überlege ich laut.

«Aber ich bin nun mal Gott», erwidert Abel. «Was soll ich denn machen?»

«Was soll *ich* machen?», frage ich. «Wenn nicht einmal Gott sich helfen kann, wie soll ein einfacher Mensch es dann können?»

Abel beugt sich vor. «Was bin ich denn ohne die Menschen, Jakob? Nichts! Ich kann nur etwas bewegen, wenn möglichst viele an mich glauben. Wenn sich niemand für das Gute interessiert, dann bin ich schlicht erledigt. Und genau das ist mein Problem. Die Kraftlosigkeit, die ich gerade spüre, wird größer mit jedem Menschen, der den

Glauben verliert. Verstehst du, Jakob? Mein Burnout ist der Burnout der Welt.»

Schweigen. Abel hat sich da eine bemerkenswerte Theorie zusammengebastelt, finde ich. «Und was genau kann ich für dich tun?»

«Offensichtlich mache ich irgendetwas falsch. Hilf mir, es zu finden, damit die Menschen wieder an mich glauben.» Er sieht mich eindringlich an. «Aber zuerst musst *du* an mich glauben, Jakob. Wie soll ich jemals die Menschheit überzeugen, wenn selbst mein Psychotherapeut mich für einen Spinner hält.»

Ich erwidere Abels Blick, schweige aber. Es ist ein außerordentlich intelligenter Schachzug von meinem Patienten, dass ich ihn nur dann therapieren kann, wenn ich zuvor seine Wahnvorstellungen als real akzeptiert habe.

Er lächelt. «Denk dran, Jakob. Ich kann deine Gedanken lesen.»

«Das ist gut», sage ich. «Dann bist du ja im Bilde.»

GOTTES GELIEBTE

«Du kommst spät.» Die Frau, die uns die Tür öffnet, ist Mitte vierzig, hat dichtes, pechschwarzes Haar und stark geschminkte Augen. Sie trägt ein blaues Dirndl, das ihre beträchtliche Oberweite eindrucksvoll zur Geltung bringt. An ihrem Hals hängt ein ebenfalls übergroßes Kruzifix, gehalten von einem schlichten Lederriemen. Es sieht ein bisschen aus, als würde der Gekreuzigte ihr in den Ausschnitt schielen.

«Die Bahn hatte Verspätung», erwidert Abel lapidar.

«Na, dann willkommen», sagt die Frau und tritt zur Seite, um uns hereinzulassen.

Essensgeruch hängt in der Luft. Der Flur ist vollgestopft mit Devotionalien: Kreuze, Heiligenbilder, Rosenkränze und diverse Madonnen. Die Figuren stehen auf passgenauen Sockeln, was dem Flur die Anmutung eines überdimensionalen Setzkastens verleiht. Am Ende des Ganges kann ich einen Hausaltar erkennen, der von zwei armdicken Kerzen illuminiert wird.

«Und Sie müssen Abels Seelenklempner sein», begrüßt mich die Frau herzlich. «Ich bin die Maria. Wird höchste Zeit, dass sich endlich mal jemand um den Abel kümmert.» Sie deutet auf ein kleines, bronzenes Weihwasserbecken an der Wand. «Wenn der Herr Doktor sich vielleicht kurz bedienen möchte ...»

«Vielen Dank. Aber ich bin nicht sehr gläubig.»

«Das gehört sich hier aber so», sagt sie barsch.

Ihr Tonfall duldet definitiv keine Widerrede, also tauche ich überrumpelt meine Fingerspitzen ins Weihwasserbecken und bekreuzige mich hastig. Abel, der die Prozedur ebenfalls hinter sich bringen muss, ist sichtlich amüsiert.

«Hier hat sich aber jemand viel Mühe gegeben», bemerke ich beim Anblick der akkurat ausgerichteten Heiligenfiguren.

«Das war alles der Josef, mein Mann», erklärt sie und geleitet uns in die Küche. «Der Josef ist nämlich Zimmermann.»

Auf dem Tisch stehen eine Schüssel mit Weißwürsten, ein Korb mit Salzbrezeln und ein großes Glas süßer Senf. Mit den Worten «Ich hol uns rasch noch Bier und Limonade» verschwindet Maria.

Ich werfe Abel einen kritischen Blick zu. «Die beiden heißen Maria und Josef? Das ist'n Witz, oder?»

«Nein. Wieso?», erwidert Abel. «Wir sind hier in Bayern. Komisch wäre es eher, wenn die beiden anders heißen würden.»

«Und er ist ... Zimmermann?»

«Was hast du gegen diesen ehrenwerten Beruf einzuwenden?»

«Und haben Maria und du vielleicht zufällig auch einen Sohn, den Josef quasi adoptiert hat?», frage ich.

«Zufällig ja. Wobei Maria gleich drei Kinder von drei verschiedenen Männern hat. Josef ist in keinem Fall der leibliche Vater. Er hat es irgendwann akzeptiert, dass seine Frau regelmäßig von anderen Männern schwanger wurde. Wie du unschwer erkannt hast, sind die beiden sehr gläubig. Er glaubt, dass Gott ihn prüfen will. Sie glaubt, dass Gott ihr andere Männer schickt, weil Josef unfruchtbar ist.»

«Oh. Das wusste ich nicht. Tut mir leid.»

«Muss es nicht», entgegnet Abel. «Sie liegt falsch. Josef ist nicht unfruchtbar, die beiden passen nur biologisch nicht gerade perfekt zusammen. Josef hatte mal eine Affäre mit der Nachbarin. Er hat mit ihr ein Kind gezeugt. Aber das weiß er nicht, weil sie es ihm verschwiegen hat.»

«Und euer Sohn heißt Jesus», rate ich.

«Christian», korrigiert Abel.

«Was ist mit Christian?», will Maria wissen. Gerade hat sie die Küche betreten.

«Wir sind mit ihm verabredet», antwortet Abel. «Später.»

Sie nickt, scheint aber nicht eben begeistert von unserem Plan zu sein. Sie stellt die mitgebrachten Flaschen auf den Tisch. «Limo oder Bier?»

«Limo», antworten Abel und ich synchron. Die letzte Nacht steckt uns noch in den Knochen.

Die Küchentüre knarrt, und ein gedrungener Kerl mit riesigen Händen betritt den Raum. Er trägt eine Lederhose und ein kariertes Hemd, aus dem graue Brusthaare hervorschauen. «Grüß Gott, miteinander!»

«Ich grüß dich auch, Josef!», erwidert Abel sonnig.

Marias Mann nickt in die Runde, setzt sich an den gedeckten Tisch und bekreuzigt sich. «Wir wollen beten.»

Er wartet, bis alle die Hände gefaltet und die Köpfe gesenkt haben.

«Gott will uns speisen. Gott will uns tränken. Nun lasst uns still unsere Augen senken. Und lasst uns seiner Gäste gedenken.»

Hübsches Gebet, finde ich, räuspere mich und will gerade sagen: Amen. Da trifft mich Josefs vorwurfsvoller Blick. Offenbar ist er noch nicht fertig. Rasch nehme ich wieder eine demütige Haltung ein.

«Und lasst uns seiner Gäste gedenken», wiederholt Josef

mit Nachdruck. «Dem Hirsch im Klee. Dem Karpfen im See. Der Biene im Honigduft. Dem Spatz in der Himmelsluft ...»

Ich werfe Abel einen fragenden Blick zu. Keine Reaktion.

«... Der Schlange im Dorn. Dem Mäuschen im Korn ...» Josef scheint das Gebet sehr zu mögen, denn seine eben noch ernste Miene verwandelt sich zunehmend in ein entrücktes Lächeln. «... Dem Bären im Forst. Dem Adler im Horst ...»

Ich überschlage, dass allein die Aufzählung der heimischen Tierarten schnell mal ein paar Stündchen in Anspruch nehmen könnte, und hoffe, dass dem Verfasser des Gebets zügig die Reime ausgegangen sind.

«... Dem Fuchs auf der Heide. Der Kuh auf der Weide. Dem Hasen im Park. Der Taube im Schlag ...»

Jesus Christus! Kann das mal jemand abstellen?

«... Dem Käfer im Reis. Der Krähe im Mais ...»

Ich muss niesen. Josef hält inne und wartet dann seelenruhig ab, bis alle sich geräuspert haben und wieder absolute Stille eingekehrt ist. Gerade will er mit seinem enzyklopädischen Gebet fortfahren, da erscheint eine Denkfalte auf seiner Stirn. Er überlegt, an welcher Stelle ich sein Gebet mit meinem unheiligen Niesen unterbrochen habe.

«Krähe im Mais», sage ich rasch. Ich befürchte, wenn er den Anschluss nicht findet, fängt Josef einfach wieder von vorn an. Gott sei Dank hellt sich seine Miene auf. Er erinnert sich also. Aus den Augenwinkeln nehme ich wahr, dass Abel sich ein Grinsen nicht verkneifen kann.

«Dem Käfer im Reis. Der Krähe im Mais», setzt Josef erneut an. «Dem Kuckuck im Stamm. Dem Bock auf dem Kamm. Dem Ochs auf der Au. Dem Huhn und dem Pfau. Dem Löw, der Gazelle. Dem Gnu, der Libelle. Dem Fröschlein im Teich ...»

Ich schiele zu den Weißwürsten. Das wird wohl heute nichts mehr.

«... Ob arm oder reich ...», höre ich Josef sagen und spitze die Ohren. Was war das? Ein Themenwechsel? Ist etwa die Liste der Tiere abgearbeitet? Ich mache mir zarte Hoffnungen, dass das Gebet doch noch vor Anbruch der Nacht ein Ende haben könnte.

«... Ob Wiese, ob Wald. Ob jung oder alt. Ob Mensch oder Tier. Ob Fliege, ob Stier. Ob groß oder klein ...» Josef macht eine Kunstpause, in der man nun blöderweise mein gelangweiltes Seufzen hört, was der Vortragende aber ignoriert. «Gott lädt uns alle ein. Er gibt uns reichlich Speis und Trank. Drum beten wir: Dem Herrn sei Dank.»

«Amen», sagt Maria und bekreuzigt sich in Windeseile, um nun zügig alle Anwesenden mit Weißwürsten und Getränken zu versorgen.

Halleluja. Das Schönste am Gottesdienst ist der Moment, wenn man ihn hinter sich hat. Das weiß ich noch gut aus jener Zeit, als meine Mutter mich sonntags in die Kirche schleppte.

«Guten Appetit!», wünsche ich höflich. Abel nickt stumm. Maria und Josef schauen mich jedoch an, als hätte ich einen dreckigen Witz erzählt. Wie ich nun erklärt bekomme, mögen unsere Gastgeber es nicht, wenn beim Essen gesprochen wird. Zeitraubende und langweilige Gebete sind okay, anregende Gespräche unerwünscht. Glücklicherweise sind ein paar Weißwürste rasch gegessen. Sonst wäre das hier wohl eine sehr zähe Angelegenheit.

Nach dem Mahl bitten Josef und Maria mich in die gute Stube. Allein. Das trifft sich gut, weil ich mit den beiden ohnehin über Abel reden wollte.

«Es freut uns sehr, dass Gott endlich einen Weg gefunden hat, um unserem bedauernswerten Abel zu helfen», fällt Josef mit der Tür ins Haus. Er fischt eine besonders hässliche Pfeife aus einem rustikalen Pfeifenhalter und beginnt, sie umständlich zu stopfen. «Wissen Sie, mein Großvater, der Jeremias, war auch mehr als zwanzig Jahre seines Lebens ans Bett geschnallt. Und nun frage ich Sie: Hat es ihm etwa geschadet?»

«Oh. Ich fürchte, dass es ihm durchaus geschadet hat», antworte ich vorsichtig. «Glücklicherweise haben sich aber die Therapiemethoden in den letzten Jahrzehnten grundlegend geändert ...»

«Nein. Es hat ihm nicht geschadet», fällt Josef mir mit erhobener Stimme ins Wort. Und im Stil eines Predigers fährt er fort: «Weil unsere Seele nämlich gerettet wird, wenn wir Gottes Plan gehorchen. Der heilige Paulus hat uns ein Beispiel gegeben. Als die Brüder und Schwestern ihn anflehten, sich nicht in die Hände seiner Verfolger zu begeben, da sagte Paulus: ‹Warum weint ihr und macht mir das Herz schwer? Ich bin bereit, mich in Jerusalem nicht nur fesseln zu lassen, sondern auch für Jesus, unseren Herrn, zu sterben›.»

«Amen», sagt Maria und bekreuzigt sich rasch.

«Wurde Paulus denn auch ans Bett gefesselt?», rutscht es mir raus.

Josef, der gerade seine Pfeife anzünden will, hält inne und blickt konsterniert zu Maria. Die zuckt hilflos mit den Schultern.

Ihr Mann wirft mir einen abfälligen Blick zu, dann setzt er den Pfeifentabak in Brand. Sekunden später ziehen ekelhaft süßliche Rauchschwaden durch die Luft.

«Was hat Abel Ihnen eigentlich über seine Probleme erzählt?», frage ich.

«Nicht viel», erwidert Josef. «Wenn Sie meine Meinung hören wollen: Als die Maria damals schwanger war, da hat der Abel sich bloß aus der Affäre ziehen wollen. Deshalb hat er diesen Blödsinn erfunden, dass er Gott ist. Man kennt das doch von Leuten, die nicht zum Militär wollen. Die sagen dann auch, dass sie schwul sind. Oder bekloppt.»

«Ähm, meines Wissens ist Homosexualität kein Hinderungsgrund mehr für eine militärische ...» Ich unterbreche mich und winke ab. Es hat sicher keinen Sinn, mit Josef über homosexuelle Amtsträger zu reden.

«Wissen Sie noch, wann Abel zum ersten Mal behauptet hat, Gott zu sein?», frage ich.

«Der Christian ist im Sommer einundzwanzig geworden», antwortet Maria. «Also logischerweise vor zweiundzwanzig Jahren.» Sie bekreuzigt sich erneut, als könne himmlischer Beistand nicht schaden, wenn es um ihre Affäre mit Abel Baumann geht.

«Und haben Sie beide damals versucht, Abel zu helfen?»

Josef nickt energisch. «Zum Pastor Oettinger höchstpersönlich hab ich den Abel geschleppt. Aber der Oettinger konnte auch nichts für ihn tun. Unser Pastor hat dann die Diözese informiert. Der Bischof hat zurückgeschrieben, dass die Kirche nicht zuständig ist. Wenn der Abel vom Teufel besessen gewesen wäre, dann hätte man ihn exorzieren können. Aber gegen Leute, die von Gott besessen sind, da kann selbst der Vatikan nichts ausrichten.»

«Und dann haben wir ihn zu diesem Professor Spindler gebracht», ergänzt Maria. «Das ist auch so ein Irrenarzt, wie Sie einer sind. Und der meinte dann, dass der Abel zwar schon ziemlich deppert ist, aber auch wieder nicht so deppert, dass man ihn wegsperren müsst. Schließlich würde es in Bayern eine Menge Leute geben, die glauben, dass sie Gott sind, und sich auch so aufführen. Abel wäre da noch einer der harmlosen Fälle, hat der Professor gemeint.»

Erstaunlich, wie einfach die Welt in Bayern sein kann.

«Wirklich. Wir haben alles versucht», erklärt Maria abschließend.

«Das haben wir», bestätigt Josef und schmaucht seine Pfeife. «Jetzt kann nur noch der Allmächtige helfen. Lasst uns also für den armen Abel einen heiligen Rosenkranz beten.»

«Sehr, sehr gern, aber ohne mich. Ich muss leider los», sage ich rasch. «Abel und ich wollen ja noch weiter, und außerdem sollte ich darauf achten, dass er keinen Unfug anstellt. Aber es schadet ganz bestimmt nicht, wenn Sie beide für uns beten. Und vielen Dank für das Essen.»

Als Josef mir ein aufmunterndes «Dann Gott mit Ihnen» zuruft, bin ich bereits durch die Tür. Nichts gegen einen konstruktiven Dialog mit den Himmelsmächten, aber ich glaube, man sollte ihnen auch nicht ständig am Rockzipfel hängen.

«Und? Was hältst du von den beiden?», will Abel wissen, als wir wenig später mit der Regionalbahn durch die eingeschneite Landschaft zuckeln. «Sind schon ein bisschen anstrengend, oder?»

Da es eine rhetorische Frage ist, spare ich mir die Antwort.

«Lebt euer Sohn deshalb nicht in München?», frage ich. «Weil seine Mutter und sein Stiefvater ihm auf die Nerven gehen?»

Abel lacht. «Schön wär's. Christian ist der Schlimmste von allen. Die beiden waren ihm nicht fromm genug. Deshalb ist er Mönch geworden. Nicht mal ich hab das verhindern können.» Abel blickt auf seine Uhr. «Außerdem ist Christian genau genommen nicht mein Sohn, sondern der Sohn von Abel Baumann. Hab ich dir doch erzählt.»

«Nein, hast du nicht», erwidere ich. «Jedenfalls nicht richtig.»

Abel merkt auf. «Ach, ja? Wirklich?»

Ich nicke. «Wirklich.»

Er schaut wieder auf die Uhr. «Okay. Als ich in Abel Baumanns Körper geschlüpft bin, da wollte ich dort eigentlich nur ein paar Minuten bleiben. Aber dann hat Abels Seele offenbar beschlossen, nicht wiederzukommen. Also habe ich gewartet. Erst mal ein paar Stunden. An diesem Abend hatte Baumann ein Stelldichein mit Maria. Sie kam vorbei und hat ihn ... also quasi mich ... also mich in seinem Körper ... verführt.»

«Du hast mit ihr geschlafen», fasse ich zusammen.

«Genau», bestätigt Abel. «Als Baumanns Seele am nächsten Morgen immer noch nicht wieder da war, hab ich noch mal einen Tag gewartet und dann entschieden, seinen Körper zu verlassen. Es war noch eine Menge anderer Dinge zu tun. Außerdem dachte ich: Tut mir leid, aber selbst schuld.»

«Selbst schuld ...?»

Abel nickt. «Ich hab dir doch schon erzählt, dass ein Körper ohne Seele nicht leben kann.»

Ich brauche ein paar Sekunden, um die Dimension dieser Aussage zu begreifen. «Wie? Du hättest einfach so den Tod von Abel Baumann in Kauf genommen?»

Abel sieht mich durchdringend an. «Jakob. Nur mal fürs Protokoll: Ich bin Gott. Ich darf das.» Abel schaut wieder auf die Uhr. «Außerdem war Baumann selbst schuld. Ich wollte ihm einen Gefallen tun. Er hat's verbockt.»

Abel steht auf, geht zur Tür und blickt hinaus. «Wie dem auch sei ... du siehst, ich habe Abels Körper dann doch nicht verlassen. Ich wollte erst mal sicher sein, dass es Maria und dem Kind gutgeht ...»

«Du hast sie ... also Baumann hat sie ... in dieser Nacht ... geschwängert?»

«So sieht's aus», sagt Abel und sieht hinaus.

«Bis Simming sind es noch fast zwanzig Minuten», bemerke ich.

«Ich weiß. Wir müssen für das letzte Stück den Bus nehmen.»

Er schaut wieder auf seine Uhr und legt nun seine freie Hand an die Notbremse.

«Abel?», frage ich alarmiert.

Er reagiert nicht, sondern blickt konzentriert auf seine Uhr.

«Abel!», rufe ich und springe auf, aber da ist es bereits zu spät.

Mit einem Ruck hat er die Notbremse gezogen. Die Bremsen kreischen, und ich werde unsanft auf den Sitz geworfen. Während die Fliehkräfte des bremsenden Zuges mich in die Polster drücken, habe ich so eine Art Vision. Ich sehe nämlich, dass die physikalischen Gesetze für Abel gerade nicht zu gelten scheinen. Obwohl er wie ich umhergeschleudert werden müsste, kommt er seelenruhig durch den immer noch lautstark bremsenden Zug spaziert und setzt sich hin, als wäre nichts gewesen.

Mit einem Ruck und einem letzten Kreischen kommt der Zug zum Stehen. Dabei werde ich vom Sitz auf den Boden befördert. Erstaunt rappele ich mich wieder hoch.

«Ich weiß, was du jetzt denkst», sagt Abel grinsend. «Die Fähigkeit, kurzzeitig physikalische Gesetze zu umgehen, könnte damit zusammenhängen, dass ich Gott bin. Könnte aber auch ein Trick sein, den ich im Zirkus gelernt habe. Vielleicht von diesen Typen, die Körperpyramiden bauen.»

«Warum hast du den Zug angehalten?», frage ich atemlos.

«Weil er in zwei Minuten entgleist wäre», erklärt Abel ruhig. «Vor uns, direkt unter den Gleisen, liegt eine Fliegerbombe aus dem Zweiten Weltkrieg. Der Kälteeinbruch hat ihr den Rest gegeben. Deswegen geht sie gleich hoch.»

«Aha», sage ich leise.

Mit einem Zischen öffnet sich die Tür, und ein kalter Wind fegt durchs Abteil. Der gerötete Kopf eines rundlichen Kerls in Bahnuniform erscheint.

«Wer hat hier die Notbremse gezogen?»

Abel zeigt auf mich: «Der da war's.»

Entgeistert starre ich ihn an.

«Nur'n Scherz», flüstert Abel. «Keine Sorge. Wir hauen sowieso gleich ab.»

«Und dürfte ich vielleicht auch erfahren, warum Sie die Notbremse gezogen haben?», fragt der überfordert wirkende Schaffner streng.

Ich schweige ratlos. Man hört nur das leise Säuseln des Windes.

Abel wirft derweil wieder einen Blick auf seine Uhr. Er hält kurz inne, dann schaut er mich an und seine Lippen formen ein tonloses Bumm!

Fast im gleichen Moment zerreißt eine Explosion die winterliche Stille.

Geschockt schaut der Beamte in die betreffende Richtung und verschwindet mit einen «ach du großer Scheißdreck, ach du großer!» aus unserem Blickfeld.

«Auf geht's», sagt Abel. «Der Bus wartet nicht.»

Als wir wenig später durch kniehohen Schnee marschieren, ist Abels Laune blendend. Genüsslich atmet er die kalte Winterluft ein und betrachtet immer wieder die uns umgebenden Berge und Wälder. «Ist das nicht wunderschön, Jakob? Ich muss feststellen, dass meine Schöpfung zumindest teilweise absolut gelungen ist. Was meinst du?»

Ich stapfe schweigend und düster vor mich hintierend durch den Schnee. Es ist mir egal, dass Abel meine Zulassung aufs Spiel setzt. Ich bin ja sowieso drauf und dran, meinen Job an den Nagel zu hängen. Aber ich möchte nicht obendrein noch Ärger mit der Polizei bekommen. Außerdem ärgert es mich, dass ich mir nicht erklären kann, wie Abel die Sache eben angestellt hat. War die Bombe wirklich eine alte Fliegerbombe? Gab es einen genauen Zeitplan für die Sprengung, von dem Abel wusste? Aber warum haben die Behörden dann einen vollbesetzten Personenzug in die Nähe des Sprengkörpers fahren lassen? Oder hat Abel die Sprengladung selbst gelegt und ferngezündet? In diesem Fall muss er doch damit rechnen, dass sein vermeintlicher Sabotageakt publik wird. Und ich würde dann aus der Presse erfahren, dass die Fliegerbombe nur eine Erfindung ist. Mein Patient muss diese Showeinlage irgendwie anders hinbekommen haben. Aber wie?

«Jakob? Alles okay?» Abel klingt besorgt.

«Nichts ist okay. Ich habe dir gesagt, dass ich die Behörden einschalten muss, wenn die Dinge aus dem Ruder laufen.»

Abel bleibt abrupt stehen. Er wirkt geschockt. «Was meinst du, Jakob?»

Ich bleibe nun ebenfalls stehen. «Abel, ich bin dafür verantwortlich, dass du keinen Mist baust. Findest du nicht, dass du es mit mir absprechen müsstest, wenn du Notbremsen ziehst und Bomben hochgehen lässt?»

Abel zuckt mit den Schultern. «Was hätte ich denn sagen sollen? Du, Jakob? Da liegt übrigens 'ne Fliegerbombe unter den Gleisen. Ich zieh gleich mal kurz die Notbremse. Nur damit du Bescheid weißt.»

«Ja. Zum Beispiel.»

Abel verschränkt die Arme vor der Brust. «Und was hättest du erwidert? ‹Okay, Abel. Dann halte ich mich jetzt mal gut fest, damit ich nicht durch die Gegend geschleudert werde›?»

Wir sehen uns streitlustig an.

«Nein, ich hätte wahrscheinlich versucht, dich aufzuhalten.»

«Siehst du», sagt Abel und stapft weiter. «Und weil ich vermeiden wollte, dass uns beiden die Lampe ausgepustet wird, musste ich dich eben zu deinem Glück zwingen.»

«Vielleicht ist das ja einer deiner Denkfehler», rufe ich ihm hinterher. «Wäre doch möglich, dass sich die Menschen nicht zu irgendetwas zwingen lassen möchten. Weder zu ihrem Unglück noch zu ihrem Glück.»

Er hält erneut inne, dreht sich verwundert zu mir um und fragt: «Soll das etwa heißen, du wärst eben lieber gestorben?»

«Nein!», rufe ich. «Aber was geht's dich an? Kümmer dich gefälligst um deinen eigenen Kram! Dir kann es doch egal sein, ob du stirbst oder nicht.»

Er stutzt. «Wie meinst du das? Mir kann es egal sein?»

«Na, es ist für dich egal, ob Abel Baumann lebt oder nicht. Ich meine, du bist nicht an diesen Körper gebunden, und wenn sogar meine Seele in die ewigen Jagdgründe aufsteigen kann, dann muss deine Seele sich doch erst recht keine Sorgen machen. Immerhin bist du Gott. Du hast sozusagen ein Ticket erster Klasse, wenn es um Seelenreisen geht.»

Ich mustere ihn aufmerksam. Meine Provokation soll ihn aus der Reserve locken.

Er sieht mich an, dann sacken seine Schultern herab. «Weißt du, Jakob, die Wahrheit ist ...» Er stockt. Das folgende Geständnis fällt ihm schwer. «Die Wahrheit ist, dass ich eine Heidenangst vor dem Tod habe.»

Ich schaue ihn verdutzt an. Dann muss ich lachen. «Der war gut», sage ich. «Gott hat Angst vor dem Tod.»

Abel verzieht keine Miene und wartet geduldig, bis ich mich wieder beruhigt habe. Langsam dämmert mir, dass er keinen Witz gemacht hat.

«Was ich dir über die Seelen gesagt habe, das stimmt: Alle Seelen sind unsterblich. Aber manche von ihnen befinden sich in einem Zustand, den die meisten Menschen nicht als Leben bezeichnen würden. Diese Seelen liegen in einem traumlosen Schlaf, man könnte fast sagen, in so einer Art Koma. Manchmal erwacht eine Seele aus diesem Zustand. Es gibt aber auch einige, die schlafen schon so lange, dass ungewiss ist, ob sie überhaupt jemals wieder erwachen. Warum das so ist? – Ich habe ehrlich gesagt keine Ahnung. Aber dieser Zustand kommt dem des Todes schon sehr nahe.»

«Ist das so eine Art Nirwana?», frage ich.

«Ja. So könnte man es auch sagen», erwidert Abel.

«Interessant. Dann haben die Buddhisten also auch recht», stelle ich fest.

Abel nickt. «Keine der Weltreligionen liegt mit ihren Ansichten völlig daneben. Aber alle ein entscheidendes bisschen.» Der Wind frischt auf. Abel zieht seine Wollmütze tiefer über die Ohren. «Jedenfalls wäre die logische Folge meiner aktuellen Misere, dass ich am Ende im Nirwana lande: Die Menschen verlieren mehr und mehr den Glauben an mich, also werde ich schwächer und schwächer, bis ich schließlich vielleicht sogar ganz verschwinde. Manchmal komme ich mir vor wie ein Gedanke, den sich die Menschheit aus dem Kopf schlagen möchte. Und mein Gefühl sagt mir obendrein, dass meine Zeit langsam knapp wird.»

«Und das hat angefangen, als Gott sich den Körper von Abel Baumann geliehen hat», rekapituliere ich und denke:

Womit wir nun Abels Trauma wahrscheinlich einen entscheidenden Schritt näherkommen.

Er nickt. «Ich wusste damals sofort, dass Maria nach dieser gemeinsamen Nacht schwanger war. Und ich glaube, sie hat es auch gewusst. Am nächsten Tag kam sie zu mir, um unsere Affäre zu beenden. Vielleicht hoffte sie, dass ich mich aus dem Staub machen und Josef problemlos die Vaterschaft anerkennen würde.»

«Aber Gott hat sich nicht aus dem Staub gemacht.»

Abel sieht mich an und seufzt. «Viel schlimmer. Ich wollte es nach ein paar Tagen, konnte es aber nicht. Dabei wäre ich wirklich gern abgehauen. Es hat keine Woche gedauert, da war mir klar, dass das Kind bei Maria und Josef gut aufgehoben sein würde. Baumanns Seele war immer noch nicht zurückgekehrt. Also ...» Er deutet mit der Hand ein startendes Flugzeug an.

«Also wolltest du dich vom Acker machen», vollende ich den Satz.

Abel nickt. «Aber es ging nicht. Ich hing plötzlich in diesem Körper fest. Und je mehr Anstrengungen ich unternahm, aus Baumanns Körper herauszukommen, desto tiefer schien ich hineinzurutschen. Zunächst dachte ich an einen vorübergehenden Zustand. Vielleicht ein göttlicher Schwächeanfall? Oder eine Wackelei in der Ordnung des Universums? Aber aus Tagen wurden Wochen, und aus Wochen wurden Monate, ohne dass auch nur die geringste Änderung eintrat.»

«Ist das denn kompliziert, diese Seelenwanderung?», will ich wissen.

«Überhaupt nicht», erwidert Abel. «Nicht schwieriger, als eine Tür zu öffnen oder zu schließen. Aber im Fall von Abel Baumann scheine ich den Schlüssel verlegt zu haben. Die Tür lässt sich nicht wieder öffnen.»

«Und du wartest seit mehr als zwanzig Jahren darauf, dass dieser Zustand sich ändert?», frage ich.

«Was sind denn schon zwanzig Jahre? Es hat über hundert Millionen Jahre gedauert, bis sich endlich mal ein Fisch aus dem Wasser getraut hat. Außerdem hatte ich ja eine Menge zu tun …»

«Züge anhalten und Flugzeuge kapern?», frage ich.

«Beispielsweise», bestätigt Abel. «Kurz vor der Geburt habe ich Maria und Josef eingeweiht. Ich dachte, wenn jemand Verständnis für meine Probleme hat, dann sind es die beiden. Fehlanzeige.»

«Sie haben mir heute erzählt, dass …», beginne ich.

«Ich weiß, was sie dir heute erzählt haben», unterbricht Abel.

«Oh. Gedankenübertragung?», vermute ich.

Er schüttelt den Kopf. «Nein. Diesmal hab ich schlicht an der Tür gelauscht.»

Leichter Schneefall setzt ein.

«Und jetzt merke ich, dass die Kräfte dieses Körpers, in dem ich seit über zwanzig Jahren gefangen bin, ebenso nachlassen wie meine eigenen. Und ich frage mich mit Sorge, was wohl passieren wird, wenn dieser Körper eines Tages den Geist aufgibt.»

Ich schaue in den Himmel. Schneeflocken stürzen lautlos herab. Sieht aus, als würde man durch einen Meteoritenschwarm fliegen.

«Was denkst du?», fragt Abel nach einer Weile.

«War es nicht so, dass du meine Gedanken lesen kannst?», antworte ich.

«Das heißt ja nicht, dass ich sie auch immer verstehe», entgegnet Abel.

«Ich dachte gerade, dass du sehr menschliche Probleme hast.»

«Und das passt natürlich nicht zu Gott», konstatiert Abel.

«An deiner Stelle wäre ich froh, ein Psychotiker zu sein. Wenn du wirklich Gott wärst, könnte dir wahrscheinlich niemand helfen.»

Abel seufzt. «Das ist es ja», sagt er.

GOTTES SOHN

Die Gemeinschaft des Klosters der heiligen Sonnhild von Simming besteht aus dreizehn Ordensbrüdern, die von Handwerk und Landwirtschaft leben. Das erfahre ich aus einem Prospekt, der im Empfangszimmer ausliegt. Ich hatte viel Zeit, ihn eingehend zu studieren, weil Abels Sohn uns bereits seit einer geschlagenen Stunde warten lässt.

Dem Klosterprospekt entnehme ich zwei wichtige Informationen. Zum einen hat der Laden offensichtlich ein Nachwuchsproblem. Ein Foto zeigt die Ordensbrüder. Mindestens neun der dreizehn Patres sehen aus, als müssten sie sich schon sehr bald die klostereigenen Radieschen von unten ansehen. Bei einem bin ich mir nicht mal sicher, ob er noch gelebt hat, als das Foto entstand. Nebenbei ahne ich, wer Abels Sohn sein könnte. Unter den wenigen jungen Ordensbrüdern gibt es einen, der ihm wie aus dem Gesicht geschnitten ist.

Zum anderen beeindruckt mich enorm, was man so alles leisten muss, wenn man heiliggesprochen werden will. Laut Prospekt hat Sonnhild von Simming im 16. Jahrhundert in dieser Gegend nicht nur Menschen und Tiere mittels Wundertinkturen geheilt, sondern auch einen auf der Durchreise befindlichen Bischof nach einem tödlichen Reitunfall wiederbelebt. Die historischen Quellen sprechen sogar von der Auferweckung des Toten, da der letzte

Atemzug des Bischofs schon einige Stunden zurücklag, als Sonnhild dem Gottesmann wieder auf die Beine half. Eine hübsche Geschichte und nebenbei eine gute Gelegenheit, Abel zu foppen, finde ich.

«Weißt du eigentlich, dass die Frau, nach der dieses Kloster benannt ist, viel mehr Wunderzeugs draufhatte als du?», frage ich. «Von wegen: wundersame Kaffeevermehrung. Sonnhild von Simming hat Tote zum Leben erweckt! Da kannst du dir mal 'n Beispiel dran nehmen.»

Abel nickt ernst. «Stimmt. Sonnhild war eine sehr begabte Ärztin. Bei der Sache mit dem Bischof habe ich aber trotzdem nachhelfen müssen. Der Kerl war so mausetot wie der Wiener Zentralfriedhof. Als der fette Sack vom Pferd gefallen ist, hat er so einen Schreck bekommen, dass sein Herz einfach zu schlagen aufgehört hat.»

«Hier steht, dass er schon seit Stunden tot war», sage ich und halte den Prospekt hoch. «Soviel ich weiß, hat man bei einem Herzstillstand für die Reanimation nur wenige Minuten Zeit.»

Abel sieht mich mitleidig an. «Jakob, ist das dein Ernst? Du glaubst mir nicht, dass ich Gott bin, nimmst aber Informationen aus dem 16. Jahrhundert für bare Münze, die in einem Klosterprospekt abgedruckt sind?»

Touché. Ich werfe den Prospekt auf den Tisch. «Ich finde übrigens, die hätten uns wenigstens Kaffee anbieten können, wenn sie uns hier schon so lange warten lassen.»

«Das macht Christian absichtlich. Es ist seine Art, sich und uns zu beweisen, dass die Uhren hier anders ticken», sagt Abel und lässt keinen Zweifel daran, dass ihm diese Behandlung überhaupt nicht schmeckt. «Du musst wissen, dass man hier über den weltlichen Dingen steht – zumindest glaubt das mein Sohn.»

«Und? Was ist daran so falsch?», frage ich. «Meines Wissens ist es ein gängiges Konzept von Klöstern, dass man sich dort von der Welt abwendet, um sich Gott zuwenden zu können.»

«Ja. Ist ja auch okay», erwidert Abel. «Nicht mein Fall, aber okay.»

Knarrend öffnet sich eine schwere Holztür, und ein junger Mann in Mönchskutte erscheint. Die Ähnlichkeit mit Abel ist in natura noch frappierender als auf dem Foto.

«Entschuldigung, dass Sie warten mussten, aber ...» Er schluckt den Rest des Satzes herunter, als er Abel sieht, und wirkt nun verärgert. «Hat Mutter dir nicht gesagt, dass es besser wäre, wenn du ...»

«Doch. Hat sie. Ich weiß, dass du mich nicht sehen willst», kürzt Abel die Erklärung ab. Er hat sichtlich Mühe, seine Enttäuschung zu verbergen. «Ich bin auch nur hier, weil ich Jakob begleitet habe und es draußen schneit.» Er lächelt schmal. «Und weil ich mich darauf gefreut habe, dich zu sehen.» Nach kurzem Zögern fügt er hinzu: «Ehrlich gesagt, habe ich auch ein bisschen darauf gehofft, vielleicht kurz mit dir reden zu können.»

Christian überhört Abels Gesprächsangebot demonstrativ und reicht mir die Hand. «Und Sie sind also Dr. Jakobi. Freut mich, Sie kennenzulernen. Darf ich Ihnen die Anlage zeigen, während wir uns unterhalten?» Mit einer einladenden Geste öffnet er die Tür.

«Gern», erwidere ich. «Vielleicht möchte Ihr Vater uns dabei ...»

«Mein Vater kennt das Kloster bereits», fällt Christian mir ins Wort. Mit Blick auf Abel fügt er hinzu: «Ich bitte Bruder Zacharias, dir Kaffee zu bringen. Möchtest du auch etwas essen?»

Abel winkt traurig ab. «Nein. Aber Kaffee wäre toll.»

Die beiden nicken sich zu. Ich sehe Abel an, dass er viel

geben würde für ein winziges Zeichen der Zuneigung: ein freundliches Wort, ein kurzer Händedruck oder ein kleines Lächeln.

Doch Abels Sohn wendet sich ab und verlässt den Raum, ohne seinen Vater noch eines weiteren Blickes zu würdigen.

«Warum halten Sie Ihren Vater so demonstrativ auf Distanz?», frage ich, als wir wenig später den Versammlungsraum des Klosters betreten. Wie alle Räume, die wir bislang besichtigt haben, ist auch dieser schlicht gestaltet und karg möbliert. Ein einsames Holzkreuz ziert den unverputzten Stein. Die übrigen Wände sind schmucklos.

Das Kreuz ist mir auf unserem kurzen Weg durch die Anlage schon einige Male begegnet. Ich vermute, zur Eröffnung hat man eine Sammelbestellung in Auftrag gegeben. Christian registriert, dass ich das Symbol des Leidens Christi nachdenklich betrachte.

«Wir haben hier eine eigene Tischlerei», erklärt er. «Dort werden diese Kreuze hergestellt. Wir verkaufen sie, nebenbei bemerkt, auch recht erfolgreich, sogar bis nach Lateinamerika. Das Modell ist schlicht, preiswert und auf Wunsch liefern wir es vorgesegnet.»

«Weil ein bayerischer Segen besonders gut wirkt?», vermute ich.

«Weil es viele Menschen gibt, die strapaziöse Reisen unternehmen müssten, um einen Geistlichen zu treffen, der den priesterlichen Segen erteilen kann», korrigiert Christian nachsichtig.

Ich überlege. «Interessant. Glauben Sie, es gibt auch einen Markt für vorvergebene Sünden?», frage ich. «Für Menschen, die es zu weit zum nächsten Beichtstuhl haben? Oder die zeitlich stark eingebunden sind? Man könnte einen Block mit Abreißzetteln anbieten, mit denen Sünder ihre Sünden annullieren dürfen. Pro Sünde wäre einer dieser Zettel fällig …»

«Es ist gut, Sie müssen Ihren geschmacklosen Witz nicht noch weiter ausbauen», unterbricht Christian verschnupft. «Ich habe ihn verstanden.»

«Verraten Sie mir dann, welche schwere Sünde Ihr Vater begangen hat, dass er von Ihnen nicht einmal ein freundliches Wort hört, wenn er Sie besucht?»

Zufrieden bemerke ich ein nervöses Zucken in Christians Mundwinkel. Der Gottesmann ist sauer auf mich, vielleicht sogar richtig wütend. Aber genau das will ich erreichen. Wenn er sich während unseres Gespräches so unter Kontrolle hat wie bei der Begrüßung seines Vaters, dann werde ich hier nichts Neues erfahren. Deshalb muss ich Christian aus der Reserve locken. Nur so wird sich zeigen, welche emotionale Bindung zwischen ihm und Abel besteht. Also setze ich nach.

«Steht das nicht sogar in den Zehn Geboten?», frage ich scheinheilig. «Dass man Vater und Mutter ehren soll?»

Das Zucken in Christians Mundwinkel wird stärker. Ich rechne damit, dass ihm jeden Moment der klerikale Geduldsfaden reißt.

Doch dann passiert etwas Erstaunliches. Christian schließt die Augen, atmet zweimal tief durch und ist plötzlich wieder die Ruhe selbst.

«Ich kann verstehen, dass Sie Ihren Patienten verteidigen», sagt er gelassen. «Aber Sie müssen auch mich verstehen. Der Mann, der im Empfangsraum auf uns wartet, hält sich für Gott. Und das ist nicht nur eine schwere Sünde, sondern auch …»

«Sie sprechen von ihm, als wäre er ein Fremder», unterbreche ich.

Christian zuckt mit den Schultern. «Das entspricht ja

auch den Tatsachen. Ich habe meinen Vater praktisch nie zu Gesicht bekommen, weil er ständig die Welt retten musste. Da ist es doch logisch, dass mein Stiefvater mir sehr viel näher steht. Aber ich kann mich auch nicht daran erinnern, dass mein leiblicher Vater gewaltige Anstrengungen unternommen hätte, um die Situation zu ändern. Und jetzt tauchen Sie hier auf und wollen mir erzählen, dass ich ihm trotzdem etwas schuldig bin. Was führt Sie nur zu dieser seltsamen Erkenntnis, Dr. Jakobi?»

«Die Logik», erwidere ich.

Christian sieht mich erwartungsvoll an.

«Da es sich bei Ihrem Vater um einen Mann mit einer schweren Psychose handelt, würde ich erwarten, dass sich ein überzeugter Christ, wie Sie es mit Sicherheit sind, um ihn kümmert. Und zwar nicht allein um der Verwandtschaft willen, sondern schlicht aus Nächstenliebe.»

«Jemand, der sich für Gott hält, ist naturgemäß extrem beratungsresistent», entgegnet Christian. «Seine Krankheit bedingt also, dass er nicht will, dass man sich um ihn kümmert. Leider. Mutter und ich haben mehrmals versucht, ihn zu einer Therapie zu bewegen, aber bislang ohne Erfolg.»

«Abel selbst hat mich um Hilfe gebeten. Ihre Bemühungen waren also letztlich nicht umsonst», gebe ich zu bedenken.

«Weil wir den Kontakt zu ihm abgebrochen haben. Schon vor Monaten. Er wusste also, wenn er nichts ändert, dann wird er uns nie wiedersehen», sagt Christian, während er das schlichte Holzkreuz an der Wand betrachtet, als wäre es ein rätselhaftes modernes Kunstwerk.

Schweigen.

«Haben Sie sich jemals gefragt, ob an der Geschichte Ihres Vaters was dran sein könnte?», frage ich.

Christian sieht mich erstaunt an. «Was meinen Sie?

Doch nicht etwa, ob ich glaube, dass mein Vater wirklich Gott ist, oder?»

Ich zucke mit den Schultern. «Es könnte ja auch sein, dass er mit Gott in einem besonderen Kontakt steht. Ich meine, dieses Kloster wurde zu Ehren einer Frau errichtet, die offenbar auch ein besonderes Verhältnis zu Gott hatte. Vielleicht verhält es sich bei Ihrem Vater ganz ähnlich.»

«Ist das wirklich Ihr Ernst? Ich soll in Erwägung ziehen, dass gerade eine Art Heiliger in unserem Empfangszimmer sitzt? Der als Zirkusclown arbeitet? Und obendrein mein leiblicher Vater ist?»

«Warum nicht? Sie und Ihre Ordensbrüder glauben daran, dass eine Frau vor rund fünfhundert Jahren in dieser Gegend Tote zum Leben erweckt hat. Offenbar haben Sie also eine gewisse Routine darin, Dinge zu glauben, die andere Menschen unglaublich finden.»

«Sie wollen mich auf den Arm nehmen», konstatiert er.

«Nein. Ich frage mich nur, ob der Geisteszustand Ihres Vaters mehr als allein psychologische Gründe haben könnte. Es ist lediglich eine Hypothese.»

Er mustert mich. «Okay. Was schlagen Sie vor?», fragt er belustigt. «Sollen wir ihn nach Rom schicken, damit der Papst sich persönlich ein Bild machen kann? Wir könnten ihn auch gleich hier an Ort und Stelle heiligsprechen. Für alle Fälle, meine ich. Oder glauben Sie, es reicht, wenn wir ihn erst mal nur anbeten? Vielleicht wäre es auch klug …»

«Danke», unterbreche ich. «Sie müssen Ihren Witz auch nicht weiter ausbauen. Ich habe ihn ebenfalls verstanden.»

Sein Gesicht wird schlagartig wieder ernst. «Sie haben die dritte Möglichkeit nicht in Betracht gezogen, Dr. Jakobi. Denn rein logisch betrachtet, könnte es sich bei meinem Vater auch um einen Mann handeln, der weder psychische

Probleme hat, ...» Er macht eine Kunstpause. «... noch ein Heiliger ist.»

Zufrieden stellt er fest, dass ich verwundert bin.

«Haben Sie diese dritte Möglichkeit etwa noch nicht in Erwägung gezogen, Dr. Jakobi? Dass es sich bei meinem Vater schlicht um einen Zyniker handelt, der sich grundsätzlich über alles und jeden lustig macht?»

Ich bin sprachlos. Diese Variante ist mir tatsächlich noch nicht in den Sinn gekommen. Dabei ist die Diagnose naheliegend: Abel könnte an einer narzisstischen Persönlichkeitsstörung leiden. Ich frage mich, warum mir das bislang nicht eingefallen ist.

Christian scheint meine Gedanken zu erraten. «Mein Vater hat das zweifelhafte Talent, andere Menschen manipulieren zu können. Das Leben ist für ihn eine Zirkusnummer. Ein Spaß hier. Eine Illusion da. Und das Publikum applaudiert. Meistens wenigstens. Leider fehlt ihm völlig die Bodenhaftung. Wenn es um die Lösung echter Probleme geht, dann hat er sich bislang immer aus dem Staub gemacht.»

Christian lässt sich auf einen der Stühle sinken, faltet die Hände und legt sie in den Schoß. Er lächelt nachsichtig. «Womit hat er Sie zum Zweifeln gebracht? Mit der wundersamen Getränkevermehrung? Die Es-passiert-beim-Blinzeln-Nummer? Oder mit dem Höhepunkt-des-Lebens-Trick?»

Er registriert meine entgleisenden Gesichtszüge. «Oh. Habe ich ins Schwarze getroffen? Das ging schnell. Ansonsten wäre da noch die Fähigkeit, Gedanken zu lesen. Oder die Kunst, Kranke durch Handauflegen zu heilen. Und wussten Sie, dass mein Vater jedes Casino der Welt sprengen könnte, wenn er nur wollte? Will er aber nicht, weil er Wichtigeres zu tun hat, als die Probleme der Welt mit Geld zu lösen –

obwohl es ja Leute geben soll, die die Ansicht vertreten, dass man mit viel Geld auch viel Elend auf der Welt beseitigen kann. Doch das nur am Rande.» Er schweigt und lässt seine Worte wirken. «Ich habe übrigens alle Zeitungsartikel über meinen Vater gesammelt, die ich finden konnte», fügt er nach einer Weile hinzu. «Er hätte ein zweiter Houdini werden können, wenn er sich nicht dem komischen Fach verschrieben hätte. Wenn Sie möchten, dann zeige ich Ihnen das Material. Sie werden sehen, dass mein Vater ein großer Taschenspieler ist, aber mehr leider auch nicht.»

Ein langes Schweigen.

«Tja. Das ist ...» Ich suche nach dem passenden Wort.

«Ernüchternd?», rät Christian.

«Irgendwie schon», gebe ich zu. «Ich habe ihn zwar nicht für einen Heiligen gehalten, und erst recht nicht für Gott selbst. Aber manchmal geht so eine besondere Energie von Abel aus. Er hat dann so ein inneres Leuchten, das man nur bei wenigen Menschen verspürt.» Ich merke, dass Christian diese Wahrnehmung nicht teilt. «Aber vielleicht ist das auch pure Einbildung», füge ich hinzu. «Wir Menschen wünschen uns ja ständig irgendwelche Zeichen, die auf eine andere Welt hindeuten.»

Er nickt verständig. «Ja, es ist kein Vergnügen, seiner Illusionen beraubt zu werden, Dr. Jakobi. Aber manchmal ist das leider bitter nötig.»

Ich lasse mich ebenfalls auf einen Stuhl sinken und schaue nachdenklich nach draußen. Eine Eiche, dick mit Schnee bepackt, verdunkelt das Fenster.

Das Geräusch schneller Schritte auf dem Steinfußboden im Gang reißt mich aus meinen Gedanken. Auch Christian blickt verwundert zur geöffneten Tür. Mit wehender Kutte rauscht ein Ordensbruder vorbei. Die Schritte entfernen sich rasch, bis sie fast gänzlich verstummen. Dann hört man das Öffnen einer Tür, die wenig später wieder geschlossen wird. Und schließlich kommen die schnellen Schritte erneut näher.

Christian erhebt sich, faltet die Hände vor der Brust und wartet. Als der eilige Mönch zum zweiten Mal an der Tür vorbeirauscht, schallt Christians kräftige Stimme durch das alte Gemäuer: «Bruder Benjamin? Seid Ihr das?»

Man hört ein Stolpern, gefolgt von einem dumpfen Aufprall, zugleich ein Klirren und Prasseln, als habe jemand sein Sparschwein geschlachtet.

Neugierig betreten Christian und ich den Gang, wo ein sehr junger Ordensbruder eilig sein Kleingeld einsammelt. Beim Sturz hat Bruder Benjamin seine Ersparnisse über den Boden verteilt. Das Tongefäß, in dem er sie aufbewahrt hat, ist zerbrochen.

«Entschuldige bitte meine Eile», sagt der junge Mönch. «Aber Bruder Demetrius hat ein Jahrhundertblatt. Und jetzt werfen wir alle zusammen.»

«Ein Jahrhundertblatt», wiederholt Christian tonlos.

«Ja. Wir spielen Poker. Mit deinem Vater. Das heißt, eigentlich spielt nur noch Bruder Demetrius. Und jetzt hat er deinen Vater endlich so weit.»

«Mit einem Jahrhundertblatt», wiederholt Christian. In seinem Mundwinkel ist wieder das nervöse Zucken zu sehen. «Und du sprichst von Bruder Demetrius, dem Gott, der Herr, im letzten Sommer die Gnade erwiesen hat, neunundneunzig Jahre alt zu werden?»

Ich ahne, dass Demetrius jener Pater ist, den ich auf dem Foto im Klosterprospekt für scheintot gehalten habe.

Der junge Mönch nickt eifrig. «Bruder Jesse glaubt, dass Gott in seiner grenzenlosen Güte uns auf diesem verschlungenen Wege einen neuen Kastenwagen spendieren möchte.» Mit unverminderter Eile kratzt Benjamin sein

Kleingeld zusammen. «Könntest du mir vielleicht helfen, Bruder?»

Christian überhört die Frage. Sein Gesicht hat inzwischen die Farbe eines Kardinalshutes angenommen, die Unterlippe bebt in Stärke 8. Entschlossen schreitet er durch den Gang, um die klostereigene Spielhölle auszuheben. Da ich dieses Schauspiel nicht verpassen will, schließe ich mich rasch an und lasse den armen Bruder Benjamin mit seiner Kärrnerarbeit allein.

In der Klosterküche bietet sich uns ein erstaunliches Bild. Die Bruderschaft umringt das Ende einer langen Tafel, an der sich Abel und der greise Bruder Demetrius reglos gegenübersitzen. Beide haben fünf Karten auf der Hand, auf dem Tisch liegt eine beträchtliche Menge Bargeld. Gleich daneben stehen Wein, Bier, diverse selbstgebrannte Schnäpse, außerdem Brandy, Whisky und eine ungeöffnete Magnumflasche Champagner. Die Zuschauer haben sich mit Drinks versorgt, die meisten rauchen, weshalb die Gesellschaft in dichten Qualm gehüllt ist. Mit ein paar zusätzlichen kleinen Veränderungen wäre das hier auch ein prima Nachtclub.

«Seid ihr alle wahnsinnig geworden?», donnert Christian mit purpurnem Gesicht. «Es steht geschrieben: *Mein Tempel soll eine Stätte sein, an der alle Völker zu mir beten können ...*»

«Psst», herrscht ihn ein älterer Pater an. Die anderen nicken schweigend, ohne den Blick vom Spiel zu wenden. Abel schaut irritiert hoch, sieht seinen zornigen Sohn und scheint für einen Moment zu überlegen, ob er das Spiel abbrechen soll. Dann aber wendet er sich doch wieder den Karten zu.

«... Ihr aber habt eine Räuberhöhle daraus gemacht», fährt Christian ungebremst fort.

«Jaja. Krieg dich wieder ein, Chris», erwidert ein uralter, buckliger Pater, der sich auf einen Stock stützt und mit der freien Hand einen mehrstöckigen Brandy balanciert. «Das Spiel ist doch jeden Moment vorbei.»

Frustriert lässt Christian sich auf eine Bank sinken und faltet die Hände zum Gebet. Fast im gleichen Moment öffnet sich geräuschvoll die Küchentür, und Bruder Benjamin erscheint. Hastig legt er ein paar Scheine auf den Tisch und verkündet: «Das sind dreihundert. Mir ist der Spartopf runtergefallen. Ich kann aber noch zweihundert besorgen.»

Demetrius nimmt die Scheine, hält sie hoch und blickt fragend zu Abel. Der nickt. «Wenn du sagst, dass dein Bruder für zweihundert gut ist, dann ist dein Bruder für zweihundert gut.»

Demetrius legt die Scheine auf den Tisch. Unklar, ob er zittert, weil er nervös ist, oder weil er bald hundert wird. «Gut. Dann will ich sehen.»

Atemlose Stille. Langsam lässt Abel seine Karten auf den Tisch sinken. Er hat zwei hohe Paare: Könige und Damen.

Zitternd legt Demetrius seine Karten ab. Es sind zwei Sieben, eine Neun und ein Bube. Die fünfte Karte wird vom Buben verdeckt. Demetrius fummelt die fehlende Karte hervor. Es ist die dritte Sieben.

«Gelobt sei Gott, der Herr!», ruft jemand erleichtert aus.

«Im Himmel und auf Erden. Jetzt und in alle Ewigkeit. Amen», ergänzt ein anderer.

Abel nickt Demetrius anerkennend zu: «Gutes Spiel, junger Mann.»

Der Greis lächelt zufrieden, schiebt das Geld zu Benjamin und sagt: «Zähl es bitte, Bruder!» Dann schüttet Demetrius sich einen doppelten Scotch ein und kippt ihn in einem Zug runter.

Christian scheint nicht zu begreifen, was gerade passiert

ist. «Hat Bruder Demetrius etwa gewonnen?», fragt er mich leise.

«Meiner Schätzung nach so um die sechzehntausend», antwortet Abel, der Christians Frage gehört hat.

Ein Raunen geht durch die Küche.

«Dann können wir jetzt nicht nur den gebrauchten Kastenwagen kaufen, sondern sogar neue Werkzeuge für die Tischlerei anschaffen», verkündet einer der Patres glücklich.

«Und vielleicht ist sogar eine orthopädische Matratze für Bruder Peter drin», ergänzt ein anderer.

«Nichts da! Ich brauch keine orthopädische Matratze», kräht der Mönch mit dem Gehstock und schüttet sich Brandy nach. «Dieser Quacksalber aus dem Dorf redet Blödsinn. Ich bin doch kein alter Mann.»

Christian starrt in die Runde. Nur langsam scheint er zu verstehen. Wie aus dem Nichts taucht Abel auf und drückt jedem von uns einen Drink in die Hand. Er hebt sein Glas: «Auf Bruder Demetrius, den Cincinnati Kid dieser heiligen Hallen.»

«Genau sechzehntausendsiebenhundertfünfzig Euro nach Abzug unserer Einsätze», hört man Bruder Benjamin triumphierend verkünden. Begeistertes Getuschel. Der Champagnerkorken knallt. Benjamin reicht einem Kerl mit Knollennase ein dickes Bündel Geldscheine. Der Knollennasige nimmt den Packen entgegen und verstaut ihn sogleich in einer Metallkiste, die er mit einem übergroßen Vorhängeschloss verrammelt und sich dann unter den Arm klemmt.

«Warum hast du das getan?», fragt Christian und stellt sein Glas zur Seite, ohne getrunken zu haben.

Abel mimt den Unschuldigen. «Was getan?»

«Wenn wir einen Spieleabend veranstalten, dann ist

Demetrius nicht in der Lage, eine Partie Mau-Mau zu gewinnen», erwidert Christian. «Und heute entpuppt er sich plötzlich als ... Pokerkönig?»

Abel zuckt mit den Schultern. «Tja. Gottes Wege sind eben unergründlich.» Er wendet sich ab, um der Flasche Brandy zu folgen, die gerade die Runde macht. Christian wirft mir einen skeptischen Blick zu.

Ich zucke mit den Schultern. «Keine Ahnung, woher das Geld kommt, aber wenn es legal erworben wurde, dann sollten Sie es vielleicht einfach wirklich als ein Geschenk des Himmels betrachten.»

GOTTES BEWEISE

«Hat dir das Gespräch mit Christian eigentlich weitergeholfen?», fragt Abel, als wir am nächsten Morgen bei einem kleinen Frühstück in unserer Schlafwagensuite zusammensitzen.

Gestern haben wir den Zug in letzter Minute erwischt und sind sofort müde in die Betten gesunken. Ein paar Drinks zu viel bei der Feier zu Ehren des neuen Pokerkönigs von Simming haben ihren Tribut gefordert.

Jetzt sind wir ausgeruht und so früh auf den Beinen, dass noch eine halbe Stunde Zeit ist, bis der Zug in Berlin eintreffen wird.

«Da wir praktisch nur über dich gesprochen haben, müsstest du eigentlich im Bilde sein», antworte ich. «Oder gab es Funklöcher bei der Gedankenübertragung?»

«Ich dachte, es passt dir nicht, wenn ich deine Gedanken lese», erwidert Abel.

«Es passt mir ja auch nicht. Aber das hat dich scheinbar bislang nicht davon abgehalten, es trotzdem zu tun», antworte ich herausfordernd.

«Ist ja jetzt auch egal», sagt Abel. «Gestern war ich jedenfalls dermaßen auf das Pokerspiel konzentriert, dass ich mir nicht auch noch euer Gespräch anhören konnte. Ihr wart also ganz unter euch. Ich weiß von nichts.»

«Interessant», sage ich in übertriebenem Tonfall und lehne mich zurück.

«Was ist *interessant*?», fragt Abel argwöhnisch.

«Dass dich deine Fähigkeiten immer genau dann im Stich lassen, wenn es dir in den Kram passt.»

Abel verschränkt die Arme vor der Brust und mustert mich eine Weile.

«Ich kann ja mal raten, was Christian dir gesagt hat», schlägt er vor und sieht mich provozierend an.

Ich mache eine einladende Handbewegung. «Bitte. Ich bin gespannt.»

«Gut. Die Kurzfassung der Theorie meines Sohnes lautet: Ich bin ein Scharlatan. Wahlweise ein Zyniker, ein Mann, der nicht erwachsen werden will, oder auch: der ewige Clown. Es macht mir also einfach Spaß, die Welt zum Narren zu halten.»

Sein Gesicht fragt: Na? Habe ich recht? Ich nicke, und er fährt fort: «Alles, was ich tue, ist fauler Zauber. Ein bisschen Illusion, ein bisschen Artistik, vielleicht sogar ein bisschen Psychologie. Wer weiß das schon? Jedenfalls lassen sich meine angeblichen Wundertaten problemlos rational erklären. Kurzum: Ein paar Zauberkunststückchen sind kein Beweis dafür, dass ich tatsächlich Gott bin. Dieser Beweis steht noch aus, und das seit mehr als zwei Jahrzehnten, obwohl ich ihn sehr leicht liefern können müsste, wenn ich wirklich derjenige wäre, der ich zu sein behaupte.»

«Beeindruckend», sage ich. «Klingt ja fast so, als hättest du doch unsere Gedanken gelesen.»

«Hat Christian dir auch gesagt, warum ich das seltsame Hobby habe, ständig die Welt an der Nase herumzuführen?»

«Nein», erwidere ich. «Aber das ist auch nicht nötig. Wenn man unterstellt, dass du nicht Gott bist, sondern ein Mensch mit psychischen Problemen, dann kann man zu dem Schluss kommen, dass du Angst vor dem Verlust der eigenen Identität hast, manipulatives Verhalten an den Tag legst und beziehungsgestört bist.»

«Oh. Das hört sich nicht gesund an», sagt Abel, sichtlich amüsiert.

«Ist es auch nicht», entgegne ich. «Die Symptome deuten auf eine Borderline-Störung oder auf eine narzisstische Persönlichkeitsstörung hin.»

Der Anflug von Heiterkeit verschwindet aus Abels Gesicht. Er greift nach seiner Tasse und nimmt einen Schluck, während er nachdenklich in die fast unwirklich schöne Winterlandschaft blickt, die draußen vorbeizieht. «Das heißt also, du glaubst ihm. Und mir glaubst du nicht.»

«Es ist viel verlangt, an einen Gott zu glauben, der ...» Ich überlege, wie ich Abel schonend beibringen kann, dass er keinen sehr überzeugenden Herrscher über Leben und Tod abgibt.

«... der so ist wie ich?», sagt Abel.

Mein Schweigen bestätigt seine Vermutung. Er blickt wieder hinaus in die Winteridylle und wirkt ratlos.

«Warum hast du Christian eigentlich nie einen schlagenden Beweis dafür geliefert, dass du Gott bist?», frage ich in versöhnlichem Tonfall.

Er sieht mich forschend an. «Geht es dir wirklich um Christian, oder hättest du gern ganz persönlich einen Gottesbeweis?»

Ich zucke mit den Schultern. «Eigentlich geht es doch nur darum, dass es eine Menge ungeklärter Fragen gibt», sage ich diplomatisch.

«Ach ja? Welche denn, zum Beispiel?»

«Zum Beispiel die, warum du nicht einfach ein paar Casinos sprengst, wenn du es kannst. Mit dem Geld könnte man viel Gutes tun, und selbst dein kritischer Sohn müsste zugeben, dass so was nicht mit ein bisschen Zirkuszauberei zu bewerkstelligen ist.»

«Gestern habe ich doch eine hübsche Summe dagelassen», erwidert Abel.

«Das war also auch eine von deinen Barabhebungen in der Spielbank?»

Abel nickt.

«Wenn das wirklich so leicht für dich ist, warum machst du es dann nicht im großen Stil? Mit viel Geld kann man auch viel bewegen.» Ich rechne nicht damit, dass Abel mir verrät, woher das ganze Geld wirklich stammt, aber einen Versuch ist meine Provokation wert. Vielleicht gibt er wenigstens zu, dass seine Argumentation löchrig ist.

Er atmet tief durch. «Okay. Nehmen wir mal an, ich mache es. Was würde passieren? In jedem Fall hätte ich die Presse am Arsch. Man würde wissen wollen, wie ich es angestellt habe, ein Casino nach dem anderen leer zu räumen. Und wahrscheinlich würde sich auch die Polizei für die Antwort interessieren. Was dann? Soll ich denen die Wahrheit sagen?»

Ich überlege und schweige.

«Tun wir mal so, als täte ich das», fährt Abel fort. «Ich sage denen ganz einfach: Ich bin Gott. Ich kann so was. Was würde dann passieren? Wäre meine Casino-Nummer Grund genug, mir abzukaufen, dass ich der eigentliche Herrscher der Welt bin? Kämen die Vertreter der Weltreligionen zu dem Schluss, dass ich die Wahrheit sage? Glaubst du, dass sie mich zu ihrem gemeinsamen Oberhaupt ernennen würden? Dass ab diesem Tag alle Menschen nur noch einen Gott hätten, egal welcher Religion sie vorher angehörten?»

«Da wäre ich mir jetzt nicht so sicher», sage ich.

«Dann sind wir ja einer Meinung. Wahrscheinlicher ist nämlich, dass man versuchen wird, mich zu diskreditieren, zu verklagen oder gleich zu ermorden. Weil die meisten Menschen nämlich so ticken wie du und mein Sohn: Sie glauben nicht an einfache Lösungen. Und das hat nichts mit Religionszugehörigkeit zu tun, wie du am Beispiel von Christian sehen kannst. Man mag zur Bibel stehen, wie man will, aber in diesem Punkt liegt sie richtig: Schick den Menschen einen Gott, und sie werden einen guten Grund finden, ihn ans Kreuz zu nageln.»

Ich schweige. «Vielleicht muss dein Gottesbeweis einfach noch imposanter ausfallen», gebe ich zu bedenken. «Irgendwie ... göttlicher. Ich meine: Gut möglich, dass es nicht ausreicht, ein paar Casinos zu sprengen, um die Menschheit von deiner Existenz zu überzeugen.»

«Aha. Und was denkst du, womit man die Welt verändern kann?», fragt Abel. «Vielleicht mit Naturkatastrophen?»

Ich zucke mit den Schultern. «Ich weiß nicht. Ja. Vielleicht.»

«Okay, was hättest du denn gern?», fragt Abel spöttisch. «Eine Sintflut? Eine Seuche? Eine Dürre? Heuschreckenplagen werden auch immer wieder gern genommen. Oder würde dir schon eine Sonnenfinsternis reichen?»

Ich sehe ihn ratlos an. «Keine Ahnung», sage ich.

«Merkst du was, Jakob? Es ist gar nicht so leicht, Wunder zu vollbringen, die der Menschheit den richtigen Weg weisen. Wenn beispielsweise die Polkappen nicht sowieso durch die Erderwärmung schmelzen würden, sondern weil ich es ihnen befehle, dann hieße das noch lange nicht, dass die Menschen deshalb an einen Gott glauben. Eher im Gegenteil.»

Ich überlege angestrengt. «Du könntest etwas prophezeien», schlage ich vor. «Ein weltbewegendes Ereignis, von dem ein normaler Mensch nichts wissen kann.»

«Was heißt denn: ein normaler Mensch?», fragt Abel.

«Jemand, der etwas Weltbewegendes weiß, dem würde man doch zuerst einmal Geheimwissen unterstellen. Oder etwa nicht? Nehmen wir an, ich sage einen Bürgerkrieg in einem kleinen Land voraus. Was würde passieren? Ganz einfach: Die schleppen mich in ein Militärlager und werden aus mir herauszuquetschen versuchen, woher ich diese Informationen hatte. Und die Erklärung, dass ich Gott bin, wird ihnen höchstwahrscheinlich nicht reichen.»

«Du musst ja nicht gleich eine dermaßen brisante Information veröffentlichen ...», erwidere ich und wäge im Geiste die Möglichkeiten ab. «Vielleicht wäre es doch besser, eine Naturkatastrophe vorauszusagen.»

Abel lächelt. «Gut. Angenommen, im Großraum Los Angeles würde es in naher Zukunft ein gewaltiges Erdbeben geben. Eine Katastrophe apokalyptischen Ausmaßes. Begleitet von Tsunamis und sintflutartigen Regenfällen würden weite Teile der Stadt im Meer versinken. Die Nachrichten sähen aus, als hätte Hollywood seine besten Spezialeffekte aufgeboten, um den eigenen Untergang spektakulär in Szene zu setzen. Aber die Bilder des in den Fluten des Pazifik versinkenden Hollywood-Schriftzuges wären bittere Realität.»

«Nicht schlecht», sage ich und nicke anerkennend. «So könnte ein Schuh draus werden.»

Abel nickt amüsiert. «Im Falle einer solchen Katastrophe müsste ich mich fragen lassen, warum ich sie nicht verhindert habe. Und da ist was dran. Ein Gott, der es nötig hat, ein paar Millionen Leben zu opfern, um seine Existenz zu beweisen, den braucht kein Mensch.»

Ich schweige, leicht betreten.

Abel zuckt mit den Schultern. «Das ist mein Problem», sagt er. «Wenn ich nicht in diesem Körper feststecken und langsam meine Kräfte verlieren würde, könnte ich dir wahrscheinlich sogar einen überzeugenden Gottesbeweis liefern. Aber dazu wird es wohl nie kommen, weil du einen Beweis für meine Existenz brauchst, bevor du bereit bist, mir zu helfen, diesen Beweis zu liefern.»

«Stimmt. Da beißt sich die Katze in den Schwanz», bestätige ich.

Wir schweigen eine Weile. Nur das leise Rauschen des Zuges ist zu hören. Draußen wird das Geräusch von der Winterlandschaft verschluckt. Man kann die Stille am Horizont spüren.

«Was sagt denn dein Bauchgefühl?», fragt Abel.

Ich zucke mit den Schultern. «Mal dieses, mal jenes. Deswegen höre ich nicht gern auf mein Bauchgefühl, sondern halte mich lieber an die Fakten.»

«Das hatte ich befürchtet», sagt Abel und nimmt seinen letzten Schluck Kaffee. «Willst du vielleicht … aussteigen?»

Sein Vorschlag überrascht mich.

«Ich könnte es verstehen», fährt er fort. «Wenn Gott seine Probleme über Jahre nicht in den Griff bekommt, wie soll ein Mensch das dann in ein paar Tagen schaffen?»

«Ich muss eine Nacht drüber schlafen», sage ich. «Ehrlich gesagt, habe ich gerade nicht die leiseste Ahnung, wie ich dir helfen soll.»

«Ist okay», sagt Abel. «Denk in Ruhe über alles nach, und dann sehen wir weiter. Wenn du aussteigen willst, ist das kein Problem. Es geht ja nur um das Glück der gesamten Menschheit und um die Zukunft des Universums.»

«Dann ist ja gut», sage ich.

Zu Hause erwartet mich Ärger. Jemand hat die Eingangstür zu meiner Einliegerwohnung mit Krimskrams zugestellt. Das Zeug befindet sich unter einer Plane, die ihrerseits inzwischen unter einer Schneedecke verschwunden ist.

Sieht aus, als hätte eine Lawine meinen Wohnungseingang touchiert. Ich befürchte, illegal entsorgter Müll könnte sich darunter befinden. Jetzt muss wahrscheinlich ich mich darum kümmern, dass das Zeug wegkommt.

Mein Schlüssel klemmt. Ich stehe kurz vor einem Wutanfall, bemühe mich aber, ruhig zu bleiben. Es hilft ja nichts, wenn ich mich aufrege. Womöglich bricht mir dann der Schlüssel ab, und das bringt mich erst richtig in Rage. Wahrscheinlich ist nur Das Schloss eingefroren, denke ich. Ein Blick überzeugt mich vom Gegenteil. Und etwas anderes registriere ich irritiert: Das Schloss ist neu. Und es stammt, wie ich bei genauerem Hinsehen feststelle, nicht von demselben Hersteller wie mein Schlüssel.

Stehe ich etwa vor dem falschen Haus? Ich trete zurück, um mich davon zu überzeugen, dass dies hier tatsächlich meine Wohnung ist. Dabei fällt mein Blick auch auf das, was ich gerade noch für einen Müllhaufen gehalten habe, und es überkommt mich eine schlimme Vorahnung. Ich befreie ein Stück der Plane vom Schnee und hebe sie vorsichtig hoch. Meine Vorahnung wird nun Gewissheit. Was da unter der Plane liegt, sind meine wenigen Habseligkeiten. Ein paar Umzugskisten mit Akten, Büchern und Kleidung, außerdem einige Bilder und kleinere Einrichtungsgegenstände. Mehr habe ich nach der Trennung von Ellen nicht mitgenommen. Ich mag es nicht, wenn die Möbel mich an meine gescheiterte Ehe erinnern. Deshalb habe ich auch ein möbliertes Apartment gemietet. Besser gesagt: Ich hatte es gemietet. Denn klar ist nun auch, dass meine Wohnungstür tatsächlich ein neues Schloss bekommen hat, weil Ellen in meiner Abwesenheit das alte hat austauschen lassen. Das hier ist ihre ganz persönliche Art, unseren Mietvertrag für beendet zu erklären. Ich könnte nun noch überprüfen, ob meine Praxis ebenfalls ein neues Schloss bekommen hat, aber das kann ich mir sparen. Wenn Ellen etwas macht, dann macht sie es richtig. Und da sie sowieso für die geleaste Einrichtung der Praxis gebürgt hat, gehört mir dort nicht einmal der Fußabtreter.

Leichter Schneefall setzt ein.

Ich könnte Ellens Mailbox jetzt entweder mit einer Hasstirade füllen oder ausführlich darüber jammern, dass sie mich im tiefsten Winter und kurz vor Weihnachten einfach so auf die Straße setzt. Ich bin sicher, beide Reaktionen würden sie darin bestätigen, dass sie mich mit dem Rauswurf genauso verletzt hat, wie ich sie verletzt habe, als ich nicht nur kein Geld, sondern auch keinen Sex von ihr wollte. Es wäre für sie der perfekte Beweis, dass ihre Rache funktioniert.

Ich beschließe, ihr diesen Gefallen nicht zu tun. Als ihre Mailbox anspringt, gebe ich mich aufgeräumt und freundschaftlich: «Hi Ellen, hier ist Jakob. Du, ich habe gerade gesehen, dass du meine Sachen auf die Straße hast stellen lassen. Vielen Dank dafür. Ich wollte das sowieso alles wegwerfen. Das sind nur ein paar Akten, deine Liebesbriefe und unsere Hochzeitsfotos. Der ganze alte Plunder kann auf den Müll. Sag mir doch bitte, was die Abholung gekostet hat oder ob ich mich selbst drum kümmern soll. Danke! Liebe Grüße! – Ach, und ich hoffe, wir sehen uns bald mal wieder!»

Ich beende die Verbindung, atme tief durch und genieße die klare, kalte Winterluft. Dann bestelle ich ein Taxi und suche unter der Plane nach ein paar Kleidungsstücken. Mir fallen ein Beutel mit Schuhen, ein Koffer mit Wäsche und ein Kleidersack in die Hände. Gut.

Den restlichen Kram kann Ellen meinetwegen tatsächlich verbrennen. Ich habe jetzt genug anzuziehen und bin obendrein im Besitz von fünfzehnhundert Euro, für die Abel wahrscheinlich keine Rechnung sehen will. Es gibt Leute, die unter schlechteren Bedingungen ein neues Leben anfangen.

Ich brauche eine knappe Stunde, um in die Stadt zu kommen. Es wird mir ewig ein Rätsel bleiben, warum mein Bruder unbedingt in Mitte wohnen muss. Es gibt hier kaum Bäume, die Cafés und Geschäfte sind ganz auf die Bedürfnisse der überall herumwimmelnden Touristen zugeschnitten, und entsprechend laut und hektisch geht es auf den Straßen zu. Muss man sich das alles antun, nur einer repräsentativen Adresse wegen?

Das Klingelschild hat die Größe eines Kriegerdenkmals und in der Mitte eine Wölbung, hinter der sich eine Kamera befindet, mit der die Hausbewohner anonym entscheiden können, wer ihre Festung betreten darf.

«Hallo, Jakob. Was machst du denn hier?» Jonas' Stimme klingt ein bisschen ungehalten. Er scheint in Eile.

«Kann ich eine Weile bei dir wohnen?»

Die Kamera scheint zu überlegen.

«Ich würde dich nicht fragen, wenn ich eine andere Wahl hätte», füge ich hinzu. «Außerdem sind es sechs Grad unter null. Und es schneit.»

Ein Summen. Die Tür öffnet sich.

Das Foyer sieht aus wie der Empfangsbereich eines Grandhotels. Auf einem schweren, roten Teppich gelangt man zu den Fahrstühlen.

Ähnlich großzügig sind auch die Wohnungen bemessen. Mein Bruder hat ein Loft gemietet, das im Grunde aus einem einzigen Raum besteht; der allerdings hat die Größe eines Tennisplatzes. Es gibt noch ein Schlafzimmer und zwei Bäder, die im Vergleich zu der protzigen Wohnhalle lächerlich klein wirken. Ursprünglich wollte Jonas das Loft sogar kaufen, aber Russen und Amis hatten sich bereits alle

Objekte unter den Nagel gerissen, kaum dass die Planung des Komplexes begonnen hatte.

Jonas liebt spartanische Wohnverhältnisse. Er besitzt nur ein einziges Bild. Es ist ein Popkunstwerk, das ein Mammut zeigt – ich vermute, in Originalgröße. Das Mammut hat die undankbare Aufgabe, die riesige Wand gegenüber der Fensterfront auszufüllen.

Vor dem Kamin steht ein schlichtes, hellgraues Sofa. Daneben ein kleiner Tisch mit Fachmagazinen für vermögende Singles. Es geht um schöne Frauen, schnelle Autos, Yachten, Chronographen und Waschbrettbäuche. Vom Kamin aus gesehen ist der Essbereich so weit entfernt, dass man den Eindruck hat, auf dem Weg dorthin könnte das Wetter umschlagen. Eine strahlend weiß lackierte Tafel mit passenden Stühlen verheißt gesellige Runden vor der offenen Designer-Küche. Das gute Stück wartet noch darauf, eines Tages eingeweiht zu werden. Jonas hat das Loft gleich nach der Sanierung übernommen, und da er entweder auswärts isst oder sich was kommen lässt, ist die perfekt gestylte und funktional höchsten Ansprüchen genügende Küche bislang nicht angetastet worden. Lediglich die eingebauten Fächer für Weinflaschen und der Kühlschrank sind in Gebrauch. Ich kenne einige hart arbeitende Hausfrauen, die angesichts einer solchen Verschwendung in Tränen ausbrechen würden. Und ich vermute, dass auch Jonas' ukrainische Putzfrau mit starken Emotionen zu kämpfen hat, wenn sie allwöchentlich ein paar Staubkörner von der Anrichte pustet: Was könnte diese Küche nicht alles leisten, wenn man sie nur ließe?

«Ich komme gleich!», ruft Jonas. «Nimm dir was zu trinken oder so.»

«Kein Problem! Ich hab Zeit!», rufe ich zurück.

Ich lege meinen Kram zu Füßen des Mammuts ab, dabei fällt mein Blick auf zwei Koffer und einige Reisetaschen, die etwas versteckt neben dem Sofa stehen. Auf einem der Koffer liegt ein Flugschein. Ich sehe gerade noch, dass es sich um ein One-Way-Ticket für die 6.20-Uhr-Maschine von Prag nach Havanna handelt, als Jonas erscheint.

«Entschuldige, ich hab noch einiges zu erledigen, bevor ich abhaue.»

«Wieso Kuba? Und wieso fliegst du schon morgen früh?», frage ich entgeistert.

Er nimmt mir den Flugschein aus der Hand, faltet ihn rasch und steckt ihn wortlos in sein Sakko.

«Ausgerechnet Heiligabend musst du nach Kuba fliegen?», füge ich vorwurfsvoll hinzu. «Was wird aus Mutter?»

«Ich wollte mich deshalb noch bei dir melden», erwidert Jonas. «Du musst dich diesmal leider allein um sie kümmern.»

«Was zur Hölle ist denn nur passiert, dass du nicht mal einen Tag warten kannst? Außerdem dachte ich, du wolltest nach Florida.»

Er wirkt zerknirscht. «Wollte ich auch. Aber ich hab Mist gebaut.»

«Oh! Wer will deinen Kopf?», witzele ich. «Das BKA? Die CIA? Interpol?»

«Schlimmer», erwidert Jonas. «Eine Frau. Genauer gesagt: die Frau eines Vorstandsmitgliedes.»

«Lass mich raten: Ihr habt eine Affäre.»

«Wir hatten. Und jetzt redet sie sich ein, dass ihre Ehe eine Lüge ist ...»

«Nicht ganz abwegig, wenn man in Betracht zieht, dass sie ihren Mann betrügt», gebe ich zu bedenken.

«Das ist aber trotzdem noch lange kein Grund, gleich mit mir durchbrennen zu wollen», sagt Jonas aufgebracht.

Er sieht mein erstauntes Gesicht und nickt bestätigend. «Ja. Sie möchte mit mir in die Staaten ziehen.»

«Und um das zu verhindern, haust du einfach so nach Kuba ab? Ist das nicht ein bisschen ... pubertär?»

«Absolut. Aber sie ist eine fürchterliche Klette. Und in ein paar Tagen wäre ich doch sowieso weg. Vielleicht versteht sie ja auf diese Weise, dass ich ihre Gefühle nicht erwidere.»

«Wahrscheinlich wird sie das. Ist allerdings kein netter Zug von dir.»

Die ebenso dezente wie melodische Türglocke ertönt.

«Das ist mein Taxi», sagt Jonas. «Was ist? Kümmerst du dich um Mutter?»

«Was ist mit deinen Möbeln?», frage ich.

«Die bleiben hier. Wenn du willst, nimm dir, was du brauchst. Der Rest wird entsorgt. Es ist teurer, den Kram verschiffen zu lassen, als drüben alles neu zu kaufen.» Er zieht einen Schlüsselbund hervor und reicht ihn mir. «Der Wagen steht in der Tiefgarage. Der Leasingvertrag läuft Ende des Monats aus, dann holen sie ihn ab. Die Wohnung ist bis Ende Januar bezahlt. Und in der Küche gibt es noch ein paar Flaschen Wein. Bedien dich einfach.»

Wieder ertönt die Türglocke, Jonas huscht in den Gang. «Ja, doch! Ich komme gleich», höre ich ihn in die Gegensprechanlage sagen.

Ich fühle mich überrumpelt. Es war zwar klar, dass mir dieser Abschied bevorstehen würde, trotzdem kommt das jetzt gerade etwas plötzlich.

Jonas reicht mir ein winziges, in edles Papier gehülltes Päckchen. «Könntest du das bitte Mutter geben? Von mir für sie zu Weihnachten.»

Ich nicke und nehme das Geschenk an mich.

«Und bitte zu keinem ein Wort, wann, wohin und von

wo aus ich fliege. Ich weiß wirklich nicht, wie weit der Liebeswahn dieser Verrückten noch geht.»

Ich nicke. «Ich werde schweigen», sage ich, und nach einer kleinen Pause füge ich hinzu: «Und ich werde mir deinen Wein schmecken lassen.»

Er lächelt. «Danke, Bruder.»

Wir umarmen uns kurz, fast flüchtig. Im Hause des großen Bartholomäus Jakobi galt es als unmännlich, wenn Männer sich körperlich näher kamen, als für einen Händedruck nötig.

«Wann werden wir uns wiedersehen?», frage ich.

«Du besuchst mich einfach, wenn alles geregelt ist», entgegnet Jonas zuversichtlich. Es klingt wie: Irgendwann, wer weiß das schon?

«Schön», sage ich, als hätten wir uns gerade fest verabredet.

Er schnappt sich seine Sachen und ist wenige Sekunden später im Fahrstuhl verschwunden.

Ich schlendere zurück zur Wohnungstür und betrete meine vorübergehende Bleibe: ein riesiges Loft inklusive Sportwagen und kleinem Weinvorrat. Nicht schlecht, wenn man bedenkt, dass ich vor knapp zwei Stunden noch obdachlos war.

GOTTES WUNDER

Ich warte aus Gründen der Selbstdisziplin bis zum Abend, bevor ich mir ein Glas Wein gönne. Glücklicherweise wird es im Winter früh dunkel.

Ich vermute, Jonas hat mir den einen oder anderen mittelprächtigen Tropfen dagelassen. Wahrscheinlich gehören die Flaschen zur Sorte jener undankbaren Mitbringsel, die man zwar irgendwie zu schade zum Wegkippen findet, aber lieber auch nicht selbst trinken möchte. Da ich in meiner momentanen Situation nicht wählerisch sein kann, hoffe ich das Beste und werfe einen optimistischen Blick auf das Angebot. Ich bin perplex, denn meine Vermutung entpuppt sich als kompletter Irrtum. Im Regal warten sechs stattliche Flaschen Bordeaux darauf, standesgemäß geköpft zu werden. Und wenn ich richtigliege, dann ist keine einzige dabei, für die man nicht tief in die Tasche greifen müsste. Ich schnappe mir erfreut einen Pomerol und finde nach kurzem Suchen Rotweinkelche und einen Dekanter, an dem noch das Preisschild baumelt. Mein Bruder ist wirklich ein Snob. Während der Wein atmet, flaniere ich durch die Wohnung und stelle dabei eher zufällig fest, dass sich in dem Sideboard neben dem Kamin ein versenkbarer Plasmabildschirm befindet.

Ich versorge mich mit Wein und zappe durch die Programme. Der Pomerol schmeckt göttlich. Im Fernsehen läuft das Vorweihnachtsprogramm, ein knallbuntes Potpourri aus Messen, Weltnachrichten, Weihnachtsliedern, Verkehrsdurchsagen, Bibelfilmen, Blitzeiswarnungen, Kindersendungen und jeder Menge Tipps rund um die anstehenden Feiertage. Wer immer noch nicht weiß, was er Weihnachten kochen, schenken oder singen soll, der kann es hier erfahren. Nach zehn Minuten Fernsehen fühle ich mich benebelt, obwohl ich erst zwei Schlucke Pomerol intus habe. Ich muss an Abels Worte denken: Dass der Mensch nie weiß, wann er genug hat. Ich glaube, da ist was dran, denn anders kann ich mir den hektischen und vollkommen überzogenen Quatsch, der auf allen Kanälen veranstaltet wird, beim besten Willen nicht erklären.

Mein Handy klingelt. Ich würde es gern ignorieren, aber nach diesem Klingeln wird es gleich noch mal klingeln, weil es mir signalisieren möchte, dass jemand auf die Mailbox gesprochen hat. Und dann wird es wieder klingeln, weil es mich an die Mailboxansage erinnern möchte. Und das tut es dann aus dem gleichen Grund eine Minute später noch einmal. All das finde ich dermaßen nervtötend, dass ich lieber gleich rangehe. «Jakobi.»

«Was machst du gerade?», fragt Abel.

«Nichts Besonderes. Warum?»

«Du wolltest doch über meine Therapie nachdenken. Ich dachte, du hast vielleicht eine Frage oder so. Ich will nämlich gleich ins Kino, und wenn ich einen Film sehe, höre ich nicht, was sonst noch in der Welt passiert.»

«Was schaust du dir an?», frage ich.

«Irgendeine Komödie», sagt Abel sonnig. «Du weißt doch, in Filmen werden alle Rätsel des Lebens gelöst. Na? Wer hat es gesagt?»

«Keine Ahnung.»

«Steve Martin in *Grand Canyon*.»

«Und? Hast du alle Rätsel des Lebens gelöst?»

Er lacht. «Was ist jetzt? Kann ich dir irgendwie behilflich sein?»

«Nein. Geh ruhig ins Kino. Viel Spaß.»

«Danke.»

Ich taste nach meinem Pomerol und nehme ein Schlückchen. Ein solcher Wein kann einem wirklich helfen, an ein höheres Wesen zu glauben, denke ich und merke zugleich, dass ich hundemüde bin. Vorsichtig stelle ich den Wein zurück, atme erneut tief durch und nicke auf der Stelle ein.

Der ebenso dezente wie melodische Klang der Türglocke reißt mich aus einem traumlosen Schlaf. Es ist stockfinster draußen, ich muss also mehrere Stunden geschlafen haben. An den Bodenleisten des Lofts leuchten kleine, bläulich schimmernde Lampen. Sie scheinen bei Dunkelheit automatisch anzugehen und sollen wohl die Bewohner davor bewahren, sich nachts zu verlaufen. Das schummrige Licht lässt den Flur wie die Gangway eines UFOs aussehen.

Wieder die Türglocke. Ich krame mein Handy hervor. Halb zwei. Wer will denn um diese Zeit meinen Bruder sprechen? Ich bin noch nicht ganz wach, deshalb brauche ich eine Weile für den Gedanken: Es ist Jonas' Geliebte! Er hat heute Mittag noch prophezeit, dass sie ihm wahrscheinlich nachstellen wird. Eine Klette hat er sie genannt, und wenn ich mir vor Augen führe, wie spät es jetzt ist, dann kann ich das nur unterschreiben.

Zum dritten Mal die Türglocke. Ich beschließe, einfach nicht zu reagieren. In der Wohnung ist es still, und ich habe kein Licht angemacht. Wenn ich mich also weiterhin ruhig verhalte, wird Jonas' enttäuschte Geliebte irgendwann aufgeben und sich trollen.

Stille. Ich frage mich, wie sie wohl aussehen mag. Mein Bruder hat ein Faible für große, superschlanke Frauen, gazellenartige Models, neben denen ein normal gebauter Mann wie der Koloss von Rhodos aussieht. Ob die Frau des Vorstandsvorsitzenden seinem Beuteschema entspricht?

Noch mal die Türglocke, diesmal nur kurz. Es scheint, als würde die verschmähte Geliebte langsam aufgeben. Mir fällt ein, dass ich mittels der Überwachungskamera einen unbemerkten Blick auf sie riskieren könnte, wenn ich denn wollte. Aber will ich das?

Schließlich siegt meine Neugier. Leise schleiche ich durch den Flur, aktiviere das Display am Eingang und sehe ... nichts. Vor dem Haus ist lediglich ein leerer, nächtlicher Bürgersteig zu erkennen. Konzentriert betrachte ich das Display und stelle fest, dass man mehrere Perspektiven wählen kann, unter anderem eine, die zeigt, wer unmittelbar vor der Wohnungstür steht. Hat Jonas' Verfolgerin es etwa irgendwie ins Haus geschafft? Und obendrein mitten in der Nacht? Beunruhigt drücke ich den entsprechenden Knopf.

Ich erstarre. Im Display ist das fleischige Gesicht einer düster dreinblickenden Mittvierzigerin zu sehen, die obendrein einen gewaltbereiten Eindruck macht. Man sieht, dass sie gerade ihren Arm bewegt, dann ertönt wieder die Türglocke. Ich zucke zusammen. Die Frau vor der Tür erinnert nicht mal von ferne an Jonas' bisherige Magermodel-Freundinnen. Sie wirkt eher wie eine osteuropäische Hammerwerferin. Neben ihm dürfte *sie* wie der Koloss von Rhodos aussehen. Kein Wunder, dass mein Bruder bei Nacht und Nebel vor dieser Naturgewalt das Weite gesucht hat. So ähnlich werde ich es jetzt auch machen und mich absolut still verhalten, bis sie gegangen ist.

Ich verharre und fixiere das Display. Die Frau vor der Tür schaut starr in die Kamera. Man könnte meinen, wir würden uns ansehen. Nach einer gefühlten Ewigkeit lässt sie ihre massigen Schultern sinken und wendet sich ab. Erleichtert atme ich vorsichtig aus. In diesem Moment hält sie inne und dreht sich noch einmal um. Ihr Blick ist nun forschend, er scheint mich förmlich zu durchdringen. Sieht aus, als würde sie sagen wollen: Ich weiß, dass du da bist. Ich kann es fühlen. Ich kann deinen Atem spüren.

Plötzlich haben ihre Augen einen entschlossenen Ausdruck. Sie wendet sich ab und verschwindet aus dem Blickfeld der Kamera. Ich will schon aufatmen, da sehe ich dunkle Schemen über den Hausflur huschen. Im nächsten Moment ist das Krachen und Splittern von Holz zu hören. Die Eingangstür fliegt mir entgegen und schleudert mich gegen die Garderobenwand, wo ein einsamer Mantel meinen Aufprall nur unwesentlich abmildert. Im gleichen Moment schießt mir ein Schwall Blut aus der Nase, während vier schwarz vermummte und schwerbewaffnete SEK-Männer in die Wohnung stürmen und sie rasch zu durchsuchen beginnen.

Dann taucht auch Jonas' vermeintliche Geliebte auf. Sie schreitet gelassen durch die geborstene Eingangstür, sieht mein lädiertes Gesicht und zieht ein Funkgerät hervor. «Alles klar. Wir haben ihn. Er lebt, hat aber ein bisschen was auf die Nase gekriegt. Schickt den Arzt hoch. Danke. Ende.»

Nebenan ist eine Maschinengewehrsalve zu hören. Dann taucht einer der SEK-Beamten auf und wirft der Frau meine Reisetasche und den Kleiderbeutel vor die Füße.

«Die Wohnung ist sauber», sagt er zu ihr und wendet sich danach an mich: «Entschuldigung, einer meiner Männer ist heute etwas nervös, weil er bald Vater wird. Er hat aus Versehen auf Ihr Mammut geschossen.»

Ich signalisiere mit einem Nicken, dass ich es nicht krummnehme.

Die Frau deutet auf mein Gepäck. «Wollten Sie etwa verreisen?», fragt sie süffisant, zieht einen Ausweis hervor und hält ihn in die Höhe. «Jutta Kroll, Hauptkommissarin. Ich leite diesen Fall.» Sie greift erneut in ihre Tasche und zeigt mir ein Schreiben, bevor sie es auf die Anrichte legt. «Das ist der Durchsuchungsbeschluss. Wir interessieren uns nur für Papiere und Bargeld. Möchten Sie kooperieren?»

Ich schüttele andeutungsweise den Kopf, weil ich gerade damit beschäftigt bin, nicht an meinem eigenen Blut zu ersticken.

«Habe ich mir fast gedacht», erwidert Hauptkommissarin Kroll. «Wie dem auch sei, Sie müssen sowieso mitkommen.» Sie zieht ein weiteres Blatt Papier aus der Tasche und liest vor: «Jonas Jakobi, ich verhafte Sie hiermit wegen Urkundenfälschung, Untreue, Betrug, Kursmanipulation, Bilanzfälschung und Einbruch in bankinterne Informationssysteme zwecks Abwicklung unautorisierter Handelsgeschäfte.»

Ich muss laut lachen. Dann wird mir schwarz vor Augen.

Ich erwache in einem Krankenwagen und erkenne den schlaksigen Typen wieder, der mich um Haaresbreite bei meiner letzten Nasen-OP ins Jenseits befördert hätte. Dr. Kessels, wenn ich mich recht entsinne.

«Wie spät ist es?», will ich wissen.

«So gegen halb drei», antwortet er. «Sie waren nur kurz ohnmächtig. Wie fühlen Sie sich?»

«Okay», sage ich und versuche zu ertasten, ob meine Nase noch an ihrem Platz ist. Dabei spüre ich, dass der Arzt mir Tampons in die Nasenlöcher gestopft hat.

«Sieht schlimmer aus, als es ist. Diesmal hat Ihre Nase ausnahmsweise mal nichts abgekriegt. Ich vermute, der Schreck hat die Blutung ausgelöst. Nur ein paar geplatzte Äderchen. Wollen Sie trotzdem eine Schmerztablette?»

«Haben Sie mir die noch nicht weggenommen?», frage ich.

Er lacht und schüttelt den Kopf. «Nein, ich hab jetzt wieder Amphetamine. Die sind sowieso besser als Analgetika. Deshalb können Sie so viel Schmerzmittel haben, wie Sie wollen. Möchten Sie?»

«Danke, nein. Wo bringen Sie mich eigentlich hin?», frage ich.

«Aufs Präsidium. Die Kommissarin will Sie dringend sprechen.»

Ich verziehe widerwillig das Gesicht.

«Was haben Sie denn ausgefressen?», fragt er.

«Nichts», erwidere ich im Brustton der Überzeugung.

Er lacht. «Das kenne ich. Dann brauchen Sie folgende drei Sätze: Daran kann ich mich leider nicht erinnern. Das ist mir nicht bekannt. Und: Hierzu möchte ich mich nicht äußern.»

«Danke. Werde ich mir merken», sage ich.

«Und lassen Sie sich nicht in die Enge treiben», rät er. «Diese Kroll sieht nicht nur aus wie ein Profi-Wrestler, die hat auch schon einige schwere Jungs auf die Matte geschickt, hab ich mir sagen lassen.»

Das Verhörzimmer ist karg möbliert. Ein Tisch, zwei Stühle, in der Ecke ein einsamer Farn. An der Wand hängt eine Karte von Berlin, daneben eine überdimensionale Wanduhr, deren lautes Ticken die Stille zerhackt. Ich bin sicher, man hat das Modell bewusst gewählt, um die Wartenden zu zermürben. Mich persönlich zermürbt das Klacken des Sekundenzeigers kein bisschen. Mein Elternhaus war voll von solchen Uhren, denn Bartholomäus Jakobi war zwar ein Trinker, aber einer von der pünktlichen Sorte.

Ein junger Beamter hat Kaffee und Wasser gebracht. Ich sitze da mit meinen Tampons in den Nasenlöchern und sehe wahrscheinlich aus wie das Warzenschwein Pumbaa aus dem *König der Löwen*. Die Tür geht auf, und Hauptkommissarin Kroll erscheint. Müsste man ihr ebenfalls ein Tier zuordnen, wäre es wohl der Yeti. Oder Chewbacca aus *Krieg der Sterne*.

Sie pfeffert meinen Pass auf den Tisch und baut sich vor mir auf. «Sie sind nicht Jonas Jakobi. Sondern sein Bruder Jakob.»

«Sie sollten bei der Polizei anfangen», erwidere ich. «Ich glaube, Sie haben einen ausgeprägten detektivischen Spürsinn.»

«Hey! Ein Witzbold!», ruft sie theatralisch und lässt sich auf den Stuhl fallen. Das Möbelstück ächzt unter der Last ihres Körpers. «Keine Sorge. Ihnen wird das Lachen hier ganz schnell vergehen. Das verspreche ich Ihnen.»

Zwei Stunden später ist mir das Lachen immer noch nicht vergangen. Ich weiß inzwischen, dass mein Bruder mit seinen Spekulationsgeschäften die märchenhafte Summe von drei Milliarden Euro verzockt hat. Damit gehört er zu den Topkriminellen des Casinokapitalismus, weshalb damit zu rechnen ist, dass er nach einer moderaten Haftzeit von vier bis sechs Jahren mit Büchern, Filmen und Vortragsreisen eine Menge Geld verdienen wird. Es wäre sogar denkbar, dass ihm Letzteres gelingt, ohne zuvor in den Knast zu wandern, wenn er es heute schafft, Hauptkommissarin Chewbacca zu entwischen. Kuba liefert gewöhnlich nicht aus, und falls Jonas clever genug war, wenigstens ein paar Hunderttausend Euro von dem vielen Geld für sich selbst abzuzwacken, dann dürfte es locker für einen Neustart in der Karibik reichen. Ich gönne es ihm. Und ich werde mein Bestes tun, ihm die Flucht zu ermöglichen. Irgendwie ist mir ein Betrüger als Bruder fast lieber, als es jener Musterknabe war, den Jonas uns immer vorgespielt hat.

Die vergangenen zwei Stunden sind auch an der Kommissarin nicht spurlos vorübergegangen. Sie lässt zum wiederholten Male neuen Kaffee kommen, während sie sich mit den Fingerspitzen die Schläfen massiert.

«Sie sollten sich eine Weile hinlegen», sage ich. «Sie sehen müde aus.»

Sie hält inne und blickt mich verächtlich an. «Ich weiß, dass Ihr Bruder Europa noch nicht verlassen hat. So was habe ich im Gefühl. Und ich weiß auch, dass Sie mir sagen können, welchen Flug er gebucht hat.»

«Wer sagt überhaupt, dass er fliegen will?», antworte ich.

«Will er denn?», fragt sie lauernd.

Ich lächle nachsichtig. «Ich plaudere hier mit Ihnen aus lauter Freundlichkeit», sage ich und fahre mit gespielter Strenge fort: «Wenn Sie mir ständig blöd kommen, dann verweigere ich die Aussage. Rechtlich gesehen darf ich das. Es handelt sich ja schließlich um meinen Bruder.»

Sie beugt sich vor. «Glauben Sie wirklich, dass Sie so einfach davonkommen würden? Ich krieg Sie dran wegen Beihilfe.»

Es klopft. Ein älterer Mann in Zivil steckt den Kopf durch die Tür. «Jutta, kannst du mal bitte kommen? Wir haben da was.»

Kroll überlegt einen Moment, dann sagt sie: «Nur zu. Wir haben schließlich vor Herrn Dr. Jakobi nichts zu verbergen.»

Der Beamte tritt ein. Ich ahne nichts Gutes.

«Wir haben das Passwort für den Computer von Jonas Jakobi geknackt. Er wollte eine Bahnreise buchen für heute Nacht, hat die Buchung aber abgebrochen.»

«Interessant», sagt Kroll. «Wo sollte es denn hingehen?»

«Paris. Flughafen Charles-de-Gaulle.»

Die Kommissarin mustert mich. «Stimmt das mit Ihren Informationen überein, Dr. Jakobi?»

Ich blicke instinktiv zur Uhr. Kurz vor fünf. Noch eineinhalb Stunden bis zu Jonas' Abflug. Kann also nicht schaden, wenn die Soko erst mal in Paris nach ihm sucht. Kroll folgt meinem Blick und scheint zufrieden mit der Reaktion.

«Wir überprüfen alle Flüge nach Übersee, die in den kommenden drei Stunden starten», ordnet sie an, schnappt sich ihre Tasse und ist im nächsten Moment mit dem Kollegen durch die Tür verschwunden.

Ich kann mir ein müdes, aber zufriedenes Grinsen nicht verkneifen. Mein Bruder hat doch tatsächlich die großartige Idee gehabt, eine falsche Fährte zu legen. Eigentlich sollte man von einem Topbetrüger nichts anderes erwarten, aber ich bin dennoch beeindruckt. Fragt sich jetzt nur, ob seine Finte die Polizei lange genug beschäftigt.

Leider bringt uns der Umweg über Paris nur eine knappe halbe Stunde, dann sitzt Hauptkommissarin Kroll schon wieder vor meinem Tisch. Ihre Kollegen haben die Passagierlisten in Paris überprüft und nichts gefunden. Auch der Computerabgleich des Fahndungsfotos mit den Bildern der Überwachungskameras hat ergeben, dass Jonas in den letzten zwölf Stunden den Flughafen Charles-de-Gaulle nicht betreten hat.

Daraus schließt die Kommissarin messerscharf, dass sie von Jonas reingelegt worden ist. Und sie hat noch eine Theorie: Wenn man links antäuscht, dann will man wahrscheinlich in die rechte Ecke schießen. Kroll glaubt deshalb, dass Jonas Paris als Köder ausgelegt hat, weil er sich in die entgegengesetzte Richtung vom Acker machen will. Also liegt der gesuchte Flughafen ihrer Überzeugung nach in Osteuropa. Von Berlin aus gesehen kommen da ihrer Meinung nach nicht allzu viele große Flughäfen in Betracht. Fragt sich nur, ob Jonas vielleicht einen kleineren Flughafen angesteuert hat und/oder ob er vielleicht mit falschen Papieren reist.

Die Details beiseitegelassen, kommt die Kommissarin mit ihren Vermutungen der Wahrheit bedenklich nahe. Mir wird mulmig zumute.

Es klopft, dann öffnet sich die Tür. Ich erstarre. Der Besucher ist Abel Baumann. Er trägt einen gutsitzenden, offenbar teuren Anzug und hat einen schwarzen Diplomatenkoffer dabei.

«Wer sind Sie?», fragt Kroll brüsk. «Und was machen Sie hier?»

Abel zieht eine Visitenkarte aus der Brusttasche seines edlen Sakkos und reicht ihr das Stück Papier. «Ich möchte bitte mit meinem Mandanten alleine sprechen.»

Die Kommissarin nimmt die Karte und nickt wenig begeistert. Dann verlässt sie den Raum mit den Worten: «Zehn Minuten. Und erklären Sie ihm, wie ernst die Lage ist.»

Kaum ist die Tür geschlossen, da legt Abel seinen Zeigefinger an die Lippen und bedeutet mir, mich zu setzen. Er zieht einen Zettel hervor und schiebt ihn über den Tisch. Ich lese: *Die hören mit. Also sei vorsichtig, was du jetzt erzählst!*

Während ich den Zettel studiere, sagt Abel betont entspannt: «Schön, Jakob. Freut mich, dich zu sehen. Dann wären wir ja jetzt unter uns.»

Ich nicke und erwidere: «Gut, dass du da bist. Die löchern mich schon seit Stunden. Ich weiß gar nicht, was die von mir wollen, es geht doch hier nicht um mich, sondern um meinen Bruder.»

Abel nickt zufrieden und bedeutet mir mit einem Zwinkern, dass wir auf dem richtigen Weg sind. «Das schon, aber die glauben natürlich, dass du weißt, wohin er sich absetzen will.»

«Das weiß ich ja auch», erwidere ich. «Aber das muss ich denen ja nicht auf die Nase binden, oder?»

«Nein. Es könnte dir zwar Scherereien ersparen und sich für deinen Bruder strafmildernd auswirken, aber es ist dein gutes Recht, die Klappe zu halten. Außerdem müsste ich sowieso vorher mit denen reden, falls du ...»

«Nein. Ich will Jonas nicht verpfeifen», unterbreche ich und schaue zur Uhr. Viertel vor fünf. Wenn die Polizei noch mal eine halbe Stunde Zeit verliert, dann ist Jonas so gut wie weg.

«Kann ich verstehen», erwidert Abel. «Dann verweigerst du ab jetzt bitte einfach die Aussage, und ich beeile mich, dich hier so schnell wie möglich rauszuholen.» Er steht auf.

«Warte mal. Was wird denn juristisch aller Wahrscheinlichkeit nach auf mich zukommen?», frage ich und kritzele nebenbei auf Abels Zettel: *Wir brauchen noch eine halbe Stunde.*

Abel nimmt das Stück Papier, nickt und legt es sorgfältig in seinen Diplomatenkoffer. «Das kann ich dir nicht so genau sagen, Jakob. Die Angelegenheit hat ja auch eine politische Dimension. Diese Hauptkommissarin Kroll wird sicher nicht gut auf dich zu sprechen sein, wenn du ihren Fahndungserfolg zunichtemachst. Im Zweifelsfall wird sie versuchen, dich wegen Beihilfe dranzukriegen, vermute ich.»

«Ja. Das hat sie schon gesagt», merke ich an.

«Das sagen die immer», erwidert Abel. «Heißt aber noch lange nicht, dass sie damit auch durchkommen.»

Ich schaue auf die Uhr. Abel folgt meinem Blick.

«Wenn du willst, dann verhandele ich mit ihnen.» Vielsagend fügt er hinzu: «Könnte aber eine Viertelstunde dauern. Vielleicht sogar länger.»

Ich nicke. «Gut. Fragen kostet ja nichts.»

Abel braucht leider keine zehn Minuten, um von der Kommissarin garantiert zu bekommen, dass ich straffrei ausgehe, wenn ich plaudere.

Es ist kurz vor sechs, als ich vorgebe, zähneknirschend meinen Bruder zu verraten: «Jonas wollte wirklich nach Paris. Aber nicht, um von dort aus zu fliegen. Er hat in Paris den Zug nach Marseille genommen. Er will sich mit einem Schiff nach Nordafrika absetzen.»

Kroll wirkt genervt. «Nordafrika ist groß. Wo genau will er denn da hin?»

«Keine Ahnung», erwidere ich. «Er klang nicht sehr wählerisch.»

«Und könnte es obendrein sein, dass er irgendwo als blinder Passagier an Bord geht und die Passage cash bezahlt?», fragt Kroll schnippisch. «Auf diese Weise wäre er dann auch auf keiner Passagierliste zu finden.»

«Was weiß denn ich?», gebe ich unwirsch zu Protokoll. «Ja. Möglich.»

Der Blick der Kommissarin durchbohrt mich. «Wenn Sie mir hier Mist erzählen, dann buchte ich Sie für lange Zeit ein. Das schwöre ich Ihnen.»

Ich zeige mein schönstes Pokerface.

«Wann wollte er denn weg?», will Kroll wissen.

«Ich denke mal, heute Morgen.»

Sie merkt, dass es keinen Sinn hat, mich noch länger auszuquetschen, und wendet sich ab mit den Worten: «Wir müssen sämtliche Schiffe, die heute Morgen in Marseille mit Ziel Nordafrika ablegen, filzen.»

«Aber das ist Wahnsinn», höre ich einen ihrer Kollegen sagen, bevor sich die Tür schließt.

Abel sieht mich an und nickt fast unmerklich. Es ist ein anerkennendes Nicken. «Ich versuche uns noch mal einen frischen Kaffee zu besorgen», sagt er aufgeräumt.

Zehn Minuten später sitzen wir entspannt beisammen und warten darauf, dass Kroll zwar Jonas in Marseille nicht findet, mich aber trotzdem laufen lassen muss, weil sie mir nicht beweisen kann, dass ich sie angelogen habe. Zu diesem Zeitpunkt sind es nur noch sieben Minuten, bis mein Bruder über alle Berge ist.

Plötzlich fliegt die Tür auf. Kroll und ein Kollege, das Handy am Ohr, stürmen ins Zimmer. Vor Schreck verschütte ich meinen Kaffee.

«Wir wissen, dass es Prag ist. Und wir wissen, dass er falsche Papiere hat», bellt sie. «Eine Überwachungskamera hat ihn heute Morgen gefilmt, aber er taucht auf keiner Passagierliste auf. Unter welchem Namen reist er?»

Da ich wirklich keine Ahnung habe, zucke ich mit den Schultern.

«Dann sagen Sie mir jetzt, welche Maschine es ist.»

Sie sieht mein bestürztes Gesicht und wiederholt: «Welche Maschine?»

Sie beugt sich über den Schreibtisch und schiebt dabei Abels Koffer zur Seite, der zwar herunterfällt, aber von Abel geistesgegenwärtig aufgefangen wird. Da der Koffer nicht verschlossen war, fallen zwei Kugelschreiber und ein kleines Blatt Papier heraus. Es segelt zu Boden. Bevor Abel es einsammeln kann, ist für einen kurzen Moment meine Notiz von vorhin zu sehen: *Wir brauchen noch eine halbe Stunde.*

Kroll starrt auf den Zettel, dann sieht sie mich an. Ein ebenso triumphierender wie hasserfüllter Blick. Ich muss schlucken. Sie schaut zur Uhr, dann zu Abel. Dann schließt sie die Augen und rechnet fieberhaft.

«Es ist eine Maschine, die in den nächsten zehn Minuten abhebt», sagt sie zu ihrem Kollegen, der nun leise in sein Handy spricht.

«Der Kollege in Prag sagt, dass zwei Maschinen auf der Startbahn stehen, die beide passen könnten. Eine nach Mexiko, eine nach Kuba. Sechs Uhr zwanzig, und drei Minuten später.»

«Sie sollen beide Maschinen aufhalten», ordnet Kroll an. Sie sieht mir dabei direkt in die Augen. Ich weiß nicht, ob sie erkennen kann, wie bitter mir diese Niederlage schmeckt. Zwei Minuten hätten wir noch gebraucht, vielleicht drei. Mehr nicht. Drei verdammte Minuten.

Krolls Kollege nimmt das Handy vom Ohr. «Der Kollege in Prag sagt, er stoppt die Maschinen nicht auf gut Glück. Sie sollen den betreffende Flug nennen, sonst kriegen beide Maschinen Starterlaubnis.»

Ich spüre Hoffnung in mir aufkeimen. Kroll sieht mir immer noch in die Augen. «Mexiko oder Kuba?», fragt sie drohend.

Ich blicke zu Abel, der mir aufmunternd zunickt. Schön, dass er mir vertraut, aber gerade geht mir der Arsch mächtig auf Grundeis.

«Mexiko oder Kuba», wiederholt Kroll nachdrücklich.

«Du musst jetzt auf dein Bauchgefühl hören.» Ich schaue ihn an und weiß gerade nicht, ob er das wirklich gesagt hat. Ich habe jedenfalls nicht gesehen, dass sich seine Lippen bewegt haben.

Ich blicke der Kommissarin in die Augen und versuche zu ergründen, was in ihr vorgeht. Ich muss auf mein Bauchgefühl hören, denke ich. Sekunden, die mir wie Minuten vorkommen, dann lese ich in ihrem Gesicht das Wort: *Lüge*. Und im gleichen Moment weiß ich, was zu tun ist.

«Kuba», sage ich mit fester Stimme.

«Geht doch.» Sie nickt erfreut, wendet sich an ihren Kollegen, der gerade in sein Handy sprechen will, und stoppt ihn mit einer energischen Handbewegung.

«Mexiko», sagt sie. «Es ist die Maschine nach Mexiko.»

Der Beamte schaut sie irritiert an. «Aber er hat doch gerade gesagt ...»

«Stoppen Sie den Flug nach Mexiko», unterbricht sie barsch. «Ich weiß, was ich tue. Die Maschine nach Kuba kann starten.»

Sie würdigt mich keines weiteren Blickes. Hocherhobenen Hauptes verlässt sie das Zimmer. Der Beamte mit dem Handy folgt ihr schulterzuckend und gibt ihre Order an den Prager Kollegen weiter.

Abel macht ein zufriedenes Gesicht.

Ein paar Minuten später, wir haben uns bereits auf einen baldigen Aufbruch eingestellt, erscheint erneut die Kommissarin. Wieder fliegt die Tür auf, diesmal sieht Kroll aus, als wäre sie gerade einen Marathon gelaufen. «Das zahle ich Ihnen heim. Ich bringe Sie hinter Gitter, das garantiere ich Ihnen», stößt sie mit hochrotem Kopf hervor. «Ihr sauberer Bruder ist über alle Berge. Sie haben es also geschafft! Gratuliere!»

«Und wofür wollen Sie meinen Mandanten einsperren?», fragt Abel betont entspannt. «Dafür, dass er Ihnen die Wahrheit gesagt hat? In Anwesenheit mehrerer Zeugen? Ich an Ihrer Stelle würde das nicht an die große Glocke hängen.»

Kroll schnaubt verächtlich. Auch ihr ist klar, dass sie das Spiel verloren hat. Sie schießt einen letzten, hasserfüllten Blick ab und verschwindet.

Einen Moment herrscht Schweigen, dann atme ich tief durch.

«Alles okay?», fragt Abel besorgt.

«Danke. Alles bestens», sage ich müde, aber glücklich. «Lass uns abhauen.»

«Vielleicht nimmst du erst mal die Dinger aus der Nase», erwidert Abel.

GOTTES WEGE

Der Winter hat die Stadt fest im Griff. Der Verkehr kriecht. Auf den eisglatten Bürgersteigen versuchen dick eingemummte Menschen, heil durchs Gewimmel zu kommen. Es wäre ein ganz gewöhnlicher Morgen an einem ganz gewöhnlichen ungemütlichen Dezembertag, wenn nicht Weihnachten unmittelbar bevorstünde. Der Gedanke daran, dass die Menschen heute Abend das Fest der Liebe zelebrieren werden, scheint die Welt zumindest ein paar frostige Atemzüge lang zu einem besseren Ort zu machen. Daran ändert auch nichts, dass unterm Tannenbaum nicht nur geherzt und geküsst, sondern auch gestritten und geprügelt wird. Es ist der Gedanke, der zählt. Und vielleicht ist das auch schon das ganze Geheimnis.

Diesmal scheint Abel tatsächlich meine Gedanken lesen zu können. «Falls du heute Abend nicht weißt, wohin, dann melde dich einfach. Mein Bauwagen ist dein Bauwagen.»

«Danke. Aber ich muss mich um Mutter kümmern. Wird nicht leicht, ihr klarzumachen, dass Jonas heute nicht dabei sein kann.»

«Du könntest sie belügen», empfiehlt Abel.

«Das sowieso. Glaubst du, ich hab vor, ihr auf die Nase zu binden, dass ihr Lieblingssohn ein international gesuchter Verbrecher ist?»

«Wie gesagt: Falls du es dir anders überlegst ...»

«Danke», sage ich. «Und danke auch für eben.»

Abel nickt, hebt die Hand zum Gruß und verschwindet im Getümmel.

Ich überlege, dass es klug wäre, meine Klamotten aus Jonas' Wohnung zu holen, bevor ich zu Mutter fahre. Sonst muss ich nämlich später noch mal in die Stadt. Vielleicht wäre das aber auch gar nicht so schlecht, denke ich. Auf diese Weise hätte Mutter heute Mittag ein bisschen Zeit für sich.

Als ich vor meinem Elternhaus stehe, schnürt mir der Anblick die Kehle zu. So verschneit und verträumt, wie das imposante Anwesen gerade daliegt, beschwört es die Erinnerung an unbeschwerte Kindertage herauf. An Schlittenfahrten, Schneeballschlachten und einen Bernhardiner namens Nepomuk, der viele Jahre zur Familie gehörte, bis Mutters exzessiver Zigarettenkonsum ihn dahinraffte. Nepomuk starb an einer Raucherlunge, Mutter gewöhnte sich die Zigaretten daraufhin ab. Wir verdanken dem Hund also immerhin ein paar rauchfreie Jahre.

Ein Fenster in der oberen Etage wird geöffnet.

«Überlegst du, ob du vor dem richtigen Haus stehst, oder hast du mein Geschenk vergessen?», ruft Mutter. «Komm lieber rein, sonst denken die Nachbarn noch, dass ich dich an Heiligabend vor die Tür gejagt habe.»

Bevor ich antworten kann, wird das Fenster wieder geschlossen.

«Schön, dass ich dich noch sehe», sagt sie, als ich das Haus betrete. Sie drückt mir einen schnellen Kuss auf die Wange.

Mein Blick fällt auf einen Koffer, der im Flur steht. «Was ist das?»

«Ein Koffer.»

«Das sehe ich. Aber was hat es damit auf sich?»

Sie lächelt verschmitzt. «Ich will Jonas überraschen. Deshalb fliege ich gleich nach Florida.»

«Aber ... das ... ist ...», stottere ich entsetzt.

«Er hat mich gestern noch vom Bahnhof aus angerufen und mir erklärt, dass da dieser Weihnachtsempfang in der Bank stattfindet und der Vorstand von ihm erwartet, dass er seine neuen Mitarbeiter begrüßt. Aber er klang irgendwie traurig. Deshalb habe ich mir letzte Nacht überlegt, dass ich einfach hinfliege und die Feiertage mit ihm verbringe.»

«Aber ... das ist viel zu weit», sage ich hilflos.

«Nein. Wegen der Zeitverschiebung gewinne ich sechs Stunden. Und Jonas muss ja am Nachmittag sowieso noch zu diesem Empfang in der Bank. Inzwischen werde ich ihm sein Leibgericht kochen.»

«Und was ist mit mir?», frage ich vorwurfsvoll. Ich bin gerade so perplex, dass mir kein vernünftiges Argument gegen ihren Plan einfällt. Deshalb schrecke ich nicht davor zurück, sie moralisch unter Druck zu setzen.

«Komm doch einfach mit», sagt sie. «Gestern gab es noch genügend freie Plätze im Internet. Wenn du willst, können wir gleich mal nachschauen.»

Ich starre sie ratlos an. Was mache ich jetzt?

«Wenn dir der Flug zu teuer ist, dann schenke ich ihn dir einfach zu Weihnachten», sagt sie mit einem milden Lächeln. «Ungewöhnliche Situationen erfordern manchmal ungewöhnliche Maßnahmen.»

Ich lasse mich auf dem Treppenabsatz nieder.

«Was ist denn?», fragt sie verstimmt. «Sag jetzt bitte nicht, dass du beleidigt bist, weil ich deinen Bruder am Weihnachtsabend in diesem völlig fremden Land nicht allein lassen möchte.»

«Jonas ist nicht in Florida», bringe ich mühsam hervor.

«Doch, das hat er mir gestern selbst gesagt.» Sie kramt einen Hochglanzprospekt aus ihrer Tasche und zeigt ihn mir. Es ist eine Broschüre, mit der potenzielle Käufer für Luxusapartments in Miami geworben werden sollen. «Und schau! Ich weiß sogar, wo er wohnt.»

«Mutter, Jonas ist nicht in Florida. Er hat ein paar berufliche ... Probleme, wollte dich damit aber nicht behelligen.»

Sie wirkt kein bisschen verunsichert, eher ein wenig verärgert. «Jakob, was redest du da schon wieder für einen Quatsch?»

«Das ist kein Quatsch. Ich möchte dich davor bewahren, geschlagene zehn Stunden im Flieger zu sitzen, nur um dann herauszufinden, dass dein Sohn nicht da ist, wo du ihn vermutest.»

Sie greift ganz selbstverständlich nach ihrem Mantel und erwidert amüsiert: «Ach, Jakob! Du hast dir schon als Kind immer seltsame Geschichten ausgedacht, um deinen Bruder in Schwierigkeiten zu bringen. Weißt du noch, wie du Jonas einen ganzen Tag lang im Keller eingesperrt hast? Wir sollten glauben, dass er von zu Hause weggelaufen ist. Erst als wir die Polizei rufen wollten, hast du kalte Füße bekommen und alles gestanden.»

Ich beschließe kurzerhand, Mutter jetzt den gleichen Bären aufzubinden, den Jonas mir aufgebunden hat: Dass sein Job ihm gegen den Strich geht. Dass er in den Staaten neu anfangen will. Dass er sich nach einem ruhigen Leben abseits der stressigen Hochfinanz sehnt. Mutter hat ja eben selbst gesagt, dass ungewöhnliche Situationen ungewöhnliche Maßnahmen erfordern. Also mache ich ein zerknirschtes Gesicht und beginne mit meiner Lügengeschichte.

Sie hört ruhig zu, überlegt dann einen Moment und folgert blitzschnell: «Dann ist Jonas also doch in Miami.»

«Ja und nein», improvisiere ich. «Er wollte in Ruhe über seine Zukunft nachdenken. Deshalb hat er sich ein Wohnmobil gemietet, um über die Keys zu fahren.»

Sie sieht mich mit einem fast mitleidigen Blick an.

«Ausgerechnet an Heiligabend?», hakt sie argwöhnisch nach.

«Ausgerechnet an Heiligabend», bestätige ich nickend.

Sie hält mir ihren Mantel hin, damit ich ihr helfen kann, hineinzuschlüpfen.

«Warum erzählst du mir solche Märchen?», fragt sie. «Jonas hat mir gesagt, dass du bei ihm wohnst, weil du gerade mittellos bist und quasi auf der Straße stehst. Dankt man seinem Bruder eine solche Großzügigkeit, indem man Lügen über ihn verbreitet?»

Mein schwerkrimineller Bruder brüstet sich damit, mich vor der Obdachlosigkeit zu bewahren. Jonas hat wirklich Nerven.

Es klingelt.

«Das wird mein Taxi sein», sagt Mutter und sortiert Schal und Halstuch.

«Schick es wieder weg», bitte ich. «Ich sage dir jetzt endgültig die Wahrheit: Jonas hat in der Bank ein paar klitzekleine Buchungsfehler gemacht. Deshalb ermittelt möglicherweise die Polizei gegen ihn. Und weil er seine Unschuld beweisen will, wird er die Weihnachtstage durcharbeiten.»

«Umso mehr braucht er meine Unterstützung», sagt sie prompt. Ihr Ton lässt keinen Zweifel darüber, dass sie auch diese Geschichte für eine glatte Lüge hält. Ich glaube ihr sogar anzumerken, dass sie nicht einmal eine Sekunde darüber nachgedacht hat, ob nicht vielleicht doch ein Fünkchen Wahrheit darin stecken könnte.

Es klingelt erneut. Mutter öffnet, und der Taxifahrer erscheint, um das Gepäck zu holen. Mit den Worten «Ich komme sofort» lässt sie ihn vorgehen. Sie schließt die Tür, nimmt aber die Hand nicht von der Klinke.

«Jakob, ich habe nicht erwartet, dass du mich begleitest», sagt sie. «Es war dir schon immer unangenehm, Hilfe von deiner eigenen Familie anzunehmen. Ich vermute, du hast eine dubiose Angst vor emotionaler Abhängigkeit. Aber was weiß ich schon? Ich bin ja nur deine Mutter und war außerdem fast vierzig Jahre mit einem der wichtigsten Psychologen des letzten Jahrhunderts verheiratet.»

Ich nutze ihre Atempause, um meine letzte Munition abzufeuern: «Glaub mir, Mutter! Jonas hat wirklich große Schwierigkeiten. Er musste untertauchen. Deshalb ist er nicht in Miami.»

Sie hört mir überhaupt nicht zu. «Aber du sollst wissen, dass ich das akzeptiere. Ich fände es zwar schön, wenn wir Weihnachten zu dritt verbringen könnten, aber die Dinge sind nun mal nicht immer so, wie man sich das vielleicht wünscht.»

«Jonas hat die Bank um viel Geld betrogen», fahre ich fort.

Sie reicht mir den Hausschlüssel. «Ich hab dein Bett frisch bezogen, und der Kühlschrank ist brechend voll. Als Jonas mich anrief, hatte ich schon alles eingekauft. Wenn du willst, dann kannst du gern noch ein paar Leute einladen. Es ist genug da.»

«Jonas wird wohl nicht mehr nach Deutschland zurückkehren, weil ihm hier mehrere Jahre Knast drohen», gebe ich noch zu Protokoll.

Sie drückt mir einen Kuss auf die Wange. «Frohe Weihnachten, mein Sohn. Und lass nicht wieder überall die Lichter brennen.»

Sie öffnet die Tür, tippelt durch den Schnee zu dem wartenden Taxi und winkt noch einmal kurz. Ich winke mechanisch zurück und schaue dem davonfahrenden Wagen nach. Erst als das Gefährt längst außer Sichtweite ist, lasse ich den Arm sinken. Ich fühle mich betäubt, und das nicht nur der Kälte wegen. Hätte ich Mutter noch stärker davon abhalten müssen, diese Reise anzutreten?

Fröstelnd betrete ich das Haus und ziehe die Tür ins Schloss. Zugleich beschließe ich, den Dingen ihren Lauf zu lassen. Vielleicht begreift Mutter ja auf diese Weise, dass Jonas nicht der ist, für den sie ihn hält. Außerdem ist sie eine robuste Natur. Ich gehe fest davon aus, dass die Wahrheit über ihren Sohn sie nur kurzzeitig aus der Bahn werfen wird. Vielleicht sitzt sie heute Abend in einem kleinen Hotelzimmer in Miami und bläst Trübsal. Viel wahrscheinlicher ist allerdings, dass sie in das nächstbeste Luxushotel eincheckt, ihren Frust mit ein paar Cocktails herunterspült und sich danach ein Festessen und einige tröstliche Beautybehandlungen gönnt.

Bevor ich zu Jonas fahre, um meine Sachen zu holen, werfe ich einen Blick in den Kühlschrank. Mal sehen, ob das Angebot wirklich so üppig ist, dass ich Abel zum Essen einladen kann. Wenn ich ihn vorhin richtig verstanden habe, dann hat er heute Abend auch noch nichts vor. Und für mich wäre es eine gute Gelegenheit, ihm für seine anwaltliche Hilfe zu danken.

Als mir beim Öffnen des bis zum Platzen gefüllten Kühlschranks eine Trüffelsalami entgegenrollt, weiß ich, dass Mutter ausnahmsweise mal nicht übertrieben hat. Mit dem Angebot könnte man problemlos ein Luxusrestaurant eröffnen. Es gibt Austern, Kaviar, Krustentiere, verschiedene Braten und Pasteten, Geflügel, diverse feine Salate und außerdem edlen Käse für den gediegenen Ausklang des Abends. Ein kaltes Buffet der Superlative, das nur noch serviert werden muss. Mutter vermeidet es zwar seit Jahren, den Herd zu benutzen, lässt es sich aber an Weihnachten grundsätzlich nicht nehmen, die Lieferung ihres Feinkosthändlers eigenhändig anzurichten. Warum sie das macht, ist Jonas und mir bis heute ein Rätsel, weil sie sonst selbst für ihren Canasta-Abend eine Studentin engagiert, die Knabberzeug nachfüllt und Häppchen reicht.

Auf der Anrichte neben dem Kühlschrank finde ich außerdem diverse Brotsorten sowie eine ganz ansehnliche Weinauswahl. Abel kann also kommen. Ich beschließe, ihm einen Besuch abzustatten, sobald ich meine Sachen geholt habe.

Jonas' Wohnung ist von der Polizei versiegelt worden. Ich zögere einen Moment, das Siegel zu brechen. Dass mir eine Geldstrafe blühen könnte, schreckt mich nicht, weil ich sowieso kein Geld habe. Aber kann man für so was eingebuchtet werden?

Ich komme zu dem Schluss, dass ich keine Wahl habe. Wenn ich Hauptkommissarin Kroll jetzt erzähle, dass ich meine Wäsche aus der Wohnung holen möchte, weil ich sonst nur das besitze, was ich am Leib trage, wird sie ganz bestimmt dafür sorgen, dass mein nächster Wäschewechsel erst im kommenden Jahr stattfindet. Und ich wüsste nicht, wer sonst mir an Heiligabend den gesetzeskonformen Zugang zu Jonas' Loft ermöglichen könnte. Ich hoffe also für den schlimmsten Fall auf einen milden Richter, öffne die Tür und zerreiße dabei das behördliche Siegel. Wenn ich mich beeile und nicht in flagranti erwischt werde, stehen die Chancen bestimmt ganz gut, dass ich ungeschoren davonkomme.

Die SEK-Leute haben ganze Arbeit geleistet. Das Sofa sieht wie ein zerrupfter Riesenvogel aus. Vor dem Sideboard mit dem versenkbaren Plasmabildschirm liegen Filmhüllen und DVDs. Das Kaminholz gleich daneben ist ebenso auseinandergepflückt worden wie mein Gepäck. Nun liegen meine Klamotten verstreut zwischen allerlei Kram, den die Beamten aus irgendwelchen Ecken geholt und dann einfach achtlos hingeworfen haben. Während ich mein Hab und Gut einsammle, fällt mein Blick auf das großformatige Bild mit dem Mammut. Die Kugeln des nervösen Beamten haben das Tier direkt zwischen den Stoßzähnen erwischt. Saubere Arbeit.

Ich bin schon wieder auf dem Weg zum Ausgang, da denke ich: Falls ich gerade wirklich eine Haftstrafe riskiere, dann wäre es blöd, Jonas' Wein dazulassen. Erstens gehört er mir sowieso, weil ich ihn geschenkt bekommen habe, und zweitens ist es für das Ermittlungsverfahren bestimmt völlig unerheblich, welchen Weingeschmack mein Bruder hat. Ich verstaue die verbliebenen fünf Flaschen also in meinem Gepäck und mache mich dann endgültig auf den Weg.

Als ich den Hausflur betrete, stehe ich plötzlich vor einer jungen Frau. Sie ist um die dreißig, schlank und dunkelblond. Offenbar hat sie auf mich gewartet. Ich sehe, dass unter ihrem braunen Zottelmantel schwarze Moonboots hervorlugen. Wahrscheinlich eine Kollegin von Hauptkommissarin Kroll. Die junge Polizistin hatte den Auftrag, mich zu observieren, und wird mich jetzt wegen Einbruchs in eine behördlich versiegelte Wohnung festnehmen. Wie konnte ich Idiot auch nur so blöd sein zu glauben, dass der Fall für Kroll mit meiner Entlassung abgeschlossen sein würde? Ich hätte ein luxuriöses Weihnachtsfest haben können. Jetzt lande ich stattdessen bestimmt in einer Zelle mit einem Soziopathen, der seine ganz speziellen Vorstellungen vom Fest der Liebe hat. Selbst schuld.

«Ist Herr Jakobi vielleicht da?», fragt die junge Frau mit leiser Stimme.

«Jonas Jakobi?» Ich bin überrascht.

«Das ist doch seine Wohnung», sagt sie. Es klingt eher wie eine Frage.

«Ja», erwidere ich und kombiniere, dass sie keine Polizistin sein kann, wenn sie nicht weiß, dass Jonas längst abgehauen ist.

«Er musste plötzlich verreisen», erkläre ich und füge vage hinzu: «Wird wohl für länger sein.»

«Verstehe», sagt sie gedehnt und überlegt.

Ich ziehe die Tür hinter mir ins Schloss, denn da ich nun wohl doch nicht verhaftet werde, würde ich mich gerne aus dem Staub machen, bevor ich mein Glück überstrapaziere.

«Sie sind sein Bruder, oder?» Diesmal klingt es eher wie eine Feststellung. «Ich finde, Sie sehen ihm sehr ähnlich.»

«Darf ich fragen, wer das wissen will?»

«Oh, Entschuldigung. Ich bin Hanna Kaufmann. Jonas und ich, wir kennen uns aus der Bank.» Sie wirkt verlegen.

«Sie sind mit ihm befreundet», rate ich.

«Wir …» Sie atmet tief durch. «Nein. Um ehrlich zu sein: Wir haben eine Affäre. Oder besser gesagt: Wir hatten.»

Schlagartig wird mir klar, dass ich vor der Frau des Vorstandsvorsitzenden stehe. Jonas' Geliebte ist also keine Erfindung. Wobei sie nicht den Eindruck macht, eine Stalkerin zu sein. In dieser Hinsicht hat mein Bruder wahrscheinlich wieder mal übertrieben, um glaubhaft zu machen, dass er wegen dieser Frau das Land verlassen muss.

Egal, nicht mein Bier. Ich beschließe, sie abzuwimmeln. «Wie gesagt, mein Bruder ist nicht da. Ich habe gerade nur ein paar private Dinge aus der Wohnung geholt. Leider kann ich Ihnen also nicht helfen.»

Ich gehe an ihr vorbei, und weil ich nicht in ein Gespräch verwickelt werden will, während ich auf den Fahrstuhl warte, steuere ich die Treppe an.

«Sie wissen nicht zufällig, wo ich ihn finden kann?»

«Nein. Bedauere», lüge ich. «Er hat seine Zelte hier komplett abgebrochen. Ich glaube, er will eine Weltreise machen oder so.»

«Er hat Probleme, nicht wahr?» Sie sagt es schnell und leise.

«Keine Ahnung. Das müssen Sie ihn schon selbst fragen.»

«Würde ich ja gern, aber ich kann ihn nicht erreichen.»

Kein Wunder. Jonas' Handy hat die Polizei einkassiert. Er war natürlich klug genug, es nicht mitzunehmen.

Ich ziehe die Schultern hoch. «Wie gesagt: Tut mir leid.»

Ich wende mich wieder ab, doch sie will mich noch nicht gehen lassen. «Sie könnten ihm nicht zufällig eine Nachricht übermitteln?» In ihren Augen ist Verzweiflung zu sehen. «Es würde mir viel bedeuten. Sehr viel.»

«Ich habe auch gerade keinen Kontakt zu ihm», sage ich. «Aber falls er anruft, kann ich ihm selbstverständlich etwas ausrichten. Ich weiß nur nicht, wann das sein wird. Ehrlich gesagt, weiß ich nicht einmal, ob er mich überhaupt anruft.»

«Sie scheinen meine einzige Chance zu sein», stellt sie fest und lächelt unsicher. Sie hat ein hübsches Lächeln. «Also muss ich es wohl darauf ankommen lassen, oder?»

«Okay. Was soll ich ihm denn ausrichten?»

«Dass ich schwanger bin.»

Mein Bruder sammelt also gerade Probleme wie andere Leute Rabattmarken, denke ich.

«Ich erwarte nichts von Jonas, nur damit das klar ist», fährt sie fort. «Überhaupt gar nichts. Ich spekuliere nicht einmal darauf, dass er sich meldet. Aber er soll wissen, dass er Vater wird. Ich möchte mir später nicht vorwerfen lassen, dass ich es ihm verschwiegen habe.»

Ich bin erstaunt, dass sie so ruhig bleibt. Was wird nun

aus ihrer Ehe? Kann ihr Mann damit leben, dass seine Frau ein Kind von einem Angestellten erwartet, der obendrein die Bank ausgeplündert hat? Oder wird sie sich scheiden lassen und das Kind allein aufziehen?

Ich könnte sie fragen, aber ich will nicht unhöflich sein. Die Sache geht mich nichts an. Ich nicke also und sage: «Ich werde es Jonas ausrichten, falls er sich meldet. Das verspreche ich Ihnen.»

«Danke», erwidert sie, fischt glücklich eine Visitenkarte aus ihrem Mantel und reicht sie mir.

Ich werfe einen flüchtigen Blick darauf. Es ist ihre Geschäftskarte.

«Assistentin?», lese ich verwundert.

«Ja. Ich bin seine Assistentin.»

Interessant. «Und Sie sind nicht verheiratet, schätze ich.»

«Nein.» Sie schüttelt den Kopf, dann stutzt sie. «Aber ich habe Jonas gleich zu Beginn unserer Liaison gesagt, dass ich seine Ehe nicht gefährden werde, falls Sie darauf anspielen. Ich weiß, dass er mit Annabel seine Jugendliebe geheiratet hat. Und ich weiß auch, dass sie sehr lange gelitten hat, weil sie keine Kinder bekommen kann, wegen dieses verdammten Gendefekts, den niemand erforscht, weil er so selten vorkommt.»

Annabel? Jugendliebe? Gendefekt? Ich brauche einen Moment, um zu begreifen, dass mein Bruder nicht einmal davor zurückschreckt, sich eine persönliche Tragödie anzudichten, nur um seine Assistentin ins Bett zu kriegen.

«Ja, schlimme Geschichte», sage ich und mache ein ernstes Gesicht. Das hier ist weder der passende Ort noch der richtige Moment, um Hanna reinen Wein einzuschenken. Außerdem soll Jonas das machen, schließlich geht es um *seine* Exgeliebte und *sein* Kind.

«Danke, das Sie mir helfen», sagt sie und vergräbt die

Hände in ihren Manteltaschen. Sie wirkt allein und ein bisschen verloren.

Ich frage mich, ob sie jemanden hat, mit dem sie den heutigen Abend verbringen wird. Ich lege zwar überhaupt keinen Wert darauf, mich um Jonas' schwangere Exfreundin zu kümmern, könnte es aber auch nicht verantworten, wenn sie Weihnachten mutterseelenallein feiern müsste. Falls es also in ihrem Leben wirklich niemanden gibt, außer einem steckbrieflich gesuchten Kriminellen, der gerade in der Karibik hockt, werde ich ihr zumindest anbieten, heute mein Gast zu sein.

«Haben Sie eigentlich Verwandte?», frage ich.

Sie nickt. «Ich fahre gleich nach Hamburg. Die Feiertage verbringe ich immer bei meinen Eltern.»

«Das freut mich», erwidere ich und verberge meine Erleichterung.

Sie zögert einen Moment. «Ich frage mich nur, ob ich den beiden von der Schwangerschaft erzählen sollte, oder lieber nicht.»

Das muss sie schon selbst entscheiden, denke ich und schweige.

«Soll ich?», fragt sie.

«Was spräche denn dagegen?», entgegne ich diplomatisch.

«Die Umstände sind nicht gerade ... ideal», antwortet sie.

«Wieso das nicht? Sie können Ihren Eltern zwar keinen Schwiegersohn präsentieren, aber immerhin ein Enkelkind. Das ist doch was.»

Sie lächelt. «Stimmt. So kann man es auch sehen.»

«Weihnachten ist das Fest der Liebe», füge ich hinzu. «Ein guter Moment, um Ihren Eltern zu sagen, dass sie Großeltern werden. Und was die Sache mit Jonas betrifft. Wer weiß, vielleicht ist das letzte Wort noch nicht gesprochen.»

Ich beiße mir auf die Unterlippe, weil ich mich gerade definitiv zu weit aus dem Fenster gelehnt habe. Vielleicht merkt sie es nicht, denke ich.

«Meinen Sie wirklich?», hakt sie hoffnungsfroh ein.

Ich seufze. «Keine Ahnung. Fahren Sie nach Hamburg, denken Sie in Ruhe über alles nach, sprechen Sie mit Ihren Eltern und genießen Sie die Feiertage. Alles Weitere wird sich zeigen. Ich wünsche Ihnen frohe Weihnachten.»

«Ja. Frohe Weihnachten», sagt sie mit einem nachdenklichen Nicken.

Auf dem Heimweg frage ich mich, wie Jonas wohl reagieren wird, wenn er hört, dass Hanna ein Kind von ihm erwartet. Wenn ich früher über mein Leben nachgedacht habe, dann schien es mir selbstverständlich, dass ich eines Tages eine Familie haben würde. Anders bei Jonas. Er war in meiner Vorstellung immer der ewige Sonnyboy. Man kann ihn sich als älteren Mann mit gefärbten Haaren und zwei blutjungen Frauen im Schlepptau vorstellen, nicht aber als verantwortungsvollen Familienvater, der brav Elternabende besucht und am Wochenende mit seiner Familie ins Grüne fährt. Jetzt wird er Vater, während mein jüngster Versuch eines bürgerlichen Lebens gerade spektakulär gescheitert ist.

Das Zischen der U-Bahn-Türen reißt mich aus meinen Gedanken.

Abel Baumann betritt den Waggon, und dabei fällt mir siedend heiß ein, dass ich über das Gespräch mit Hanna den geplanten Besuch bei ihm vergessen habe. Er setzt sich neben mich.

«Was für ein Zufall», sagt er, ohne im mindesten überrascht zu sein.

«Weißt du etwa, dass ich dich für heute Abend zum Essen einladen will?», frage ich verblüfft.

«Woher soll ich das wissen?», erwidert Abel. «Glaubst du etwa, ich kann Gedanken lesen oder was? Aber das passt mir ganz gut. Rein zufällig habe ich noch nichts vor und könnte gleich mitkommen.» Er grinst.

Ich muss ebenfalls grinsen. Heiligabend, später Nachmittag. Ich habe Wein, ich habe saubere Wäsche, und ich bin auf dem Weg zu einem Gourmetessen. Außerdem werde ich den Abend in Gesellschaft eines Mannes verbringen, der behauptet, Gott zu sein. Nach menschlichem Ermessen kann das zwar nicht stimmen, aber es ist trotzdem eine schöne Vorstellung.

GOTTES KÄSETAFEL

Wir diskutieren länger als eine halbe Stunde darüber, wie man den Inhalt des Kühlschranks in ein halbwegs sinnvolles Menü verwandeln könnte. Einig sind wir uns, dass am Anfang die Austern stehen sollen, begleitet von einem Glas Champagner. Während Abel dieser Vorspeise aber ein Stück Pastete mit dunklem Brot und mildem Chutney folgen lassen möchte, um dann zu Lachs und Garnelen überzugehen, halte ich es für besser, dass wir zunächst die maritime Seite des Kühlschranks komplett abarbeiten, um uns dann nach Pastete, Braten, Schinken und Salami auf die Käsespezialitäten freuen zu können. Wie sich in der Diskussion herausstellt, hat es uns beiden die exzellente Käseauswahl am meisten angetan. In gewisser Weise bedauern wir sogar, dass sie erst am Ende des Abends auf dem Programm stehen wird.

«Dann lass uns doch einfach das ganze Chichi weglassen und nur Käse mit Baguette auftischen», schlägt Abel vor. «Dazu köpfen wir nacheinander deine Spitzenrotweine und schauen uns im Fernsehen irgendeinen Quatsch an. Heute läuft meines Wissens die Bibelverfilmung von John Huston. Mit John Huston als Noah.» Abel grinst. «Pompös und schwülstig, aber genau deshalb auch wahnsinnig komisch.»

Guter Plan. Ich bin einverstanden.

Zwanzig Minuten später sind die Vorbereitungen für

den Heiligabend erledigt. Abel hat eine Flasche Wein entkorkt und dekantiert, eine zweite holt schon mal Luft. Ich habe mich inzwischen um die Käseplatte gekümmert. Ein Brett, groß wie ein Wagenrad, steht nun auf dem Couchtisch vor dem Fernseher. Man muss aufpassen, dass man nicht schon vom bloßen Hinsehen satt wird. Mutter hat wieder einmal zu viel eingekauft. Auch das ist eine ihrer Angewohnheiten. Als mir bewusst wird, dass der Käse im Kühlschrank keine sichtbare Lücke hinterlassen hat, frage ich mich, wer diesen Berg von Lebensmitteln eigentlich essen soll. Das meiste wird wohl vergammeln. Wirklich schade drum.

Der Glockenschlag von *Big Ben* ertönt. Es ist die Türklingel. Mutter hat keinen besonderen Bezug zu London. Sie findet es einfach nur originell, bekannte Melodien zu missbrauchen. So ähnlich hat sie auch die Klingeltöne für ihr Handy ausgesucht. Wenn Jonas anruft, spielt das Ding *We are the champions*. Im Falle meines Anrufs hört man *Hit the road, Jack*.

Mutter findet so was lustig.

«Das ist die Türklingel», rufe ich Abel zu, der gerade im Wohnzimmer beschäftigt ist. «Ich schau mal kurz nach, wer das ist.»

«Alles klar», antwortet Abel.

An der Tür erwarten mich drei Herren mit Violinen. Bevor ich verstehe, was vor sich geht, beginnen die Instrumente *I'm dreaming of a white Christmas* zu schluchzen. Ich höre eine Version des Evergreens, die so zuckersüß ist, dass man Karies davon bekommen könnte. Immerhin passt die Darbietung gut zu diesem idyllischen, winterlichen Villenviertel.

Während ich noch überlege, wo Mutter für solche Fälle das Kleingeld aufbewahrt, verstummen die Violinen mit einem letzten, langen Seufzer. Der mittlere der Musiker nimmt den Hut vom Kopf und tritt vor.

«Frohe Weihnachten, der Herr», wünscht er in einem leichten osteuropäischen Akzent. Ich vermute, dass ich drei original ungarische Teufelsgeiger vor mir habe.

«Meine Brüder und ich müssen eine sehr große Familie ernähren. Wenn Sie also für uns eine Kleinigkeit erübrigen könnten, dann wären wir Ihnen sehr verbunden. Wir nehmen übrigens alle gängigen Kreditkarten.» Er entblößt eine Reihe Goldzähne. «Nur ein kleiner Scherz, der Herr.»

Ich nicke und bedeute den dreien, zu warten. Auf dem Weg zu Mutters Groschengrab begegnet mir Abel, der offenbar mitgehört hat.

«Warum gibst du ihnen nicht einfach was von unseren Vorräten?», fragt er. «Wäre doch schade drum. Und wir können sowieso nicht alles essen.»

«Sehr gute Idee. Ich frag die drei», antworte ich und bin schon wieder auf dem Weg zur Tür.

«Ich pack dann schon mal was zusammen», ruft Abel mir hinterher.

«Nehmen Sie auch Lebensmittel?», frage ich die Musiker.

Die Teufelsgeiger tauschen skeptische Blicke. Ihr Sprecher deutet eine Verbeugung an, dann räuspert er sich. «Guter Herr, es ist so: Manche Ihrer Landsleute erwarten, dass wir für ein altes Stück Brot mit Schmierwurst vor Dankbarkeit auf die Knie fallen. Ich hoffe, Sie nehmen es mir deshalb nicht übel, wenn ich höflich frage: Was haben Sie denn so anzubieten?»

Der Kerl gefällt mir. «Durch gewisse Umstände wird das heutige Festessen in diesem Haus kleiner ausfallen als geplant», erkläre ich. «Deshalb haben wir noch frische Austern, Garnelen und Lachs im Angebot. Außerdem Pasteten, Schinken, Braten und natürlich ganz frisches Brot.»

Ich schaue in die zweifelnden Gesichter der Teufelsgeiger.

«Kein Witz», sage ich. «Können Sie alles haben.»

Das ungläubige Schweigen hält noch eine kurze Weile an.

«Sehr gern», antwortet dann der Sprecher der drei und zeigt hocherfreut seine Goldzähne.

In der Küche treffe ich Abel. Er hat drei große Pappkisten aufgetrieben und prall mit Lebensmitteln gefüllt. Auf den ersten Blick ist klar, dass der Inhalt der Kisten unmöglich im Kühlschrank gewesen sein kann. Das ist rein physikalisch ein Ding der Unmöglichkeit.

Abel bemerkt meine Verwunderung. Rasch schließt er die Kühlschranktür. «Du kannst das nicht wissen, aber die drei müssen zusammen über zwanzig Leute versorgen», erklärt er. «Das hier reicht für die Feiertage. Dann müssen sie nicht noch mal raus bei dem Sauwetter.»

«Na ja. Ist ja schließlich Weihnachten», erwidere ich, als wäre das ein Freibrief für wundersame Essensvermehrungen außer der Reihe. Was ich eigentlich meine, ist: Ich werde mir an Heiligabend nicht darüber den Kopf zerbrechen, wie Abel jetzt schon wieder die Sache mit den Lebensmitteln gedeichselt hat. Das muss Zeit haben bis morgen.

«Genau», sagt Abel beschwingt.

Als wir den Musikern die Kisten reichen, lasse ich meinen Blick über die Lebensmittel wandern und stelle fest, dass noch etwas fehlt: der Wein, den Mutter gekauft hat.

«Moment», sage ich und verschwinde nochmals in der Küche.

Als ich dem Sprecher zwei Flaschen in die Lebensmittelkiste lege, wirft der einen Blick darauf und nickt anerkennend. «Oh. Ein Pouilly-Fuissé. Toller Wein, vielleicht ein bisschen überteuert, verglichen mit einigen anderen nicht ganz so berühmten Burgundern. Aber trotzdem, ich bin beeindruckt.»

Ich ebenfalls. Es wundert mich, dass ein Straßenmusiker mit abgewetztem Mantel ein solcher Weinkenner ist.

Er sieht mir an, was ich denke. «Wir haben nicht immer auf der Straße gespielt», sagt er. «Als es den eisernen Vorhang noch gab, da waren wir in den Konzertsälen Osteuropas bekannt wie bunte Hunde. Ein paar Jahre lang haben wir gelebt wie die Könige.» Ein letztes Mal lässt er die Goldzähne blitzen. «Tja. So ändern sich die Zeiten. Frohe Weihnachten.»

«Frohe Weihnachten», wünsche ich.

Gemächlich und zufrieden ziehen die drei mit ihren Gaben davon.

«Das hast du arrangiert», sage ich zu Abel, als wir wenig später im Wohnzimmer bei schwerem Wein, edlem Käse und John Hustons bescheuertem Bibelfilm zusammensitzen.

Abel schüttelt den Kopf. «Nein. Ausnahmsweise nicht.»

Ich nippe an meinem Wein und schweige. Unauffällig beobachte ich, wie mein Patient das Abendprogramm genießt. Er hat es sich an seinem Ende des Sofas bequem gemacht. Die Füße liegen auf einem Hocker, die Hände sind vor dem Bauch gefaltet. Den Wein hat er auf einem Beistelltisch geparkt. Der Film amüsiert ihn sichtlich.

Ich denke gerade, dass ich ihm gerne glauben würde. Ganz nebenbei hätte es wohl für uns beide Vorteile, wenn ich ihn für Gott hielte. Er wäre überzeugt, dass ich ihm helfen könnte. Und ich wäre im Handumdrehen ein religiöser Mensch. Plötzlich hätte ich nicht nur eine spirituelle Heimat, sondern auch eine klare Moral und als Zugabe eine daraus resultierende Lebensaufgabe. Als Diener Gottes würde ich mich dazu aufraffen, die Welt zu einem besseren Ort zu machen. Klingt anstrengend, aber auch reizvoll.

«Woran denkst du gerade?», fragt Abel.

«An nichts», antworte ich ertappt.

Abel nickt zufrieden. «Das ist gut. Lass uns heute Abend einfach nur hier sitzen und nichts tun.»

Fast gleichzeitig schauen wir zum Fernseher. Noah steht gerade an der riesigen Eingangsluke seiner Arche und betrachtet die an ihm vorbeiziehenden Tiere. Er wirkt wie ein Türsteher, der den Überblick verloren hat.

Keine Ahnung, was einschläfernder ist: der Bordeaux meines Bruders oder der Bibelfilm von John Huston. Als ich die Augen aufschlage und ein anderes Programm läuft, weiß ich jedenfalls, dass ich eingenickt sein muss. Abel hat das gleiche Schicksal ereilt. Sein Kopf ist zur Seite gekippt und ruht nun auf der Sofalehne.

Der Raum ist überheizt. Ich öffne ein Fenster, um zu lüften, schließe es jedoch sofort wieder, weil mich klirrende Kälte anspringt. Die Außentemperatur ist binnen kürzester Zeit rapide abgesackt. Ich drehe die Heizung herunter, setze mich aufs Sofa, nehme einen Schluck Wein und zappe gelangweilt durch die Kanäle. Dabei fallen mir schon wieder die Augen zu.

Als ich aufwache, hat sich der Raum merklich abgekühlt. Abel schläft immer noch. Ich drehe die Heizung wieder hoch, dabei fällt mein Blick zum Fernseher. Witzig, denke ich. Es läuft derselbe alte Film, den ich vor einer Weile nachts im Krankenhaus gesehen habe. Und wieder fällt mir der Titel nicht ein. James Stewart spielt einen verzweifelten Familienvater. Ein Engel soll ihn vor dem Selbstmord retten. Aber wie, zur Hölle, heißt denn nur dieser Film?

«*It's a wonderful life*», sagt Abel. Seine Augen sind immer noch geschlossen, aber offenbar ist er wach. «Der deutsche

Titel lautet: *Ist das Leben nicht schön?* Ein typischer Capra aus den Vierzigern.»

«Ein ... was?»

Er öffnet die Augen. «Frank Capra. So heißt der Regisseur.»

«Sagt mir nichts.»

«*Arsen und Spitzenhäubchen*? Mit Cary Grant?»

«Ja. Der sagt mir was.»

«Den hat Capra auch gedreht», erwidert Abel.

«Ich bin beeindruckt. Du kennst dich wirklich gut aus.»

«Geht so», sagt Abel, reibt sich den Nacken und drückt das Kreuz durch.

Ich setze mich wieder. Es ist fast Mitternacht. Schweigend sehen wir zu, wie James Stewart mit seinem Schicksal hadert.

«Schon eine witzige Idee», bemerkt Abel nach einer Weile. «Ich glaube, dass es eine Menge Leute interessieren würde, wie die Welt wohl aussähe, wenn sie nie geboren wären.»

Nur langsam sickert der Satz in mein Bewusstsein. Dann durchzuckt mich ein verrückter Gedanke. Ich schaue Abel grübelnd an.

«Was ist? Was hast du?» Er fingert nach seinem Weinglas. «Habe ich was Falsches gesagt?» Gerade will er das Glas ansetzen, da hält er inne. «Nein! Das meinst du nicht ernst, oder?»

Ich nicke. «Doch. Könntest du es denn überhaupt?»

«Dir die Welt zeigen, wie sie aussähe, wenn du nie geboren wärst?»

Wieder nicke ich. «Genau das.»

«Ja. Das könnte ich tatsächlich. Aber bist du sicher, dass du das wissen willst? Was, wenn dein Leben beispielsweise bislang praktisch keinen nennenswerten Effekt hatte?»

«Damit rechne ich eigentlich», gebe ich zu. «Aber die Details würden mich trotzdem interessieren.»

«Vielleicht hatte dein Leben auch negative Konsequenzen. Niemand kann alle Folgen seiner Handlungen voraussehen. Das kann ja nicht mal ich. Wer weiß also, in welche Abgründe du blicken müsstest?»

Jetzt geht mir ein Licht auf. «Schon klar, Abel. Du willst dich drücken. Mir die Welt zu zeigen, wie sie aussähe, wenn ich nicht geboren wäre, ist nämlich mehr als ein Taschenspielertrick. Wahrscheinlich bräuchtest du eine ganze Weile, um eine so schwierige Nummer einzustudieren, richtig?»

Abel nimmt einen Schluck Wein. «Wenn man dich so hört, dann könnte man annehmen, dass es für dich ein Gottesbeweis wäre, wenn ich dir die Welt ohne Jakob Jakobi zeigen könnte.»

Ich überlege kurz und komme zu dem Schluss: Stimmt. Eine solch aberwitzige Erfahrung, wie James Stewart sie in diesem Film macht, muss einen von der Existenz eines höheren Wesens überzeugen. Wer selbst so etwas für Taschenspielerei hält, dem kann wohl auch der Himmel nicht mehr helfen. «Na ja», sage ich. «Es wäre jedenfalls nicht so leicht zu erklären wie deine anderen Zaubertricks.»

Abel lächelt. «Du würdest mir am Ende unserer Reise damit kommen, dass ich dich hypnotisiert, unter Drogen gesetzt oder sonst irgendwie ausgetrickst habe.»

«Schon möglich», sage ich. «Vielleicht wäre ich aber auch spontan überzeugt davon, dass du wirklich Gott bist.»

Abel überlegt, dann steht er auf. «Okay. Dann hoch mit dir!»

«Weshalb?», frage ich irritiert.

«Hat damit zu tun, dass in der Welt, in der Jakob Jakobi nicht existiert, an genau dieser Stelle kein Sofa steht.»

«Was?», frage ich lachend. «Was redest du da für einen Quatsch?»

«Das ist kein Quatsch», sagt Abel. «Ich klatsche jetzt in die Hände, und dann sind wir in jener Welt, in der du nie geboren wurdest. Aber du solltest wirklich überlegen, ob du nicht vorher besser aufstehen willst.»

Ich schaue ihn prüfend an und sehe, dass er es ernst meint.

«Okay», sage ich. «Ich möchte in der Tat gerne wissen, wie die Welt ohne mich aussähe. Aber ich werde hier sitzen bleiben.»

Abel nickt und klatscht in die Hände. Im nächsten Moment wird es schlagartig dunkel, und ich habe das Gefühl, jemand zieht mir mit einem Ruck das Sofa unter dem Körper weg. Ich lande mit dem Hintern auf dem Parkett und erschrecke ein wenig.

«Ich hab dich gewarnt», sagt Abel. «Aber die gute Nachricht lautet: In dieser Welt kannst du dir nichts brechen. Es gibt dich ja nicht.»

Verdutzt schaue ich mich um. Rasch gewöhnen sich meine Augen an die Dunkelheit. Ich erkenne: Wir befinden uns im gleichen Haus, draußen liegt der gleiche Schnee, und offenbar handelt es sich um die gleiche, frostige Nacht. Und doch ist irgendwie alles ganz anders. Es gibt hier tatsächlich kein Sofa. Die Ecke, wo der Fernseher stehen müsste, wird von einem riesigen Weihnachtsbaum eingenommen, davor liegt Spielzeug. Es sieht so aus, als wäre hier heute Abend eine Horde von Kindern beschenkt worden.

Ich erkenne, dass die Wand zum benachbarten Esszimmer entfernt worden ist. Mutter hatte auch immer den Plan, die beiden kleinen Räume zu einem großen Wohn- und Esskomplex zu verbinden. Offenbar ist das jetzt auf wundersame Weise geschehen. Aber wie? Und wer hat das veranlasst?

«In der Welt, in der du nicht geboren wurdest, ist das hier auch nicht der Sitz der Jakobis», erklärt Abel. «Aktuell gehört die Villa einem vermögenden Zahnarzt. Er lebt hier mit seiner Familie.»

Ich schweige verblüfft.

«Nette Leute, übrigens», fährt Abel fort. «Die beiden haben vier Kinder. Du kannst den Hausherrn auch gleich kennenlernen. Er glaubt nämlich, Geräusche gehört zu haben und wird jeden Moment die Treppe herunterkommen.»

Noch immer bringe ich keinen Ton heraus.

«Hallo? Ist da jemand?», fragt eine tiefe Männerstimme. Man hört Schritte auf der Treppe.

«Was jetzt?», flüstere ich hektisch in die Dunkelheit.

Bevor Abel etwas erwidern kann, werden die Flügeltüren geöffnet, und das Licht flammt auf.

Ein kräftiger Mittvierziger betritt den Raum. Er hat einen Golfschläger in der Hand. Sieht lässig aus. Als sich unsere Blicke treffen, ist mir klar, dass er das Ding auch benutzen wird.

«Ich kann alles erklären», sage ich, während er wortlos auf mich zukommt. Wie genau ich das hier erklären will, ist mir selbst schleierhaft. Zunächst einmal möchte ich nur vermeiden, eins mit dem Golfschläger übergebraten zu bekommen. Bei meinem Glück wird der Kerl bestimmt die Nase treffen.

«Nun warten Sie doch bitte einen Moment!», sage ich flehentlich, hebe abwehrend die Hände und weiche dabei zurück.

Der Kerl marschiert unbeeindruckt weiter. Als ich damit rechne, dass er nun seine Waffe heben und auf mich eindreschen wird, geschieht jedoch etwas Seltsames: Er geht an mir vorbei, als wäre ich Luft.

Dann kontrolliert er, ob das Fenster verschlossen ist.

«Schatz? Was ist denn? Alles okay?», ruft eine ängstliche Frauenstimme aus der oberen Etage.

«Ja. Alles okay, Liebes. Schlaf weiter! Es war nichts. Wahrscheinlich nur der Wind», antwortet er, löscht das Licht und zieht die Tür zu.

Wieder Schritte auf der Treppe, dann ist es still.

«Was war denn das?», frage ich leise.

«Du kannst in normaler Lautstärke sprechen», erwidert Abel. «Die Menschen in dieser Welt können dich weder hören noch sehen. Es gibt dich ja bekanntlich nicht – du erinnerst dich, oder?»

«Aber er hat mich doch gehört. Das Geräusch, als ich aufs Parkett geknallt bin. Deswegen ist er doch gekommen, oder?»

«Nein. Er hat nur geglaubt, etwas zu hören. Für ihn sind wir Gespenster. Aber die Tatsache, dass er uns weder hören noch sehen kann, heißt ja nicht, dass er nicht trotzdem eine Ahnung davon hat, dass wir da sind.»

«Das ist wirklich abgefahren», sage ich tief beeindruckt.

«Würde ich so nicht sagen. Es gibt Dinge, die sind noch viel abgefahrener. Zum Beispiel ... das hier.» Er klatscht in die Hände, und im gleichen Moment stehen wir vor einem Reihenhaus in einer weihnachtlich geschmückten Siedlung. Keine Ahnung, wo genau wir uns befinden. Ich trage nur Hemd und Hose und bin obendrein auf Socken unterwegs. Noch ist mir nicht kalt, aber das wird sich bestimmt in ein paar Sekunden ändern. Auch Abel ist leicht bekleidet.

«Keine Sorge», sagt er. «Gespenster kriegen keinen

Schnupfen. Da du nicht existierst, hast du auch kein Kälteempfinden. Übrigens auch keinen Hunger, keinen Durst und keinen Wunsch nach Schlaf.»

«Dann dürfte mir ja meine Nase auch nicht mehr weh tun», sage ich vorwitzig und will den Verband betasten. Erstaunt stelle ich fest, dass der Verband weg ist. Meine Nase fühlt sich an wie neu.

«Wer nicht existiert, kann auch keine angebrochene Nase haben», erklärt Abel. «Und es wäre schön, wenn du dir ab jetzt mal ein paar Dinge selbst erklären könntest. So blöd bist du ja nun auch wieder nicht, oder?»

«Schon okay», sage ich. «Ich glaube, ich habe das System verstanden.»

«Fein», erwidert Abel zufrieden.

«Und wo sind wir hier jetzt gelandet?»

«Köln. Ein Vorort von Köln, um genau zu sein. Hier wohnt …» Er räuspert sich. «… Bartholomäus Jakobi mit seiner Familie.»

Schockiert starre ich Abel an.

«Ich habe dich nicht umsonst davor gewarnt, dass diese Sache hier mit abgründigen Erkenntnissen verbunden sein könnte», beeilt sich Abel zu erklären. «Aber wenn du willst, können wir jederzeit aussteigen.»

«Mein Vater wäre noch am Leben, wenn ich nicht geboren wäre?», frage ich fassungslos.

Abel nickt stumm.

«Aber … warum?»

«Ist eine längere Geschichte. Wie gesagt, du musst sie dir nicht anhören, wenn du nicht willst. Ich könnte jetzt in die Hände klatschen, und im Handumdrehen befinden wir uns wieder im Haus deiner Mutter.»

Ich betrachte das Reihenhaus und sehe, dass in einem der unteren Zimmer das Licht angeschaltet wird. Hinter dem schweren Vorhang ist die Silhouette eines Mannes zu erahnen.

Fragend sehe ich Abel an.

«Ja. Das ist dein … Vater. Er schläft nicht immer gut. Ist ja auch nicht mehr der Jüngste mit fast fünfundsiebzig.»

Gebannt schaue ich zum Fenster. Ich habe einen Kloß im Hals.

«Lass uns reingehen», sage ich nach einer Weile.

Abel nickt und klatscht in die Hände.

GOTT ZAUBERT

Als ich meinen vor fünf Jahren verstorbenen Vater sehe, versagen mir die Beine. Ich falle um wie ein nasser Sack und krache mit dem Hinterkopf auf den Küchenboden. Ein Knirschen. Keine Ahnung, ob das die Fliese war oder mein Schädelknochen. Vater, der gerade eine Flasche Saft aus dem Kühlschrank genommen hat, wirkt für einen Moment irritiert. Dann gießt er sich schulterzuckend ein und setzt sich an den kleinen Küchentisch.

Während ich mich aufrapple, rekapituliere ich Abels Ausführungen von eben und beeile mich, meine Erkenntnisse in Worte zu fassen: «Da ich nicht existiere, kann ich mir in dieser Welt keinen Schädelbasisbruch zuziehen. Außerdem werde ich nicht ohnmächtig. Richtig?»

Abel nickt zufrieden und zeigt mir seinen erhobenen Daumen.

Ich lehne mich gegen die Küchenanrichte und beobachte Vater dabei, wie er müde an seinem Orangensaft nippt.

«Er sieht kaum älter aus, als ich ihn in Erinnerung habe», stelle ich fest.

«Er treibt Sport, raucht nicht und trinkt nur selten Alkohol», erwidert Abel. Als er mein fragendes Gesicht sieht, fügt er hinzu: «Das heißt nicht automatisch, dass er in einem anderen Leben mit dem Trinken angefangen hat, nur weil er mit deiner Mutter verheiratet war.»

«Und was heißt es dann?», frage ich schnippisch.

«Nichts. Es gibt viele Gründe, warum ein Leben die eine oder andere Richtung nimmt. Vielleicht fühlte er sich einfach nur dem beruflichen Druck nicht gewachsen.»

«Hat er denn nicht hier denselben beruflichen Druck?», wende ich ein.

Abel schüttelt den Kopf. «Nein. Er ist ein unscheinbarer Professor für Psychologie, der ein sehr ruhiges und beschauliches Leben führt.»

«Beschaulich? Unscheinbar? Und was ist mit den vielen Vorträgen, die er überall auf der Welt gehalten hat, nachdem sein Buch über die verkaufspsychologische Wirkung der Spektralfarben erschienen war?»

«Das Buch ist nie geschrieben worden», antwortet Abel. «In diesem Leben sind die wissenschaftlichen Arbeiten deines Vaters eher mittelmäßig.»

«Warum hat er das Buch nicht geschrieben?»

«Als er deine Mutter heiratete, weil sie mit dir schwanger war ...»

«Moment», unterbreche ich. «Ich kenne die Geschichte so, dass die beiden längst verlobt waren, als Mutter schwanger wurde. Und sie wären auch schon verheiratet gewesen, wenn nicht mein Großvater väterlicherseits gestorben wäre, weshalb die Hochzeit verschoben werden musste.»

«Das ist die offizielle Version», entgegnet Abel. «Tatsächlich hat er sie geheiratet, weil sie schwanger war. Sie hat sofort ihr Studium an den Nagel gehängt und sich ganz auf die Rolle der Hausfrau und Mutter konzentriert. Deshalb gab sie ihm ihre Aufzeichnungen für die Magisterarbeit. Ihr war der Abschluss nicht mehr wichtig. Sie dachte, vielleicht würde ihr frischgebackener Ehemann etwas mit ihren Ideen über die verkaufsfördernde Wirkung der Spektralfarben anfangen können.»

«Mutter hat die Theorie erfunden?» Ich bin baff.

«Nicht ganz», erwidert Abel. «Es war eine Gemeinschaftsleistung. Sie hat den Impuls geliefert, aber dein Vater hat die Idee deiner Mutter weiterentwickelt und wissenschaftlich unterfüttert.»

Mit einem leisen Knarren öffnet sich die Küchentür, und eine junge Frau betritt den Raum. Sie ist Mitte, höchstens Ende dreißig. Ein bodenlanges Nachthemd mit floralem Muster lässt sie jedoch älter erscheinen.

«Kannst du nicht schlafen?», fragt sie liebevoll.

Er schüttelt den Kopf.

«Möchtest du lieber allein sein?»

Er nickt müde und versucht ein Lächeln.

«Gut. Komm aber bitte bald wieder ins Bett. Es ist kühl hier.» Sie haucht ihm einen Kuss auf die Stirn, er tätschelt dankbar ihre Hand.

«Wer ist das? Seine Frau?», frage ich, während sie hinausgeht.

«Seine zweite Frau. Lydia. Die beiden haben einen gemeinsamen Sohn. Niklas. Er ist neunzehn und studiert in Kanada. Leider hängt er am Flughafen von Montreal im Schneesturm fest, weshalb die drei heute nicht zusammen Weihnachten feiern konnten.»

«Das tut mir leid für die beiden», sage ich und beobachte jenen Menschen, der in einem anderen Leben mein Vater wurde.

«Das heißt also, er war zuerst mit Mutter verheiratet», kombiniere ich.

«Nein. Die beiden waren in diesem Leben überhaupt nicht verheiratet. Sie hatten lediglich eine reichlich komplizierte Affäre. Da deine Mutter nicht mit dir schwanger wurde, fühlte dein Vater sich auch nicht verpflichtet, sie zu heiraten. Und ihr fehlten die schlagenden Argumente, obwohl sie ihn wirklich sehr gern in den Hafen der Ehe geschleppt hätte. So genoss dein Vater stattdessen sein Junggesellenleben. Deiner Mutter blieb nichts anderes übrig, als sich von ihm zu trennen oder ihn mit anderen Frauen zu teilen. Sie entschied sich schweren Herzens für Letzteres.»

Ich überlege. «Soll das etwa heißen, Jonas existiert in dieser Welt ebenfalls nicht?», frage ich.

«Doch, doch», antwortet Abel. «Jonas ist in diesem Leben der uneheliche Sohn von deiner Mutter und Bartholomäus Jakobi. Deine Mutter und eine andere Studentin namens Marlene Stern wurden praktisch zeitgleich von deinem Vater schwanger.»

«Und er hat Marlene geheiratet», vermute ich.

«Genau. Sie war ein paar Jahre jünger als deine Mutter, deutlich angepasster und anschmiegsamer und nebenbei die Tochter eines Mannes, der ihm für seine Karriere förderlich zu sein schien.»

«Und ging die Rechnung auf?»

«Wie man's nimmt», sagt Abel. «Immerhin bekam er eine Professur.»

«Im richtigen Leben hat er Weltkarriere gemacht», wende ich ein.

«Ja, aber das konnte er wirklich nicht ahnen, als er sich für Marlene und gegen deine Mutter entschieden hat», sagt Abel.

«Und Marlene hat er dann für Lydia verlassen?»

«Genau. Aus der Ehe mit Marlene ging Max hervor. Als Max etwa im gleichen Alter war wie Niklas heute, verliebte sich Bartholomäus in jene damals neunzehnjährige Studentin, die heute seine Frau ist. Der zweite Frühling erwischte ihn mit Mitte fünfzig, und wahrscheinlich hätte Marlene die Affäre als späte Midlife-Crisis unter den Teppich gekehrt, wenn Lydia nicht prompt schwanger geworden wäre.»

«Was wurde aus Marlene? Und aus Jonas' Halbbruder?»

«Im Gegensatz zu deiner Mutter hängte Marlene ihren Beruf nicht an den Nagel. Sie arbeitet heute als Soziologin in Hamburg. Max wohnt noch hier in Köln. Nach der Trennung wusste er nicht, was er beruflich machen wollte und hielt sich ein paar Jahre mit Kellnerjobs über Wasser. Heute besitzt er eine Kneipe in der Altstadt und hat eine Vorliebe für studentische Aushilfskellnerinnen. Ganz der Vater, könnte man sagen.»

«Wieso glaubst du eigentlich, dass du ungestraft meinen Vater beleidigen kannst?», frage ich aufmüpfig.

«Das hier ist nicht dein Vater», erwidert Abel prompt. «Du existierst in dieser Welt überhaupt nicht, deshalb musst du dich auch nicht auf den Schlips getreten fühlen, wenn ich mich über Leute lustig mache, mit denen du eigentlich nichts zu tun hast.»

Zugegeben, gutes Argument.

Bartholomäus Jakobi nimmt den letzten Schluck Orangensaft. Er trägt das Glas zur Spüle und stellt die Flasche zurück in den Kühlschrank. Beim Gehen löscht er das Licht. Man hört seine Schritte auf der Treppe. Das leise Knarren einer Tür, dann endgültig Stille.

Eine Weile passiert nichts.

«Überlegst du gerade, ob du tatsächlich wissen willst, was aus deiner Mutter und deinem Bruder geworden ist?», fragt Abel in die Dunkelheit.

«Ja», antworte ich. «Das war gerade schwerer, als ich gedacht hätte.»

«Ich weiß. Wie gesagt, du kannst jederzeit aussteigen.»

Wieder Schweigen.

«Lass uns zuerst Jonas einen Besuch abstatten», bitte ich.

«Wie du willst.» Abel klatscht in die Hände.

Wir stehen im verschneiten Garten eines Einfamilienhauses. Es ist nun helllichter Tag. Ich schaue mich um. Offenbar eine gehobene Neubausiedlung. Auch die üppigen Nachbargrundstücke sind mit freistehenden Einfamilienhäusern bebaut. Ich wette, unter der dichten Schneedecke verbergen sich mustergültige Gartenanlagen, die im Sommer als Kulisse für mustergültige Barbecues dienen.

«Und hier wohnt Jonas?»

Abel deutet mit einer Kopfbewegung zum Haus. Hinter einer großen Fensterfront ist vage eine fünfköpfige Familie beim Weihnachtsfrühstück zu erkennen.

«Ist das etwa …?»

«… Jonas mit seiner Familie», vollendet Abel den Satz. «Er und seine Frau Jana haben drei Kinder: Melinda, Maja und Mimi. Fünfzehn, dreizehn und neun Jahre alt. Und alle drei sind Pferdenärrinnen, stell dir das mal vor! Melinda hat gerade ein paar Probleme. Die Pubertät macht ihr …»

«Mann, Abel!», unterbreche ich verärgert. «Ist dir eigentlich klar, dass das alles hier für mich etwas frustrierend ist? Würde es mich nicht geben, wäre mein Vater noch am Leben, und mein Bruder hätte eine weiße Weste, eine nette Familie und ein hübsches Haus am Stadtrand. Was kommt als Nächstes? Wären der Menschheit vielleicht auch noch einige Seuchen und Kriege erspart geblieben, wenn ich nie das Licht der Welt erblickt hätte?»

«Du überschätzt dich», erwidert Abel locker. «Und wie gesagt: Es kommen immer mehrere Gründe zusammen. Dass dein Bruder in diesem Leben nie um die Anerkennung deiner Mutter kämpfen musste, liegt nicht allein daran, dass es dich nicht gab. Obendrein fehlte ja auch noch sein Vater.»

«Der eine andere Frau geheiratet hat, weil ich nicht geboren wurde. Letztlich bin ich also doch verantwortlich.»

«Das ist absurd», sagt Abel. «Es gibt dich in dieser Welt überhaupt nicht. Wie willst du dann für irgendetwas verantwortlich sein?»

«Es gibt mich aber in der realen Welt», gebe ich zurück. «Und da ich jetzt weiß, wie die ohne mich aussähe, finde ich mich mittlerweile auf eine eher unangenehme Weise ... verschmerzbar.»

«Nur, damit das klar ist», sagt Abel und droht mir mit dem Zeigefinger. «Du ganz allein wolltest wissen, wie die Welt ohne dich aussähe. Wenn du jetzt ein Problem damit hast, dann beklag dich nicht bei mir.»

«Schon okay», winke ich ab. «Jedenfalls ist Jonas also hier ein ebenso ehrlicher wie erfolgreicher Manager. Na toll!»

«Dein Bruder ist ein langweiliger Bankfilialleiter, der seine Energie nicht in kriminelle Aktivitäten, sondern in Grillabende investiert. Und das ist auch schon die ganze Geschichte», sagt Abel.

«Und du behauptest, Jonas hat im richtigen Leben Geld unterschlagen, um Mutter seine Zuneigung zu beweisen?», rekapituliere ich grüblerisch.

«Nein. Aber wie du siehst, wäre er unter anderen Umständen nicht kriminell geworden, sondern ein braver Familienvater.»

Ich schaue neugierig zum Haus.

«Können wir mal näher ran an die Vorzeigefamilie Jakobi?», frage ich.

«Fliedermann-Jakobi», korrigiert Abel. «Sie ist eine geborene Fliedermann.»

Im nächsten Moment stehen wir in der Küche der Fliedermann-Jakobis. Nebenan sind Stimmen zu hören, was genau gesagt wird, kann man aber nicht verstehen.

«Was soll das?», frage ich erstaunt.

«Dass wir hier in der Küche sind? Ich dachte, es wäre besser für dich, wenn wir uns der Sache langsam nähern.»

«Das meine ich nicht», erwidere ich. «Du hast gerade im Garten nicht in die Hände geklatscht, um uns hierhinzubringen.»

«Ach das», sagt Abel. «Das Klatschen ist nur so eine Angewohnheit. Ich muss das nicht machen. Ich könnte zum Beispiel auch mit den Fingern schnippen.»

Er tut es, und im gleichen Moment stehen wir auf dem nächtlichen Times Square in New York inmitten einer Menschentraube.

«Pass auf!», sagt Abel und schnippt erneut mit den Fingern. Schlagartig wird es hell, und wir befinden uns an Bord eines Luxuskreuzfahrtschiffes, das gerade die Oper von Sydney passiert.

«Oder so!», ruft Abel begeistert und zieht an seinen linken Ohrläppchen. Diesmal landen wir auf dem weihnachtlich geschmückten Petersplatz in Rom, wo Tausende Gläubige auf das Erscheinen des Papstes warten.

«Oder ich nehm einfach die andere Seite», frohlockt Abel und zieht an seinem rechten Ohrläppchen. Nun stehen wir mit einer Gruppe Touristen am Rande der Cheops-Pyramide. Abel grinst zufrieden.

«Ich könnte auch ...», beginnt er.

«Abel, bitte lass den Quatsch», unterbreche ich. «Bring uns einfach wieder zurück nach ...» Ich stutze. «Wo wohnt Jonas eigentlich?»

«In Bonn», erwidert Abel. Im selben Moment befinden wir uns wieder in der Küche der Familie Fliedermann-Jakobi.

«Bonn? Aber er hasst Bonn. Er hat hier zwei Jahre gearbeitet und war froh, als er endlich was in Berlin gefunden hat.»

«In diesem Leben hat er Bonn überhaupt nicht verlassen. Er hat hier studiert, und bevor er abhauen konnte, hatte ihn Jana beim Wickel», sagt Abel und schlendert ins Wohnzimmer. «Du wirst dich sowieso ein bisschen wundern, vermute ich.»

«Worüber?», frage ich und folge ihm. «Sag mir nicht, dass Jonas sich das Rauchen abgewöhnt hat.»

«Das sowieso. Eigentlich hatte er wegen Jana kaum Gelegenheit, es sich richtig anzugewöhnen. Sie ist absolut rigoros, was Nikotin und Alkohol betrifft. Das Einzige, was sie ihm erlaubt, ist …» Abel tritt ein wenig zur Seite, damit ich freie Sicht auf den Frühstückstisch habe. «Ach, schau es dir einfach selbst an!»

Meine Augen weiten sich. Jonas thront am Ende eines üppig gedeckten Tisches und hat geschätzte hundert Kilo Übergewicht. Aus seinem blütenweißen Hemdkragen ragt ein gerötetes Gesicht mit kleinen Augen und hängenden Wangen hervor. Sein Äußeres erinnert unwillkürlich an eine Bulldogge.

«Als Krimineller sah er glücklicher aus», stelle ich kleinlaut fest.

Bevor Abel etwas erwidern kann, kommt ihm eine von Jonas' Töchtern zuvor.

«Aber ihr habt versprochen, dass ihr euch das mit dem Pony überlegen wollt», motzt die Kleine. «Und von dem Geld, das ich zu Weihnachten von Oma und Opa bekommen habe, könnte ich bestimmt ein paar Monate das Futter bezahlen.»

Jonas dreht seinen Bulldoggenkopf in Zeitlupe zur Seite und wirft seiner drahtigen Frau einen müden Blick zu. Jana zuckt mit den Schultern. «Da hat sie recht, Schatz. Wir wollten uns das durch den Kopf gehen lassen. Das haben wir ihr tatsächlich versprochen.» Sie klingt wie eine Altenpflegerin, die ihren klapprigsten Patienten zum wiederholten Male an seine Tabletten erinnern muss.

«Och, bitte, Paps! Ich würde auch auf die Hälfte meines Taschengeldes verzichten», setzt die angehende Ponybesitzerin strategisch klug nach.

Jonas' Bulldoggenkopf dreht sich langsam zur anderen Seite, wo das Mädchen sitzt. Seine Wangen spannen sich nur minimal, als er mit einem gequält wirkenden Lächeln verkündet: «Also gut. Wenn das so ist, dann sollst du dein Pony bekommen.»

Während das Mädchen aufspringt und ihrem Vater dankbar um den Hals fällt, greift Jana glücklich lächelnd nach der schwammigen Hand ihres Mannes.

«Dann will ich aber auch eine neue Reitkluft», meldet sich die Älteste zu Wort. «Meine Jacke ist schon ganz verschlissen.»

«Jetzt lasst euren Vater doch erst einmal in Ruhe frühstücken», bittet Jana in mildem Tonfall. Sie scheint den idyllischen Trubel am Weihnachtsmorgen zu genießen.

«Sind die etwa immer so?», frage ich, leicht angewidert.

«Was genau meinst du?»

«Das alles hier wirkt irgendwie ...» Ich suche nach einem passenden Ausdruck.

«... verlogen?», schlägt Abel vor.

«So würde ich es jetzt nicht gleich nennen», sage ich. «Eher: aufgesetzt.»

«Meinetwegen: aufgesetzt. Dein Bruder scheint jedenfalls gern in Extreme zu verfallen», konstatiert Abel. «Ich persönlich finde, er übertreibt maßlos. Egal, ob als Betrüger oder als Biedermann.»

Da ist was dran, denke ich und beobachte den verfetteten Kerl, der in einem anderen Leben mein Bruder ist. Ich kenne ihn als arroganten Fatzke. Aber wenn man ihn hier so sieht, inmitten seines Vorstadtkäfigs und umgeben von einer meterdicken Schicht Kummerspeck, dann muss man Mitleid mit ihm haben. Zu gerne würde ich ihn damit aufmuntern, dass er in einer anderen Welt ein schlanker Krimineller ist.

Plötzlich durchzuckt mich ein beängstigender Gedanke. Warum ist Mutter eigentlich nicht hier? Jonas würde doch nie im Leben zulassen, dass sie Weihnachten allein verbringt. Und Mutter hätte bestimmt auch den dringenden Wunsch, das Fest der Liebe mit ihrem Sohn, ihrer Schwiegertochter und den Enkeln zu feiern.

Abel beantwortet meine Frage, bevor ich sie stellen kann. «Deine Mutter ist gestern Abend hier gewesen», sagt er. «Alle haben zusammen Weihnachten gefeiert. Es war ein schönes und harmonisches Fest. Sie wäre auch sehr gern noch über Nacht und zum Frühstück geblieben, aber leider hat sie heute Morgen eine anderweitige Verpflichtung.»

«Eine anderweitige Verpflichtung», wiederhole ich und versuche anhand Abels Reaktion einzuschätzen, ob sich hinter dieser Aussage eine gute oder eine schlechte Nachricht verbirgt.

Er nickt lediglich.

«Und?», frage ich. «Soll ich mir das anschauen oder lieber nicht?»

Abel wiegt den Kopf hin und her. «Na ja», sagt er gedehnt nach einigem Zögern. «Doch, denke schon. Ja. Kann man machen.»

Ich nicke, und im gleichen Moment befinden wir uns in einer Art Kantine. Die Einrichtung ist ebenso spartanisch wie das hier angebotene Frühstück. Aber das stört die Anwesenden nicht im mindesten. Den meisten hier ist ins Gesicht geschrieben, dass sie selten regelmäßige Mahlzeiten bekommen. Die Helfer, die sich um das Wohl der hier versammelten Obdachlosen kümmern, füllen im Minutentakt Platten mit Wurst- und Käsebroten. Auch der Ausschank von Kaffee und Tee scheint kein Ende zu nehmen. Sobald an einem der Tische ein Stuhl frei wird, rückt ein neuer Besucher nach. Ich überschlage, dass etwa vierzig Leute hier Platz haben. Im Laufe des Vormittags können bestimmt einige Hundert Bedürftige mit Speisen und Getränken versorgt werden.

Mutter steht an einem aus zwei zusammengestellten Tischen improvisierten Ausschank und kümmert sich darum, dass der Nachschub von Tee und Kaffee nicht abreißt. Um sie herum sind Leute damit beschäftigt, Brote zu schmieren, andere Helfer beliefern die Tische oder tragen das gebrauchte Geschirr ab. Alles passiert schnell und routiniert, damit die hungrigen Gäste, die noch vor der Tür stehen, nicht zu lange warten müssen.

Mutter sieht fast genauso aus, wie ich sie kenne. Sie ist schlank und trägt die schwarz gefärbten Haare kurz. Ihr Make-up ist dezent und akkurat. Lediglich ihr Modestil scheint nicht so edel und kostspielig zu sein wie im richtigen Leben, denn sie trägt ein für ihre Verhältnisse unauffälliges graues Kleid. Vielleicht liegt das aber auch am Anlass. Wie ich Mutter einschätze, möchte sie schlicht vermeiden, dass eines ihrer Haute-Couture-Modelle durch Billigschmierkäse ruiniert wird.

«So wie gerade ist sie immer angezogen», sagt Abel. «Deine Mutter hat in diesem Leben weder das Geld noch die Lust, sich aufzubrezeln. Auf Besuche bei der Kosmetikerin verzichtet sie übrigens ebenfalls.»

Ich beobachte, wie Mutter freundlich, zupackend und bescheiden ihren Job erledigt, und bin beeindruckt.

«Diese gewisse Zurückhaltung steht ihr ganz gut», stelle ich fest. «Und dass sie eine wohltätige Organisation nicht einfach nur mit Geld unterstützt, sondern auch durch ehrenamtliche Arbeit, finde ich geradezu sensationell. Sie hat sogar den Kuchen für unsere Kindergeburtstage liefern lassen, weil sie zu faul war, welchen zu backen.»

«Sie ist keine ehrenamtliche Mitarbeiterin», erklärt Abel. «Sie leitet diesen Verein. Und nicht nur das, sie hat ihn gegründet und zu einer der wichtigsten karitativen Einrichtungen im Rheinland gemacht. Das hier ist ihr Lebenswerk, zumindest ein Teil davon.»

Ich schaue Abel ausdruckslos an.

Er wirkt amüsiert. «Ich weiß, was du sagen willst. Wenn du nie das Licht der Welt erblickt hättest, wäre nicht nur dein Vater noch am Leben, dein Bruder würde auch keine Banken ausplündern. Obendrein hätte deine Mutter ihre Fähigkeiten nicht damit verschleudert, sich ausschließlich um deinen Vater zu kümmern. Im Gegenteil. Sie würde eine angesehene karitative Organisation leiten, die an einem einzigen Weihnachtsmorgen ein paar Hundert Bedürftige mit Essen versorgt. Wie unbedeutend erscheint doch im Vergleich dazu ihr richtiges Leben.» Abel sieht mich durchdringend an. «Habe ich deine Enttäuschung in etwa auf den Punkt gebracht?»

«Sogar ziemlich genau», sage ich. «Und? Kann man es mir verdenken?»

Abel zuckt mit den Schultern. «Alles eine Frage des Standpunktes, wenn du mich fragst. Vielleicht unterstützt deine Mutter mit diesem Verein nur deshalb andere Menschen, weil sie sich nicht für deinen Vater aufopfern konnte.»

«Und wieso wäre das ein Trost für mich?», will ich wissen.

«Nachdem dein Vater sie verlassen hat, ist deine Mutter mit Jonas allein geblieben», erwidert Abel. «Und das, obwohl es nur so von Männern wimmelt, die sich eine aufopferungsvolle Ehefrau wünschen.»

«Vielleicht weil sie alleinerziehend war», wende ich ein. «In den Siebzigern galt das noch als Hinderungsgrund für eine Beziehung.»

«Aber sie war auch klug, interessant und vorzeigbar», hält Abel dagegen.

«Gut, worauf willst du hinaus?»

«Ganz einfach: Dein Vater war ihre große Liebe», konstatiert Abel.

Ich überlege, und mir wird klar, dass meine Eltern im richtigen Leben eine fast tragische Verbindung hatten. «Er hat ihr zuliebe eine Karriere gemacht, die er nie angestrebt hat. Deshalb hat er mit dem Saufen angefangen. Sie hat nicht nur seinen Alkoholismus aus Liebe ertragen, sondern auch auf die eigene Karriere verzichtet, weil sie ihren Teil zum gemeinsamen Glück – oder wahlweise zum gemeinsamen Unglück – beitragen wollte.»

«Willkommen in meiner Welt», sagt Abel. «Wer kann denn bitte schön angesichts solcher Konstellationen glauben, dass es einen Allmächtigen gibt? Wenn man schon eine einzige Ehe kaum verstehen kann, wie soll man dann Milliarden von Menschen verstehen? Ganz zu schweigen von den Billionen und Billiarden Beziehungen, die sie untereinander haben?»

«Das tröstet mich dennoch nicht darüber hinweg, dass mein Beitrag zum Gewusel dieser Milliarden Menschen offenbar gleich null ist», sage ich.

Abel hebt bedauernd die Hände.

«Habe ich denn gar nichts erreicht?», frage ich. «Es muss doch wenigstens Patienten geben, denen ich geholfen habe. Vielleicht gibt es Ehen, die nicht geschieden wurden, weil meine Therapiegespräche gewirkt haben.»

Abel hebt den Kopf. Er scheint die Decke zu betrachten, tatsächlich aber geht sein Blick in die Ferne. Könnte sein, dass gerade mein Leben an seinem geistigen Auge vorbeirattert.

Nach einer Weile stutzt er und sieht mich an: «Erstaunlich. Aber ich finde wirklich nichts, was dich aufmuntern könnte. Es gibt da zwar tatsächlich eine Ehe, die du vorläufig gerettet hast. Leider haben sich die beiden dann einige Monate später doch noch getrennt – und bei ihrem letzten Streit ein Mietshaus abgefackelt. Es gab zwar keine Verletzten, aber ich glaube, dass in diesem Fall die sofortige Trennung besser gewesen wäre.»

«Super», sage ich. «Hat meine Exfrau mich wenigstens in diesem Leben vermisst?» Es ist eine rhetorische Frage. Ich bin mir sehr sicher, dass es Ellen ohne mich blendend geht.

«Gut, dass du fragst», sagt Abel.

Wir betreten den Eingangsbereich eines noblen Restaurants. Vor uns warten noch andere Leute, die von der Empfangsdame freundlich und professionell begrüßt und grüppchen- oder paarweise zu den Plätzen geleitet werden. Durch die Menschentrauben hindurch erkenne ich, dass es sich bei der Empfangsdame um Ellen handelt. Sie wirkt gerade ein wenig gestresst, macht aber insgesamt einen sehr glücklichen Eindruck. Ganz so, wie ich es erwartet habe.

«Ist das ihr Restaurant?», frage ich.

«Es gehört ihr und ihrem Lebensgefährten. Er ist Koch und hat sich mit seinen Fischspezialitäten einen Namen gemacht.»

«Hat sie ihm den Laden gekauft?», will ich wissen.

«Höre ich da etwa einen verächtlichen Unterton?», erwidert Abel.

Ich zucke mit den Schultern, Abel grinst. «Sie ist nicht reich», bemerkt er sachlich. «Der Onkel, der ihr im richtigen Leben sein Vermögen vererbt hat, ist reich geworden, weil er eine geniale Geschäftsidee hatte. Und die basierte auf dem Buch deines Vaters ...»

«... das aber in dieser Welt nicht geschrieben worden ist», vollende ich den Satz. «Und deshalb gab es auch nichts zu vererben.»

«Genau», sagt Abel. «Ellen und Marco kommen aber auch so ganz gut über die Runden. Das Restaurant läuft seit Jahren solide, und die beiden führen eine glückliche Beziehung.»

«Meine Damen und Herren, darf ich um Ihre geschätzte Aufmerksamkeit bitten?», fragt in diesem Moment ein kahlköpfiger Charismat mit blütenweißer Kochjacke.

«Marco?», raune ich Abel zu, während die Gespräche an den inzwischen voll besetzten Tischen verebben.

Abel nickt.

«Ich möchte nur kurz darauf hinweisen, dass Sie unser heutiges Menü ohne Reue genießen können, obwohl alle Gänge ganz im Zeichen des Thunfisches stehen. Wie Sie wissen, servieren wir aufgrund der ökologisch problematischen Fangmethoden gewöhnlich keinen Thunfisch. Jene Exemplare, die heute hier auf den Tellern landen, wurden jedoch mit Handleinen im Indischen Ozean gefischt. Eine uralte Methode, die noch heute auf den Seychellen praktiziert wird. Der Tipp stammt von einem Freund, der mir auch erzählt hat, dass dieser Thunfisch momentan auf den Speiseplänen einiger französischer Spitzenrestaurants zu finden ist. Ich werde mich bemühen, es heute kulinarisch mit denen aufzunehmen.»

Dezenter Applaus der sichtlich zufriedenen Gäste.

«Er sieht gut aus, ist redegewandt, kann phantastisch kochen und hat obendrein auch noch ein ausgeprägtes Öko-Bewusstsein?», frage ich ungläubig. «Was noch? Ist er eine Granate im Bett?»

Abel sieht mich ausdruckslos an.

«Schon gut», winke ich ab. «So genau muss ich es nicht wissen.»

Eigentlich ist die Frage auch längst beantwortet, wenn ich meiner Exfrau dabei zusehe, wie sie ihren Lebensgefährten anhimmelt.

«Ich glaube, wir können dann auch langsam mal Schluss machen», sage ich zu Abel. «Was in diesem Capra-Film mit James Stewart funktioniert, muss ja nicht bei jedem klappen.»

Abel nickt und schnappt sich im Hinausgehen eine halbe Flasche Wein nebst zwei Gläsern. Ich erwarte, dass wir nun wieder in die reale Welt zurückkehren, doch zu meinem Erstaunen liegt nun hinter der Eingangstür des Restaurants eine Treppe, die auf das verschneite Dach eines Hochhauses führt. Vermutlich geht hier oben ein eisiger Wind. Da ich davon nichts mitbekomme, befinden wir uns offenbar noch in jener Welt, in der ich nicht existiere. Nicht ganz fair von Abel, sich hier und jetzt einen Wein zu genehmigen. Wenn ich das richtig sehe, dann kann ich nämlich keinen trinken, weil ich ja nicht existiere.

«Das stimmt nicht ganz», sagt Abel und setzt sich auf eine kleine Mauer, die den Dachrand markiert. Er lässt die Beine über dem gähnenden Abgrund baumeln und gießt uns ein. «Ich habe nur gesagt, dass du hier keine Bedürfnisse haben wirst und keine sinnlichen Empfindungen. Die Kälte hier ist real, aber du spürst sie nicht. Du kannst auch diesen Wein trinken, aber du wirst ihn nicht schmecken.»

Ich setze mich neben Abel, nehme das Glas, proste ihm zu und probiere. Es stimmt. Ich schmecke nichts. Abel hingegen offenbar umso mehr. Genüsslich rollt er den Wein im Mund hin und her, lässt ihn dann mit einen anerkennenden Nicken die Kehle hinunterrinnen und bemerkt: «Dieser Marco hat wirklich Ahnung von den schönen Dingen des Lebens.»

«Er kommt mir irgendwie bekannt vor», erwidere ich. «Ich habe mich schon eben die ganze Zeit gefragt, woher ich ihn kenne.»

«Ach ja?» Abel zuckt mit den Schultern. Sieht so aus, als könnte er mir auch nicht weiterhelfen.

Ich stelle mein Glas ab. Nach der Trennung von Ellen und dem Niedergang meiner Praxis habe ich meistens Wein getrunken, der nach nichts schmeckt. Ich nehme mir vor, das künftig bleibenzulassen. Immerhin ein erfreuliches Ergebnis dieser seltsamen Nacht.

Ich blicke über die Dächer der Stadt. Man sieht von hier aus den Fernsehturm am Alex. In den meisten Häusern sind die Fenster erleuchtet. Die Stadt sieht aus wie ein überdimensionaler Adventskalender: hinter jedem Fenster ein Schicksal.

Ich nehme eine Gestalt wahr, die ein paar Blocks weiter auf dem Dach eines anderen Hochhauses steht. Eine Frau. Als sie sich auf die Dachkante zubewegt, blickt sie beiläufig in unsere Richtung. Geschockt stelle ich fest, dass es sich um Hanna handelt. Hanna Kaufmann, im richtigen Leben Assistentin von Jonas und zugleich Mutter des gemeinsamen ungeborenen Kindes.

«Was hat sie vor?», frage ich mit einem unguten Gefühl.

«Sie will sich das Leben nehmen», entgegnet Abel ungerührt und nippt an seinem Wein.

Ich starre ihn fassungslos an. «Das musst du verhindern!

Sie ist schwanger. Von Jonas. Das hat sie mir heute Mittag selbst gesagt.»

«Sie ist nicht schwanger. Nicht in dieser Welt.»

Verwirrt schaue ich zu dem Dach, wo Hanna sich auf den Sprung in die Tiefe vorbereitet. Sie steht da und blickt in den Abgrund. Der Wind zerrt an ihrem dünnen Mantel.

«Abel, bitte. Du musst was tun! Wir können hier nicht einfach rumsitzen und zusehen, wie diese Frau in den Tod springt.»

«Sie springt nur in dieser Welt», erklärt Abel. «Und zwar, weil Jonas heute mit ihr Schluss gemacht hat.»

«Weil ... was? Was redest du denn da?»

«Sie ist auch in diesem Leben die Assistentin und Geliebte deines Bruders. Er hat sie verlassen. Seinen Kindern zuliebe. Jana hätte andernfalls die Scheidung eingereicht.»

Ich starre zu Hanna, die immer noch mit dem Abgrund liebäugelt.

«Sieh es mal so», sagt Abel. «Vielleicht würde die schwangere Hanna im richtigen Leben jetzt auch auf diesem Dach stehen, wenn du heute nicht mit ihr gesprochen hättest.»

Ich fühle mich gerade hoffnungslos überfordert. Wieder blicke ich zu Hanna, die nun in den Himmel schaut, dann wie in Zeitlupe nach vorn kippt und lautlos in der Dunkelheit verschwindet.

«Nein!», rufe ich und springe hektisch auf. Dabei rutsche ich auf einem eisglatten Mauerstein aus, verliere das Gleichgewicht und versuche verzweifelt, Halt auf dem rutschigen Stein zu finden. Vergebens.

Ich stürze in die Tiefe und sehe gerade noch, wie Abel mir zunickt und sagt: «Keine Sorge, Jakob. Du kannst in diesem Leben nicht dein Leben verlieren.»

Ich sehe die Lichter einer weihnachtlich geschmückten Straße auf mich zurasen. Für Sekundenbruchteile kann ich den mit Schneematsch bedeckten, schmutzig grauen Asphalt erkennen.

Der Aufprall fühlt sich an, als würde mich jemand mit einer gigantischen Fliegenklatsche erschlagen. Im gleichen Moment öffne ich die Augen.

GOTT LEIDET

Wo bin ich? Nur langsam verwandeln sich die Schemen in scharfe Bilder.

«In meinem Bauwagen», nuschelt Abel verschlafen. Er sitzt an einem kleinen Küchentisch vor einer dampfenden Tasse Kaffee. «Genauer gesagt, auf meinem Gästesofa. Das ist übrigens eine besondere Ehre. Auf diesem exklusiven Möbelstück haben nämlich schon einige Zirkuslegenden übernachtet. Auch Kaffee?»

Ich nicke matt und setze mich schwerfällig auf. Abels Sofa mag exklusiv und legendär sein, bequem ist es definitiv nicht. Obwohl ein alter Kanonenofen den kleinen Raum mit stickiger Hitze füllt, sind meine Socken nass und eiskalt. Ich erinnere mich an unseren nächtlichen Weihnachtsausflug. War das ein Traum? Ich ziehe die Socken aus und lege sie auf den Ofen.

Abel reicht mir eine Tasse Kaffee. Er sieht hundemüde aus.

«Danke», sage ich und nehme einen Schluck Kaffee.

Meine Nase schmerzt. Ich betaste sie vorsichtig und fühle dabei den Verband. Bei dem Gedanken daran, wieder in jener Welt zu sein, in der ich zwar arm und erfolglos bin, aber immerhin überhaupt existiere, erfasst mich eine Welle des Glücks.

«Wie lange habe ich geschlafen?», will ich wissen.

«Zehn Minuten? Vielleicht fünfzehn?», erwidert Abel

mit einem Schulterzucken. «Nicht länger jedenfalls, als ich gebraucht habe, um den Kaffee aufzuschütten und Feuer zu machen.» Er massiert mit den Fingerkuppen seine Stirn und verzieht dabei schmerzhaft das Gesicht.

«Was ist? Hast du Kopfschmerzen?»

«Höllische. Wir waren zwei Tage und fast drei Nächte lang unterwegs. Solche Reisen sind sowieso wahnsinnig anstrengend, aber mit zunehmendem Alter fallen sie mir von Mal zu Mal schwerer.»

«Ich glaube, ich weiß, was du meinst», sage ich. «Mir kommt es auch so vor, als wären wir ewig weg gewesen.»

Abel hebt den Kopf und sieht mich mit ernster Miene an. «Jakob, das war kein Traum, falls du das meinst. Wir waren wirklich in dieser anderen Welt. Und auch wenn das nicht deinem persönlichen Zeitempfinden entspricht, so haben wir dennoch Weihnachten dort verbracht. Heute ist der 27. Dezember. Heiligabend liegt also, wie schon gesagt, zwei Tage und fast drei Nächte hinter uns.»

Verwundert krame ich nach meinem Handy, um Abels Aussage zu überprüfen. Tatsächlich, es ist der 27. Dezember. Der Akku ist bald leer. An Heiligabend war er noch aufgeladen.

«Dein Geld und deine anderen persönlichen Sachen liegen noch im Haus deiner Mutter. Du erinnerst dich vielleicht, dass wir etwas übereilt aufgebrochen sind. Sie ist übrigens inzwischen zurück aus Florida.» Er hält einen Zwanziger in die Höhe. «Falls du ein Taxi nehmen möchtest ...»

Ja. Ich muss mit Mutter reden. Nicht nur, um ihr reinen Wein einzuschenken, was die kriminelle Karriere ihres jüngsten Sohnes betrifft, sondern auch weil sie erfahren soll, dass Hanna von ihm schwanger ist. «Kannst du mir ein Paar Schuhe leihen? Und vielleicht eine Jacke?»

Abel nickt. «Klar.»

«Ich komme zurück, sobald ich reinen Tisch gemacht habe.»

«Gern.»

Ich denke an unsere wundersame Weihnachtsreise. Wenn sie kein Traum war, was war sie dann? Eine Art Hypnose? Eine Form der Suggestion? Unser Ausflug hat jedenfalls deutliche Spuren bei mir hinterlassen. Ich fühle eine fast euphorische Lust, meinen Kram neu zu ordnen. Die letzten zwei Tage und drei Nächte haben mir gezeigt, dass ich mein Leben ändern muss. Und zwar dringend. Sonst wird es nämlich eines Tages kaum Anhaltspunkte dafür geben, dass ich überhaupt gelebt habe.

«Brauchst du Hilfe?», fragt Abel und drückt mir Schuhe und einen Mantel in die Hand.

«Gerade nicht. Kann aber sein, dass ich darauf zurückkommen werde.»

«Kein Problem. Jederzeit.»

Ich bemerke erst jetzt, dass er nicht nur müde aussieht, sondern auch eine beängstigend blasse Gesichtsfarbe hat. «Du solltest dich eine Weile hinlegen», schlage ich vor. «Geht es dir gut, oder soll ich einen Arzt rufen?»

Er schüttelt den Kopf. «Alles bestens. Ich bin nur müde.»

«Okay. Wenn du dich ausgeruht hast, beginnen wir mit der Arbeit», fahre ich fort.

Er zieht mich zu sich, umarmt mich und klopft mir ein paarmal sachte auf die Schulter. «Ich freu mich drauf. Viel Glück, Jakob.»

Die ungewöhnliche Geste schmeckt nach einem längeren Abschied. Aber ich denke nicht weiter darüber nach.

Als ich den Bauwagen verlasse, schlägt mir klare und kalte Luft entgegen. Eisen-Heinz macht seinem Namen alle Ehre. Nur mit einer dünnen Hose und einem leichten Pulli bekleidet, hockt er neben seinem Bauwagen und stopft Schnee in eine große Teekanne.

«Hallo, Doc», ruft er. «Schöne Feiertage gehabt?»

«Danke», sage ich und will schon weiter in Richtung Straße stapfen, als ich plötzlich verdutzt innehalte und den Kraftakrobaten unverwandt anglotze.

Der bemerkt es, richtet sich nun mitsamt Teekanne auf und schaut amüsiert an sich herab. «Was ist los? Hab ich irgendwo 'n Loch in der Hose? Oder wächst mir 'n Blumenstrauß ausm Hintern?»

Ich brauche einen Moment, um zu verstehen, dass irgendetwas an Eisen-Heinz mich gerade an mein Weihnachtserlebnis in der Parallelwelt erinnert.

«Haben Sie eigentlich Kinder?», frage ich.

«Ja. Einen Sohn», antwortet Heinz und lacht. «Der geht aber schon auf die vierzig zu und glaubt schon lange nicht mehr an den Weihnachtsmann.»

«Hat der vielleicht was mit Gastronomie zu tun?»

Eisen-Heinz legt den Kopf schief. «Sie stellen immer so komische Fragen, wenn Sie hier auftauchen. Warum interessieren Sie sich plötzlich für meinen Sohn?»

Die ehrliche Antwort wäre: Weil ich in einer Welt, in der ich nicht existiere, einen Menschen gesehen habe, der Eisen-Heinz wie aus dem Gesicht geschnitten ist. Darum kam Marco mir so bekannt vor. Aufgrund der Tätowierungen und des Irokesenschnittes sieht man allerdings erst auf den zweiten Blick, dass der smarte Spitzenkoch Marco und der kernige Kraftakrobat Heinz miteinander verwandt sein müssten.

«Ganz einfach. Ich würde mich gerne mal von ihm bekochen lassen», versuche ich mein Glück.

Heinz sieht mich ausdruckslos an. Er scheint zu überlegen. Plötzlich entspannt sich seine Haltung. «Abel hat

Ihnen von Marco erzählt. Und jetzt wollen Sie mich aufs Glatteis führen, so wie Abel das auch gern macht.»

Ich nicke und lächle erleichtert. Zugleich verberge ich mein Erschrecken darüber, dass Heinz' Sohn tatsächlich Marco heißt. Ich habe Marco in einer anderen Welt gesehen. Dass er nun auch in der Realität existiert, finde ich irgendwie gespenstisch. Ich blicke zu Abels Bauwagen, wo alles ruhig ist. Was auch immer unsere Weihnachtsreise zu bedeuten hat, offenbar war sie mehr als ein Traum.

«Er kocht im Turm zu Babel», sagt Heinz. «Ist so ein Szeneschuppen. Es soll da die besten Burger der Stadt geben. Eigentlich hat Marco mehr drauf als Buletten wenden. Aber man muss ja von irgendwas leben.»

Im Taxi frage ich mich, ob Ellen und Marco auch in der wirklichen Welt ein glückliches Paar sein könnten. Sind sie es in der anderen Welt nur deshalb, weil das Schicksal sie dort zu anderen Menschen gemacht hat? Oder würde es auch in der Realität zwischen den beiden funken? Sind sie sich aufgrund der Umstände hier vielleicht nur noch nicht über den Weg gelaufen?

Kurz entschlossen greife ich zum Handy. «Hallo, Ellen. Jakob hier. Ich mache dir ein Friedensangebot. Ich glaube zwar nicht, dass aus uns in diesem Leben noch mal ein Paar wird, aber deswegen müssen wir uns ja nicht gleich hassen. Also lass uns das Kriegsbeil begraben. Ich lade dich zum Essen ein. Heute Abend. Und sag mir nicht, dass du einen Termin hast. Da geht es doch sowieso wieder nur um dein Geld. Das kannst du also auch morgen erledigen. Wir treffen uns um acht im Turm zu Babel. Netter Laden, wird dir gefallen. Schick mir 'ne SMS oder sei einfach da. Bis später. Ich freu mich.»

Ich finde Mutter in Vaters Arbeitszimmer. Sie sitzt an seinem Schreibtisch, hat ein halbes Dutzend Fotoalben vor sich ausgebreitet und schwelgt in Erinnerungen. Es muss eine Ewigkeit her sein, dass sie diesen Raum benutzt hat. Nach Vaters Tod ist vermutlich selbst die Putzfrau öfter hier gewesen als Mutter.

Sie verharrt einen Moment, als sie mich bemerkt. Dann nimmt sie langsam ihre Brille ab und zieht einen Stuhl zu sich heran. «Könntest du dich vielleicht kurz zu mir setzen, Jakob?»

Ich nehme Platz, sie ergreift meine Hand.

«Es tut mir leid», sage ich nach einem kurzen Schweigen. «Ich wollte es dir schonend beibringen, aber …»

Mit einem Kopfschütteln bringt sie mich zum Verstummen. «Schon gut, Jakob. Du musst mir nichts erklären. Ich bin froh, dass ich diese Reise gemacht habe, sonst würde ich bestimmt noch immer glauben, dass Jonas ein ehrlicher Mann ist.» Sie kann ihre Enttäuschung nicht verbergen. «Als ich vor der Baustelle stand, wo eigentlich sein Luxusapartment hätte sein müssen, da dachte ich noch, dass ich einen Fehler gemacht habe. Aber nachdem sich die Adresse seiner Bank als Schnellrestaurant entpuppt hatte, da war mir klar, dass an deiner Geschichte was dran sein musste.» Mit einer raschen Handbewegung wischt sie sich eine Träne aus dem Augenwinkel.

So geknickt wie jetzt habe ich sie seit Vaters Tod nicht mehr erlebt. Dabei ist es eines ihrer eisernen Prinzipien, nie eine Schwäche zu zeigen. Sie hasst nichts auf der Welt mehr, als bemitleidet zu werden.

Ich spüre, dass ich ebenfalls den Tränen nahe bin, und versuche deshalb, mich zweckoptimistisch zu geben. «Mutter, ich weiß zwar nicht genau, warum Jonas das gemacht hat, aber ich glaube, dass er unter einem immensen Druck stand», fabuliere ich wild drauflos, um meinen missratenen Bruder zu verteidigen. «Hört man doch immer wieder, dass Investmentbanker tricksen müssen, damit sie ihre Jobs nicht verlieren.»

Was ich mir da zusammenphantasiere, klingt ein bisschen so, als müssten sämtliche Investmentbanker auf diesem Planeten mit gestohlenen Milliarden jonglieren, um nicht in der Gosse zu landen. Das ist natürlich eine maßlose Übertreibung, aber wenn die eigene Mutter in einem emotionalen Ausnahmezustand schwebt, dann heiligt der Zweck die Mittel. Das würden sogar einige namhafte Psychologen unterschreiben. Gerade will ich deshalb mit meiner Verteidigungsrede fortfahren, da trifft mich ihr nächster Satz wie ein Hammerschlag.

«Er hat es ganz sicher auch meinetwegen getan», sagt sie leise.

«Wie ... wer ... jetzt?», frage ich überfordert.

«Jonas. Er hat ganz sicher auch meinetwegen getrickst», erklärt sie mit sichtlichem Unbehagen. «Die Sache ist die: Dein Vater hat zu Lebzeiten zwar ganz gut verdient, aber er hat mir auch keine Reichtümer hinterlassen. Ich versuche trotzdem, sein Andenken zu bewahren, indem ich meinen gesellschaftlichen Verpflichtungen nachkomme. Das ist leider nicht ganz billig. Außerdem verschlingt dieses Anwesen Unsummen. Als vor ein paar Jahren das Dach erneuert werden musste, da hätte man allein von den Reparaturkosten bequem eine hübsche Wohnung kaufen können.»

«Jonas hat dir Geld geliehen», stelle ich verdattert fest.

«Geschenkt ist wohl der richtige Begriff. Es war uns beiden klar, dass ich es ihm nie würde zurückzahlen können. Aber er wollte partout verhindern, dass ich das Haus verliere. Er weiß, wie viel es mir bedeutet.»

«Hast du ihm das Haus etwa überschrieben?», frage ich in der bangen Erwartung, dass sie nun nickt.

Sie sieht mich mit einen halb fragenden und halb strafenden Blick an.

«Ich will das nicht wissen, weil ich mir um mein Erbe Sorgen mache», erkläre ich. «Ihr solltet beide endlich mal begreifen, dass mir Geld nicht wichtig ist. Aber ich war dabei, als ein paar schwerbewaffnete Beamte Jonas' Wohnung auf den Kopf gestellt haben. Sein gesamter Besitz wird beschlagnahmt. Und die Suche nach seinem Vermögen hat gerade erst begonnen. Es dürfte also nur eine Frage der Zeit sein, bis man dieses Haus ebenfalls einkassiert.»

Sie wirkt erstaunt. «Ich habe es ihm angeboten», sagt sie. «Sogar mehrmals.» Rasch fügt sie hinzu: «Das hätte ich natürlich auch noch mit dir besprochen. Aber Jonas wollte das Haus nicht. In diesem Punkt ließ er überhaupt nicht mit sich reden. Er wollte, dass ihr beide eines Tages das Anwesen erbt. Und er hat außerdem immer gesagt, dass es eine gute Reserve ist, falls alles anders kommt, als man denkt.»

«Es scheint so, als hätte er gewusst, dass sein System eines Tages auffliegt», stelle ich fest. «Dein Jüngster ist ein richtiges Schlitzohr.»

Sie nickt und muss nun doch ein wenig lächeln.

«Weißt du, wohin er sich abgesetzt hat?», fragt sie.

«Kuba», erwidere ich. «Aber ich habe keine Ahnung, wo genau er sich da herumtreibt. Vielleicht war es auch nur eine Zwischenstation, und er ist längst sonst wo auf der Welt.»

«Hast du Kontakt zu ihm?»

Ich schüttele den Kopf. «Er hat sein Handy hiergelassen, damit sie ihn nicht orten können. Keine Ahnung, ob er private Mails abruft. Ich wäre da aber auch vorsichtig, weil ich vermute, dass sein Mail-Account von der Polizei überwacht wird.»

«Und wie sollen wir ihn dann finden?»

Ich muss lachen. «Das fragt sich nicht nur die Polizei, sondern ganz nebenbei auch die Mutter deines künftigen Enkelkindes.»

Sie merkt auf. Ich nicke bestätigend.

«Jonas hat seine Assistentin geschwängert», erkläre ich und wundere mich selbst darüber, wie salopp ich Mutter diese Nachricht serviere.

Sie schlägt in die gleiche Kerbe. «Das hättest du mir jetzt auch etwas schonender beibringen können», sagt sie. «Schließlich ist das die erste gute Nachricht in diesem ganzen Schlamassel.»

«Freut mich, dass du das so siehst.»

«Klar! Ich habe mir schon immer Enkel gewünscht», erklärt sie. «Und Jonas kann ganz beruhigt sein. Wir werden uns um das Kind kümmern.»

«Jonas weiß noch nicht, dass er Vater wird», erwidere ich. «Im Gegenzug weiß die werdende Mutter nicht, dass er sich abgesetzt hat. Und sie glaubt, dass Jonas ein verheirateter Mann ist. Ich vermute, das hat er erfunden, damit Hanna sich keine Hoffnungen auf eine Beziehung macht.»

Mutter schüttelt verständnislos den Kopf. «Am liebsten würde ich ihm mal ordentlich den Hintern versohlen.» Sie sagt es ohne einen Funken Ironie.

«Mutter, ich befürchte, das wird nicht reichen, um die Unterschlagung von drei Milliarden Euro zu sühnen.»

«Wie dem auch sei», sagt sie. «Das alles müssen wir dieser Frau erklären.» Mutter stutzt. «Wie heißt sie noch mal? Ist sie nett?»

Ich zucke mit den Schultern. «Keine Ahnung. Sie heißt Hanna und macht einen ganz sympathischen Eindruck. Aber ich habe auch erst einmal und nur kurz mit ihr gesprochen.»

«Hanna. Klingt doch hübsch.» Mutters Blick wandert über den Schreibtisch, wo die aufgeschlagenen Alben liegen. Jeder Schnappschuss erzählt ihr eine Geschichte. Und all diese Geschichten bilden das Mosaik ihres Lebens. «Schade», sagt sie mit einem bedauernden Seufzen. «Er hätte wenigstens noch Weihnachten mit uns feiern können.»

Es ist das richtige Stichwort, denn schlagartig fällt mir nun ein, dass ich noch keine Gelegenheit hatte, ihr Jonas' Weihnachtsgeschenk zu überreichen. Ich hebe den Zeigefinger, um ihr zu bedeuten, einen kurzen Moment zu warten, und springe auf, um das Geschenk zu holen.

«Ist das von dir?», fragt sie wenig später und legt das winzige, in glitzerndes Papier verpackte Kästchen auf den Schreibtisch.

«Von Jonas. Für dich zu Weihnachten», erwidere ich.

«Wolltest du mir etwa nichts schenken?», fragt sie mit gespielter Strenge.

«Doch. Mein Geschenk wäre gewesen, dass ich Heiligabend mit dir verbringe und kein weltweit gesuchter Betrüger bin.»

Sie nickt amüsiert. Dann zupft sie vorsichtig an der silbernen Schleife von Jonas' Geschenk. Eine kleine Pappschachtel kommt zutage.

«Was soll das? Er wird mir doch wohl keinen Ring schenken?»

Sie lugt in die Schachtel und zieht dann ein gefaltetes Stück Papier hervor.

Verblüfft öffnet sie das Papier. Es ist beschrieben. Mutter liest, dann entspannen sich ihre Gesichtszüge. Sie reicht mir den Zettel.

Ich lese: *Café Caribe, Havanna, Avenida del Puerto, 15 Uhr.*

«Er hat also nicht nur gewusst, dass sein System zusammenbrechen würde, er hat sogar für diesen Fall vorgesorgt», kombiniere ich.

Sie nickt. «Und man kann ihn täglich um 15 Uhr in diesem Café treffen. Es gibt also nur einen Weg, um mit ihm zu reden.»

«Du willst nach Havanna fliegen?»

Sie nickt. «Zufälligerweise habe ich noch nicht ausgepackt. Hätte ich das früher gewusst, wäre mir eine Atlantiküberquerung erspart geblieben, aber so kann ich Jonas wenigstens gleich mal seine Verlobte mitbringen.»

«Mutter, die beiden hatten lediglich eine Affäre», korrigiere ich.

«Kannst du diese Hanna irgendwie erreichen?», will Mutter wissen, ohne meinen Einwand überhaupt zur Kenntnis zu nehmen. Eben noch war sie ein Häufchen Elend, nun lässt sie die Aussicht darauf, aktiv werden zu können, im Handumdrehen zur alten Form zurückfinden. Es ist diese brisante Mischung aus Ignoranz, Willensstärke und überbordender Energie, von der sie durchs Leben getragen wird.

«Sie hat mir ihre Telefonnummer gegeben.»

«Sehr gut. Dann sag ihr doch bitte, dass wir morgen nach Kuba fliegen», ordnet Mutter an und fügt mit frischem Elan hinzu: «Du begleitest mich doch diesmal, oder? Ich verspreche dir auch, dass ich die Flüge vom ehrlich verdienten Geld deines Vaters bezahlen werde.»

Mutter ist nun wieder ganz die Alte. Mit der ihr eigenen Selbstverständlichkeit hat sie sich gerade zum Oberhaupt der Karibikmission erklärt.

Ich überschlage kurz, dass die Anwesenheit eines Psychologen angesichts der komplizierten Familienzusammenführung in Havanna hilfreich sein könnte. Andererseits will ich Abel jetzt nicht im Stich lassen, schließlich habe ich mein Wort gegeben, ihm zu helfen.

«Ich muss hier noch ein paar Dinge regeln», antworte ich. «Außerdem sollten wir nicht riskieren, dass die Polizei Jonas auf die Spur kommt. Ich glaube zwar nicht, dass sie dich beschatten. In meinem Fall wäre ich mir da allerdings nicht so sicher.»

«Liefert Kuba denn überhaupt aus?», will Mutter wissen. Gerade klingt sie wie eine professionelle Fluchthelferin.

«Eigentlich nicht, aber es soll ja schon vorgekommen sein, dass Leute verschleppt werden, damit man sie in einem anderen Land vor Gericht stellen oder einbuchten kann. Ich habe keine Ahnung, wie viele Feinde Jonas sich mit seinen Betrügereien gemacht hat. Aber wenn ich bedenke, dass es um drei Milliarden geht, dann werden es nicht wenige sein.»

Mutter nickt ernst. «Da ist was dran», sagt sie.

«Ich besuche ihn einfach, wenn Gras über die Sache gewachsen ist», schlage ich vor. «Kann ein paar Wochen dauern, aber wir haben ja Zeit.»

«Wann, glaubst du, wird die Presse Wind von dem Fall bekommen?», fragt sie, diesmal im Tonfall einer hartgesottenen Anwältin.

Ich zucke mit den Schultern. «Sehr bald, vermute ich.»

«Gut», sagt sie entschlossen und klappt die Fotoalben zu. «Ich kümmere mich um die Reisevorbereitungen, und du treibst diese Hanna auf.»

Hanna aufzutreiben klingt leichter, als es ist. Sie geht nicht ans Handy, leider kann man ihr aber auch keine Nachricht hinterlassen.

Am späten Nachmittag habe ich ihre Nummer so oft gewählt, dass ich sie bereits auswendig kenne. Gegen Abend beschleicht mich eine seltsame Ahnung. Ich erinnere mich an Abels Rat, auf mein Bauchgefühl zu hören, und beschließe, zu jenem Haus zu fahren, auf dessen Dach ich Hanna gesehen habe. Wenn sie in einer anderen Welt Selbstmordgedanken hegt, wer sagt dann, dass das in diesem Leben anders ist?

Es dauert fast zwei Stunden, bis ich das betreffende Haus gefunden habe. Die Straßen in diesem Stadtteil ähneln sich, außerdem war es dunkel, als Abel mich hierhergebracht hat.

Mit klopfendem Herzen erreiche ich die Tür zum Dach. Rein logisch betrachtet ist es äußerst unwahrscheinlich, dass ich Hanna tatsächlich hinter dieser Tür antreffe. Ich drücke die Klinke herunter und öffne. Ein lautes Knarren. Im gleichen Moment erstarre ich.

Hanna. Sie steht am Rande des Daches. Das Knarren der Tür hat sie aus ihren Gedanken gerissen. Wir schauen uns direkt in die Augen, und ich kann ihre bleierne Traurigkeit sehen. Ein kleiner Schritt nur trennt sie vom dunklen Abgrund. Ihr Mantel flattert im Wind.

GOTT RUFT

«Tun Sie es bitte nicht», rufe ich flehentlich und strecke Hanna ganz langsam meine Hand entgegen.

Sie scheint mich anzusehen, doch ihr Blick ist in die Ferne gerichtet. Ich weiß nicht einmal, ob sie meine Anwesenheit bereits bemerkt hat. Ist sie vielleicht betrunken? Oder hat sie Drogen genommen? Sie wendet sich ab und schaut wieder in die Tiefe.

«Ich weiß, wo Jonas ist. Und ich kann Sie zu ihm bringen», sage ich und warte ab, ob meine Worte irgendeine Reaktion bewirken.

Eine Weile, die mir wie eine Ewigkeit vorkommt, geschieht nichts. Dann streckt sie, ohne mir den Kopf zuzuwenden, langsam ihren linken Arm aus, als würde sie nach meiner Hand greifen wollen. Da ich einige Meter von ihr entfernt stehe, werte ich das als Aufforderung, näher zu kommen.

Vorsichtig gehe ich auf sie zu, den Arm ausgestreckt und bereit, ihre Hand zu ergreifen. Es weht ein eiskalter Wind hier oben. Außerdem ist es spiegelglatt. Überall unter dem Schnee lauern gefrorene Wasserlachen. Eine falsche Bewegung oder ein unüberlegter Schritt könnten ausreichen, um das Gleichgewicht zu verlieren.

Ich muss mich überwinden, immer weiter zum Rand des Daches vorzurücken. Als ich endlich ihre Hand erreiche, zittern mir die Knie.

«Kommen Sie jetzt bitte ganz vorsichtig zu mir», sage ich.

Sie verharrt kurz, dann wird ihr Händedruck fester. Im selben Moment reißt sie mich mit einer Kraft, die ich ihr nie zugetraut hätte, zu sich an den Abgrund. Nur durch panisches Gezappel kann ich verhindern, dass ich abstürze. Mein Herz schlägt bis zum Hals, mein Atem geht keuchend. Entsetzt starre ich Hanna an. Sie erwidert meinen Blick, und diesmal ist der ihre ganz direkt und völlig klar.

«Spüren Sie das?», fragt sie. «Wie das Blut durch die Adern schießt? Wie der Puls rast? Wie die Lungen sich mit frischer Luft vollpumpen?» Ihr Blick wandert zum Horizont. «Man spürt besonders intensiv, dass man am Leben ist, wenn man zuvor in einen Abgrund geschaut hat.»

Ich brauche einen Moment, um meine Sprache wiederzufinden. «Leider habe ich ein bisschen Höhenangst», antworte ich dann, immer noch mühsam Atem schöpfend. «Außerdem gehöre ich eher zu jenen Menschen, die besonders intensiv spüren, dass sie am Leben sind, wenn man ihnen ein gutes Glas Wein vorsetzt. Ich bin nicht so der Typ Adrenalinjunkie.»

Sie schaut mich an. «Höhenangst? Und trotzdem haben Sie mich vor dem Sprung in die Tiefe retten wollen? Alle Achtung. Ich fühle mich geehrt.»

«Wobei es ja im Moment eher so aussieht, als müssten Sie mich retten», erwidere ich schlotternd.

Sie lacht. «Kein Problem. Ich kenne mich aus. Ich stand schon öfter hier oben. Und ich gebe zu, ich habe tatsächlich einige Male darüber nachgedacht, zu springen.»

«Sie sollten nichts überstürzen. Was halten Sie davon, wenn wir beide jetzt gemeinsam einen ganz kleinen Schritt vom Rand zurücktreten?», frage ich diplomatisch.

«Entspannen Sie sich», sagt sie, ohne sich auch nur einen

Millimeter zu bewegen. «Wenn man hier am Abgrund steht, dann ist es am wichtigsten, dass man nicht verkrampft, sonst fällt man nämlich runter wie ein Stein.»

«Danke für die Information», sage ich und merke, dass ich zügig zu verkrampfen beginne.

«Keine Sorge. Ich habe nicht vor zu springen», sagt sie. «Zumal mir jetzt, wo ich die Verantwortung für ein anderes Leben trage, mein Leben nicht mehr allein gehört.»

«Das freut mich. Können wir das vielleicht trotzdem irgendwo im Erdgeschoss besprechen?», bitte ich inständig.

Sie sieht mich an. «Stimmt das? Sie wissen, wo Ihr Bruder ist? Und Sie können mich tatsächlich zu ihm bringen? Oder haben Sie das nur gesagt, um eine potenzielle Selbstmörderin vom Äußersten abzuhalten?»

Ich schüttele den Kopf. «Anders als mein Bruder sage ich manchmal die Wahrheit.»

Ich glaube, ein winziges Lächeln über ihr Gesicht huschen zu sehen. Dann spüre ich erleichtert, dass sie mich vorsichtig vom Dachrand wegzieht.

Wenig später sitzen wir in einem chinesischen Imbiss vor zwei dampfenden Tassen Tee. Während ich nicht nur leichenblass aussehe, sondern mich obendrein immer noch zittrig fühle, hat unser luftiges Abenteuer Hanna lediglich hungrig gemacht. Sie möchte gerne etwas essen.

Das erinnert mich schlagartig an meine Verabredung mit Ellen, zu der ich nach Lage der Dinge wohl zu spät erscheinen werde. Ich verfrachte Hanna rasch in ein Taxi und informiere Mutter darüber, dass nun ihr die Aufgabe zufällt, der künftigen Schwiegertochter schonend die Wahrheit über Jonas beizubringen. Da Mutter Hanna ja sowieso kennenlernen will, können die beiden auch gleich sämtliche wichtigen Fragen bei einem ungezwungenen Abendessen klären.

Ich erwarte kein Lob für meinen Vorschlag, eher ein paar spitze Bemerkungen. Umso mehr wundert es mich, dass Mutter höchst erfreut reagiert.

«Eine sehr gute Idee, Jakob. Es gibt nämlich Dinge, die bespricht man am besten direkt von Frau zu Frau. Ich wünsche dir ebenfalls einen schönen Abend, und bestell doch bitte Ellen ganz, ganz liebe Grüße von mir!»

Noch bevor ich sie bitten kann, nicht immer mit meiner Exfrau zusammenzuglucken, hat Mutter bereits aufgelegt.

Im Turm zu Babel ist es laut und ungemütlich. Ellen hat schlechte Laune, und das gleich aus mehreren Gründen. Zum einen erscheine ich zehn Minuten zu spät, was sie als Beleidigung empfindet. Immerhin hat sie äußerst wichtige Termine abgesagt, um mich zu treffen. Dass ich mich um die schwangere Hanna kümmern musste, hält Ellen für eine faule Ausrede.

Zum anderen ist der Turm zu Babel mehr Szenekneipe als Restaurant. Für meine Exfrau, die sich sonst gern zu klassischer Musik Krustentiere servieren lässt, ist damit Beleidigung Nummer zwei erfolgt.

«Was sollen wir hier essen?», blafft sie mich an. «Burger mit Fritten?»

«Ganz genau», erwidere ich. «Allerdings habe ich mir sagen lassen, dass es sich um die besten Burger der Stadt handelt.»

Zu meinem Erstaunen findet sich nicht ein einziger Burger auf der Speisekarte. Stattdessen gibt es Sushi in allen Variationen.

«Eigentlich wäre mir Sushi auch viel lieber», sagt Ellen. «Ich möchte nur gern vorher wissen, ob schon mal jemand vom Gesundheitsamt seinen Fuß in diese Spelunke gesetzt hat.»

Ellens Sticheleien passen gut zu meinem Plan, sie mit Marco bekannt zu machen.

«Ich möchte bitte den Koch sprechen», sage ich zu einem gepiercten Hänfling, der uns vietnamesisches Flaschenbier serviert, weil Ellen und ich dem im Ausschank befindlichen Weißwein misstrauen.

«Der Koch will wissen, was Sie von ihm wollen», sagt der Hänfling, als er wenige Minuten später an unseren Tisch zurückkehrt.

«Ich möchte ihn was fragen», gebe ich dem Kellner mit auf den Weg.

«Was soll das?», fragt Ellen. «Der Koch von dieser Bruchbude wird dich sicher nicht in seine Küche schauen lassen. Eher bekommst du noch mal eins auf die Nase.»

«Lass mich nur machen», sage ich, während sich der gepiercte Hänfling wieder unserem Tisch nähert.

«Der Koch will wissen, was Sie ihn fragen wollen.»

«Himmel!», herrsche ich den Kellner an. «Ist das denn so schwer zu begreifen? Bringen Sie den Koch einfach an unseren Tisch! Okay?»

Der Hänfling nickt verschüchtert und huscht davon.

Ellen grinst breit. «Ich würde jetzt sogar darauf wetten, dass der Koch dir eine reinhaut.»

«Wenn nicht, dann geht das Abendessen auf dich», schlage ich vor.

Sie nickt. Im gleichen Moment baut sich ein vierschrötiger Eurasier mit Kochmütze und geschätzten zehn Jahren Kampfsporterfahrung an unserem Tisch auf. Er verschränkt die muskulösen Arme vor der breiten Brust.

«Was gibt es?»

«Ich möchte den Koch sprechen», sage ich. Da der Kerl mit Marco nicht die geringste Ähnlichkeit hat, gehe ich davon aus, dass man mir den Falschen geschickt hat.

«Ich bin der Koch.»

«Gibt es hier vielleicht noch einen anderen?», versuche ich mein Glück.

Der kantige Eurasier schüttelt energisch den Kopf.

«Sie haben hier auch keine Burger», sage ich und spüre ein ungutes Gefühl in der Magengegend. Ellen könnte die Wette tatsächlich gewinnen. Schade um meine Nase. Im Moment tut sie gar nicht mehr weh.

Er sieht mich an, als hätte ich nicht alle Tassen im Schrank. «Und?»

«Ich dachte, hier gibt es Burger», erwidere ich ratlos.

«Wollen Sie vielleicht Ärger?», fragt er locker.

«Eigentlich nicht», antworte ich ebenso kleinlaut wie wahrheitsgemäß.

«Warum holen Sie mich dann für so einen Pipifax aus der Küche? Die Bude ist bummvoll, und ich komme kaum nach mit den Bestellungen.» Er schüttelt verständnislos den Kopf und will sich abwenden, hält aber noch mal inne. «Dritte Etage, glaube ich. Oder vierte? Fragen Sie doch einfach Patrick. Der weiß es genau.» Brummig marschiert der Koch weiter.

«Danke!», rufe ich ihm hinterher. «Und: 'tschuldigung wegen …»

Er winkt unwirsch ab und verschwindet ohne mich eines weiteren Blickes zu würdigen, in seiner Küche.

«Unser American Diner befindet sich in der vierten Etage», erklärt uns der gepiercte Patrick wenig später.

«Ach so, Sie haben hier mehrere Restaurants. Ich verstehe.»

«Asiatisch, italienisch, arabisch und amerikanisch», entgegnet Patrick und fügt mit arrogantem Unterton hinzu: «Deshalb der Name. Turm zu Babel.»

«Ein gehobenes französisches Restaurant mit frischen

Meeresfrüchten gibt es hier nicht zufällig, oder?», fragt Ellen spitz.

Patrick bleibt die Antwort schuldig. Er ist ebenso geschäftig wie der Koch und deshalb bereits auf dem Weg zum nächsten Tisch.

«Lass uns einen Burger essen», sage ich. «Die sollen hier wirklich gut sein, und im American Diner ist es bestimmt netter als in dieser Sushibude.»

Ich irre mich. Im American Diner ist es noch viel lauter und noch viel ungemütlicher als im Erdgeschoss. Der quietschbunte Laden im vierten Stock hängt voller Flachbildschirme, auf denen gerade ein Footballspiel übertragen wird. Man hört den aufgeregten Kommentar eines amerikanischen Sportreporters, dazu die Reaktionen des Stadionpublikums. Zwischen zwei lautstarken Beifallsbekundungen der Footballfans konstatiert Ellen: «Meinetwegen kannst du dich gern hier unter die Teenager mischen, Jakob. Aber ich werde mich garantiert nicht in diesen Laden setzen.»

«Jetzt warte doch erst mal ...», erwidere ich. Der zweite Teil meines Satzes geht im lauten Gejohle der Footballfans unter.

Eine sommersprossige Bedienung mit Basecap bemerkt, dass Ellen und ich verloren im Eingangsbereich herumstehen. Kurz entschlossen klemmt sich die junge Frau ein paar Speisekarten unter den Arm und marschiert auf uns zu. «Ein Tisch für zwei Personen?» Sie fragt es mit einem starken amerikanischen Akzent.

«Bitte noch einen Moment», sage ich zu der Kellnerin, um bei Ellen dafür zu werben, dem Laden wenigstens eine klitzekleine Chance zu geben. Doch meine Ex hat das Restaurant bereits abgeschrieben. Gerade nimmt sie ein Telefonat an, schlendert plaudernd zur knallroten Eingangstür zurück und bedeutet mir nebenbei, dass ich ihr folgen soll, weil sie nämlich jetzt gehen möchte. Als ich nicht sofort reagiere, wendet sie sich missmutig ab und konzentriert sich nun ganz auf ihr Telefonat.

Ich drehe mich wieder zu der sommersprossigen Kellnerin. «Wissen Sie zufällig, ob Marco heute arbeitet?»

Sie legt den Kopf schief und scheint zu überlegen, um wen es sich handeln könnte.

«Er kocht hier», ergänze ich.

Ihr Gesicht hellt sich auf. «Marco. Groß, schlank. Kurze Haare und so eine Tätowierung am Hals wie George Clooney in *From dusk till dawn*.»

Tätowierung? Kurze Haare? Ich denke an den übergewichtigen Jonas und frage mich, ob im Gegenzug Marco in der realen Welt derart uncharismatisch sein könnte, dass Ellen ihn nicht einmal zur Kenntnis nähme.

«Er müsste längst hier sein», fährt die sommersprossige Bedienung fort. «Ich vermute, er ist wieder mal spät dran und kommt jeden Moment.»

Ich überlege und schaue zu Ellen, die immer noch in ihr Telefonat vertieft ist und vor der stylischen Schwingtür aus knallrotem Plastik steht, die in diesem Moment kraftvoll aufgestoßen wird. Sie schlägt der ahnungslosen Ellen mit einem Krachen, das selbst die Geräusche des Footballspiels kurz übertönt, gegen die Stirn. Während die verdutzte Ellen mit den Armen rudert, erscheint Marco. Er ist in Eile, bemerkt aber dennoch die strauchelnde Frau und benötigt nur den Bruchteil einer Sekunde, um zu verstehen, was hier gerade vor sich geht. Während Ellen nun das Gleichgewicht verliert, hechtet Marco zu ihr, um die Fallende aufzufangen. Als ihre Beine wegknicken und sie mit dem Hinterkopf voran auf den Boden zu stürzen droht, streckt Marco rasch die Arme aus und fällt dabei auf die

Knie. Da er noch in der Vorwärtsbewegung ist, rutscht er die letzten zwanzig, dreißig Zentimeter über den glatten Boden, als wäre er ein Eiskunstläufer, der seine grazile Partnerin nach einer atemberaubenden Kür zum grandiosen Finale führt. Nur ein paar Zentimeter, bevor sie den Boden erreicht, landet Ellens Oberkörper sicher und weich in Marcos kräftigen Armen.

«Wow», sagt die sommersprossige Kellnerin leise, und man hört ihr an, dass sie auch gerne mal von Marco gerettet werden würde. Ich kann es ihr nicht verdenken, denn ich bin ebenfalls zutiefst von seiner Reaktionsgeschwindigkeit beeindruckt. Und dieser macht Marco weiterhin alle Ehre, denn noch bevor ich mich rühren kann, hat er die entrückt lächelnde Ellen hochgehoben und trägt sie nun auf Händen in Richtung Küche. Ich trotte dem Prinzen und seiner Prinzessin schulterzuckend hinterher.

Ellens Verletzung entpuppt sich als kaum sichtbare Rötung auf der Stirn. Die Plastiktür am Eingang ist federleicht und kann deshalb keine ernstlichen Blessuren verursachen. Es waren also eher die Überraschung und der Schreck, die Ellen aus dem Gleichgewicht gebracht haben.

Marco behandelt sie trotzdem wie ein rohes Ei, was Ellen sichtlich gefällt. Sie wird in einen bequemen Sessel im Aufenthaltsraum hinter der Küche verfrachtet und bekommt aus der Hausapotheke einen Wattebausch mit Arnikatropfen gegen die vermeintliche Beule an der Stirn. Außerdem serviert Marco eiskalten Jahrgangschampagner für den Kreislauf.

«Aber das ist doch nicht nötig», strahlt Ellen und nimmt gleichzeitig das Glas, um mit Marco anzustoßen. Dass ich auch noch da bin und vielleicht ebenfalls gern ein Gläschen Champagner trinken würde, scheint niemanden zu interessieren.

«Das mache ich gern», erwidert Marco charmant. «Außerdem möchte ich Sie zu unserem Burger de luxe einladen. Der ist mit erstklassigem Bio-Rindfleisch und ganz frischen Zutaten gemacht. Ist eine Idee von mir. Leider wollen die meisten Gäste es lieber nicht ganz so luxuriös und dafür billig.» Er stellt sein Glas ab. «Ich frag mal kurz in der Küche nach, ob ich eine halbe Stunde später anfangen kann. Dann leiste ich Ihnen beim Essen Gesellschaft, wenn ich darf.» Er lächelt verlockend. «Das hier ist ja schließlich ein Notfall.»

«Aber ja. Sehr gern», haucht Ellen, während Marco in der Küche verschwindet. Sie sieht ihm einen Moment nach, dann dreht sie sich zu mir und lächelt versonnen: «Ist er nicht süß?»

«Dann essen wir also jetzt doch Burger?», frage ich amüsiert.

Schlagartig wird ihr Gesicht ernst. «Ehrlich gesagt finde ich nicht, dass du einen Burger verdient hast. Schließlich ist es deine Schuld, dass ich mir fast das Genick gebrochen hätte und jetzt aussehe, als wäre ein Vierzigtonner über mich drübergefahren. Ich hätte diesen Marco lieber kultiviert und rein zufällig auf dem Gang getroffen, aber du musstest ja unbedingt noch mit der Kellnerin flirten.»

«Ich habe nicht geflirtet», wende ich ein.

«Egal. Du solltest mir jedenfalls nicht obendrein das erste halbwegs vielversprechende Date seit unserer Scheidung versauen. Kurzum: Es wird das Beste sein, dass du uns einfach allein lässt.»

«Aber ich bin hungrig», begehre ich auf. Ich sage das nur, um sie zu ärgern, denn ich habe längst beschlossen, dezent das Feld zu räumen. Meine Mission ist erfüllt. Ellen und Marco haben sich kennengelernt. Den Rest müssen sie schon selbst erledigen. Dass ich Hunger habe, stimmt allerdings. Großen Hunger sogar.

«Jetzt sei doch nicht so egoistisch!», nörgelt Ellen. «Du kannst doch ...»

Sie verstummt abrupt, weil Marco reinschaut. «Geht klar. Ich fange einfach etwas später an. In fünf Minuten wäre das Essen fertig. Drei Burger de luxe mit allem Drum und Dran?»

«Mein Schwager wollte gerade gehen», flötet Ellen hastig. «Er hat einen Anruf bekommen und muss zu einem wichtigen Termin.»

Sie fixiert mich wie dieser Comic-Held, dessen Augen todbringende radioaktive Strahlen abschießen können.

«Stimmt. Für mich leider nicht», sage ich. «Ich muss los. Und zwar sofort.»

«Das ist schade. Sie verpassen was», erwidert Marco mit einem freundlichen Lächeln und schließt die Tür.

«Mein ... Schwager?», zitiere ich Ellen ungläubig.

«Jetzt hab dich nicht so. Er muss ja nicht sofort wissen, dass ich geschieden bin. Männer denken doch immer gleich, dass geschiedene Frauen kompliziert oder konfrontativ sind.»

«Und wie lange glaubst du ihm verheimlichen zu können, dass du beides bist?», frage ich.

«Dein wichtiger Termin wartet», erwidert Ellen schnippisch.

Auf dem Weg zur U-Bahn widerstehe ich dem Bedürfnis, meinen Hunger mit Fastfood zu stillen. Das ist nicht so einfach, weil immer noch der weihnachtliche Geruch von Gebratenem und Gebackenem in der Luft hängt. Ich spekuliere trotzdem lieber darauf, dass Mutter noch ein bisschen Brot und Käse im Haus hat. Beides würde ich gern mit einem von Jonas' hervorragenden Rotweinen hinunterspülen.

Zu meinem Erstaunen ist Mutter nicht daheim. Was

Rotwein, Brot und Käse betrifft, werde ich fündig. Dabei entdecke ich auch eine für mich bestimmte Nachricht, die Mutter an die Kühlschranktür gepinnt hat: *Lieber Jakob, ich habe einen sehr aufschlussreichen und wohl auch sehr wichtigen Abend mit Hanna verbracht und werde nun bei ihr übernachten. Ich glaube, dass sie gerade etwas Unterstützung gebrauchen kann. Deshalb wollen wir noch reden und morgen früh dann von ihr aus direkt zum Flughafen fahren. Du musst uns also nicht hinbringen. Mein Gepäck habe ich auch schon abgeholt. Sei doch morgen einfach gegen halb elf am Counter, um uns zu verabschieden. Tausend Dank! Deine Mutter.*

Mutters Übergriffigkeit ist also wieder einmal mit ihr durchgegangen. Binnen eines Abends hat sie nicht nur Hanna als künftige Schwiegertochter zwangsrekrutiert, sondern ist auch gleich mal vorübergehend bei ihr eingezogen. Ich mache mir dennoch nur kurzzeitig Sorgen um Jonas' Ex. Mag ja sein, dass sie gerade ein bisschen fremdbestimmt wird, immerhin ist sie bei Mutter in guten Händen. Außerdem habe ich auf diese Weise meine Ruhe. Ich werde mich deshalb bei einer guten Flasche Wein darauf vorbereiten, dass ich morgen gleich nach der Stippvisite am Flughafen mit der Therapie von Abel Baumann beginne. Wäre doch gelacht, wenn es mir nicht gelänge, erst den Allmächtigen und dann auch die Welt zu retten.

Am Flughafen herrscht hektische Betriebsamkeit. Man sieht Skiurlauber am Sperrgepäckschalter, jugendliche Backpacker, die in ihre Reiseführer vertieft sind und rüstige Rentner auf dem Weg in wärmere Regionen. Beim Anblick des Gewimmels erfasst auch mich Fernweh. Wäre schon nicht schlecht, jetzt für ein paar Wochen in die Sonne zu fliegen.

Ich brauche eine Weile, um am anderen Ende des Terminals Mutters Nerzmantel zu erspähen. Sie wendet mir den Rücken zu und ist offenbar damit beschäftigt, die Anzeigetafel zu studieren. Aber sie muss es sein, denn sie trägt obendrein eines jener bunten Seidenkopftücher, die Vater ihr zu allen möglichen Anlässen geschenkt hat. Beim Näherkommen stelle ich fest, dass Mutter allein ist. Keine Spur von Hanna. Dann wird die sich wohl gerade frisch machen, denke ich. Doch nun fällt mir auf, dass ich auch kein Gepäck in Mutters Nähe sehe, nicht einmal Handgepäck.

Obwohl ich schwören könnte, dass ich Mutters Nerzmantel vor mir habe, umrunde ich sicherheitshalber die Dame mit dem Kopftuch ... und erstarre. «Ellen? Was machst denn du hier? Und warum trägst du Mutters Klamotten?»

Ellen lugt über ihre riesige Sonnenbrille. «Komm einfach her und begrüße mich, als wenn nichts wäre», sagt sie und streckt die Arme aus. «Danach trinken wir irgendwo einen Kaffee, und ich erkläre dir dann in aller Ruhe, was hier vor sich geht.»

Ein paar Schritte entfernt gibt es eines der unzähligen Flughafencafés, die sich zwar vom Ambiente her deutlich unterscheiden, aber alle mehr oder weniger das gleiche Angebot haben. Ellen setzt sich so hin, dass man von draußen ihr Gesicht nicht sehen kann und nimmt die Sonnenbrille ab.

«Wenn du jetzt mal unauffällig an mir vorbeischaust, siehst du dann jemanden, den du kennst?», will sie wissen.

Ich spähe durch die große Fensterfront in die Abfertigungshalle.

«Unauffällig», zischt sie.

Ich zucke zusammen und luge nun so unauffällig an ihr vorbei, dass es schon wieder auffällig ist.

«Und?», fragt sie.

«Nichts», sage ich. «Was ist denn überhaupt los?»

«Ich könnte schwören, dass mir die Polizei auf den Fersen ist. Aber das war ja auch der Sinn der Aktion: Deine Mutter und ich haben beschlossen, dass du und ich die Polizei ablenken, damit Hanna und sie unbehelligt das Land verlassen können.»

Ich muss lachen. «Ihr habt euch einen Plan ausgedacht, um die Polizei auszutricksen? Ist das nicht ein bisschen übertrieben?»

«Man kann nie vorsichtig genug sein», erwidert Ellen. «Die Polizei könnte versuchen, Jonas' genauen Aufenthaltsort auf Kuba herauszufinden, indem sie uns alle observiert. Es ist schließlich anzunehmen, dass ihn einer von uns früher oder später besuchen wird.»

Ich will etwas erwidern, doch im gleichen Moment stockt mir der Atem, denn die massige Statur von Hauptkommissarin Jutta Kroll schiebt sich nun in mein Blickfeld. Sie flaniert mit zwei uniformierten Polizisten seelenruhig an unserem Café vorbei.

Ellen sieht das Erschrecken in meinen Augen. «Du hast sie gesehen.»

Ich nicke. «Es ist dieselbe Kommissarin, die mich am Tag von Jonas' Flucht ausgequetscht hat. Aber ich glaube, sie hat mich nicht gesehen.»

«Sie hat dich ganz sicher gesehen. Und sie hat auch mich gesehen. Das macht aber nichts. Es wäre ganz gut, wenn sie denkt, dass wir sie noch nicht gesehen haben. Aber selbst das ist kein Beinbruch. Hanna und Esther sind sowieso bald über alle Berge.»

«Wie eigentlich?», frage ich.

«Mit meinem Privatjet», erwidert Ellen gelassen. «Ich erwarte jede Sekunde 'ne SMS. Und das heißt dann: Sie sind weg.»

«Du hast 'n Privatjet?»

«Ja, aber ich teile ihn mir mit zwei anderen Geschäftsleuten.»

«Das ist gut», sage ich mit gespieltem Ernst. «Wenn man zu mehreren Leuten einen Jet kauft, dann geht das nicht gleich so ins Geld. Hab ich auch schon drüber nachgedacht, aber meine Bank zieht nicht mit.»

Verächtlich zieht Ellen eine Augenbraue hoch.

Ich nehme einen Schluck Kaffee. Macht mir inzwischen sogar ein bisschen Spaß, sie mit ihrem märchenhaften Reichtum aufzuziehen.

«Hattest du eigentlich einen schönen Abend?», frage ich.

«Ja. Einen sehr schönen», sagt sie und nippt ebenfalls an ihrem Kaffee. «Ich habe mich zwischenzeitlich allerdings gefragt, ob die Begegnung mit Marco wirklich Zufall war oder ob du deine Finger im Spiel hattest. Die Sache mit dem Koch im Sushiladen hat mich irgendwie stutzig gemacht.»

Ich spiele den bass Erstaunten. «Wie soll ich denn auf die Idee gekommen sein, dass du Interesse an einem Fastfood-Koch haben könntest? Glaubst du, dass ich göttliche Zeichen bekomme oder so was?»

«Ich habe mir dann auch überlegt, dass der Gedanke wohl etwas abwegig ist», erwidert sie und schaut mir dennoch prüfend in die Augen.

Ich halte ihrem Blick stand. Keine Ahnung, wie lange das klappt. Glücklicherweise rettet mich das Summen ihres Handys vor weiteren bohrenden Fragen oder Blicken.

Es ist die besagte SMS. Mutter und Hanna sind also in Sicherheit.

Auf dem Weg durch die Abfertigungshalle werden wir von Hauptkommissarin Kroll angehalten. Sie hat gerade erkannt, dass sich unter dem Kopftuch meiner Begleiterin nicht die Mutter des gesuchten Milliardenbetrügers Jonas

Jakobi verbirgt, sondern lediglich meine Exfrau. Einen Moment lang habe ich die Befürchtung, dass Jutta Kroll auf der Stelle ohnmächtig werden könnte. Ihre Gesichtsfarbe wechselt binnen eines einzigen Atemzuges von einem tiefen Rosa in ein strahlendes Weiß.

«Das ... ist doch nicht ... möglich», stammelt sie und sieht abwechselnd mich und Ellen an.

«Hätte ich jetzt auch nicht gedacht, dass Sie zweimal auf den gleichen Trick reinfallen», erwidere ich sonnig.

Kroll schnauft verächtlich. Im selben Moment schießt das Blut ihr zurück ins Gesicht, diesmal entsteht allerdings ein kräftiges Rot.

«Das letzte Wort ist noch nicht gesprochen», droht sie. «Wir sehen uns noch, Dr. Jakobi. Verlassen Sie sich drauf!»

«Ich glaube, sie mag dich», vermutet Ellen, als wir wieder allein sind.

«Sie ist nicht so ganz mein Typ», erwidere ich. «Außerdem könnte sie mir mit bloßen Händen das Genick brechen. Bei Streitereien oder auch beim Sex wäre ich also ständig in Lebensgefahr.»

«Trotzdem. Eine starke Frau würde dir bestimmt guttun», beharrt Ellen.

«Kann ich mich vielleicht erst einmal in Ruhe von dir und unserer Ehe erholen?», frage ich.

Eine Frauenstimme unterbricht unser Gespräch. «Das ist aber nett von Ihnen, dass Sie uns extra abholen.» Die Stimme gehört Abels einstiger Geliebten Maria, die offensichtlich gerade in Begleitung ihres Mannes Josef und ihres Sohnes Christian angekommen ist. Die drei schieben einen üppig beladenen Gepäckwagen vor sich her.

«Entschuldigung, aber ich glaube, hier liegt ein Missverständnis vor ...», beginne ich und begreife im gleichen

Moment, dass Josef, Maria und Christian wahrscheinlich nicht hier sind, um sich Berlin anzusehen.

«Ist irgendwas mit Abel passiert?», frage ich besorgt.

Ich sehe in drei betroffene Gesichter.

«Das heißt also, Sie wissen es noch gar nicht», vermutet Christian.

«Was denn? Was weiß ich nicht?», erwidere ich alarmiert.

«Abel hatte einen Unfall», erklärt Maria, sichtlich um Fassung bemüht. «Heinz hat uns benachrichtigt. Er ist bei Abel im Krankenhaus.»

Ungläubig starre ich die drei an, dann wandert mein Blick zu Ellen.

«Mein Wagen steht draußen», sagt sie. «Wir können sofort los.»

Ich nicke, obwohl ich ihr Angebot nur mit halbem Ohr gehört habe. Tausend Gedanken schießen mir durch den Kopf.

«Ist es schlimm?», frage ich.

Josef nickt. «Ja. Es ist schlimm. Es war ein sehr schwerer Unfall.»

Seine Worte hängen in der Luft wie Tabakrauch.

«Wie schlimm?», will ich wissen, obwohl ich Angst vor der Antwort habe.

«Sie müssen jetzt sehr stark sein», erwidert Christian und sieht mich durchdringend an. Es scheint, als wolle er sich davon überzeugen, dass ich seine Antwort auch ertragen kann.

Es kommt mir vor, als würde unser Schweigen die Geräusche des Flughafens verschlucken. Auch Christians Stimme klingt wie von ferne, als er sagt: «Es geht um Stunden, Dr. Jakobi. Die Ärzte sind sicher, dass Abel die Nacht nicht überleben wird.»

GOTT SCHWEBT

Ich erkenne das Krankenhaus sofort wieder. Hier war ich, als Ellens eifersüchtiger Boxer mir eins auf die Nase gehauen hat. Und hier ist mir auch in jener Nacht zum ersten Mal Abel Baumann begegnet. Gerade durchzuckt mich der bange Gedanke, dass ich Abel an diesem Ort nun zum letzten Mal lebend sehen könnte.

Auch heute gleicht der Wartebereich einem Bienenstock. Allerdings sind diesmal fast nur Zirkusleute hier. Abels Kollegen scheinen direkt aus der Manege zu kommen, denn fast alle tragen Kostüme unter den rasch übergeworfenen Mänteln und Jacken. Ich erblicke einen Mann mit Frack und Zylinder, der ein Zauberer oder Dompteur sein könnte. Vielleicht handelt es sich auch um den Zirkusdirektor höchstpersönlich. Man sieht durchtrainierte Männer in buntbedruckten Gymnastikanzügen, zierliche Frauen mit schneeweißen Ballettkleidern und einen Clown, der nicht einmal Gelegenheit hatte, sich abzuschminken.

Ich halte nach einen bekannten Gesicht in der Menge Ausschau und erkenne den Irokesenschnitt von Eisen-Heinz. Im selben Moment sieht auch er mich, nebst Abels Familie und Ellen, die uns hergebracht hat. Sofort löst Heinz sich aus der Gruppe und kommt rasch auf uns zu.

«Freut mich wirklich sehr, dass ihr gekommen seid. Er hat schon mehrmals nach euch beiden gefragt», sagt Heinz und deutet auf Maria und Christian. Josef runzelt beleidigt die Stirn, bemüht sich aber, seinen Missmut zu verbergen.

«Er möchte Sie übrigens auch sprechen», fügt Heinz hinzu und zeigt diesmal auf mich. «Allerdings will er unbedingt allein mit Ihnen reden.» Ich nicke zur Bestätigung, während Heinz sich mit Maria und Christian auf den Weg ins Krankenzimmer macht. Josef steht einen Moment lang etwas unschlüssig da, dann seufzt er leise und trottet schicksalsergeben hinterher.

Ich setze mich. Fühlt sich an, als hätte ich bereits die ganze Nacht hier zugebracht, obwohl ich gerade erst angekommen bin.

Ellen mustert mich. «Meinst du, ich kann dich allein lassen?»

«Klar. Danke für deine Hilfe.»

«Keine Ursache. Wenn du noch irgendetwas brauchst, dann melde dich einfach.» Sie haucht mir einen Kuss auf die Wange. «Alles Gute, Jakob.»

Ich lehne mich zurück und schließe die Augen. Eine Weile höre ich noch das Klackern ihrer Absätze auf dem Steinfußboden. Dann verschmilzt es langsam mit den Umgebungsgeräuschen und geht schließlich im großen Summen und Rauschen unter.

«So sieht man sich also wieder», höre ich eine Stimme sagen. «Dann haben Sie es ja offensichtlich geschafft, einen Bogen um den Knast zu machen.»

Ich öffne die Augen. Vor mir steht Dr. Kessels.

«Wie geht es Ihrer Nase?», will er wissen und setzt sich neben mich.

«Ganz okay», antworte ich.

«Lassen Sie doch mal sehen», bittet er, legt mir eine Hand auf die Stirn und löst mit der anderen vorsichtig eine Ecke des Verbands.

Er ist zufrieden mit dem, was er sieht. «Der kann im Prinzip runter, ich würde ihn aber noch ein paar Tage drauflassen. Nur zum Schutz. Ansonsten sieht alles sehr gut aus.» Er klebt den Verband wieder fest. «Alles klar. Wenn Sie nur der Nase wegen gekommen sind, dann habe ich Ihnen gerade ein paar Stunden Wartezeit erspart.»

«Nein. Ich bin wegen Abel Baumann hier», sage ich.

«Oh. Das tut mir leid», erwidert er. «Sind Sie ein Verwandter?»

«Ein Freund, würde ich sagen. Obwohl wir uns noch nicht so lange kennen.» Ich überlege, ob Abel uns auch als Freunde bezeichnen würde, bleibe mir selbst aber die Antwort schuldig. «Außerdem bin ich sein Arzt», füge ich hinzu.

Dr. Kessels stutzt.

«Abel ist bei mir in Therapie», erkläre ich. «Ich bin sein Psychologe.»

Kessels nickt in Zeitlupe. «Das erklärt vielleicht die etwas ungewöhnlichen Begleitumstände», entgegnet er und blickt nachdenklich zu den wartenden Zirkusleuten.

«Ich glaube, ich kann Ihnen nicht ganz folgen», sage ich.

«Ich meine nicht die Artisten», erklärt Kessels. «Ich habe schon gehört, dass die Truppe zufällig in der Stadt ist. Wenn all diese Menschen zwischen zwei Vorstellungen hier auftauchen, um ihrem alten Kollegen beizustehen, dann finde ich das schlicht großartig. Ich erlebe hier täglich Familien, die weitaus weniger Interesse an ihren Angehörigen haben.»

«Und was sind dann die ungewöhnlichen Begleitumstände?», frage ich.

«Sie wissen noch überhaupt nichts, oder?»

«Nein. Ich habe nur durch Zufall erfahren, dass Abel im

Krankenhaus liegt. Und man hat mir gesagt, dass er einen sehr schweren Unfall hatte.»

«Das ist eine nette Untertreibung, würde ich sagen.» Sein Piepser meldet sich. Er wirft einen kurzen Blick darauf. «Ich muss leider los. Schon wieder ein Notfall.» Er steht auf.

«Können Sie mir nicht wenigstens ganz kurz sagen, was passiert ist?»

«Na ja. Ähm …» Er zögert. «Also, die Kurzversion lautet: Ihr Patient hat ein Schwert in der Brust stecken. Und zwar mitten im Herzen. Das Organ kann jede Sekunde kollabieren. Und im Grunde ist es ein Wunder, dass das nicht längst passiert ist. Leider können wir nichts für ihn tun, denn sobald wir das Schwert entfernen, wird das Herz ganz bestimmt kollabieren.»

Ich starre ihn an, wie ich wohl auch Abel Baumann angestarrt habe, als der mir sagte, dass ich Gott höchstpersönlich vor mir habe.

«Ich weiß schon, was Sie sagen wollen», fährt der Arzt fort. «Aber Ihr Patient weigert sich, an irgendwelche Apparate angeschlossen zu werden. Ein Kunstherz will er deshalb auch nicht. Er hat gesagt, dann stirbt er lieber.»

Ich bin noch immer sprachlos. Nicht allein, weil Abel medizinische Hilfe verweigert, sondern auch weil ich mich frage, wie es dazu kommen konnte, dass ein Schwert in seiner Brust steckt.

Erneut meldet sich Dr. Kessels' Piepser. Er wirft einen weiteren Blick auf das Gerät und macht sich nun endgültig auf den Weg. «Entschuldigung!», ruft er im Gehen. «Ich muss jetzt wirklich los. Fragen Sie den Kerl mit dem Irokesenschnitt. Der kann Ihnen alles erklären.»

Es dauert eine ganze Weile, bis ich Gelegenheit habe, ungestört mit Eisen-Heinz zu sprechen. Nachdem er Maria, Josef und Christian zu Abel gebracht hat, bestürmen ihn die Wartenden mit Fragen. Heinz nimmt sich Zeit, um alle geduldig zu beantworten. Dann setzt er sich neben mich.

«Haben Sie schon mit dem Arzt gesprochen?»

«Nur kurz», erwidere ich. «Er hatte einen weiteren Notfall. Aber immerhin weiß ich jetzt, dass in Abels Brust ein Schwert steckt. Und dass er nach Lage der Dinge daran sterben wird.»

Heinz nickt nachdenklich. «Wissen Sie denn auch schon, dass es sich um das Schwert des Erzengels Michael handelt?»

Mein ungläubiges Schweigen ist ihm Antwort genug. «Verstehe. Sie wissen es also noch nicht. Sehen Sie diese Typen dahinten?» Heinz deutet auf ein paar kantige Kerle in dunklen Anzügen, die etwas versteckt hinter der Artistentruppe an einem Kaffeeautomaten herumstehen. «Das sind Sicherheitsleute. Die sind hier, um das Schwert zu bewachen. Es soll angeblich aus purem Gold sein. Sie werden es wohl mitnehmen, wenn ...» Er unterbricht sich, blickt nachdenklich zu Boden und verharrt in dieser Haltung.

Ich schweige und warte geduldig darauf, dass Heinz mit seiner Erzählung fortfährt, doch der sitzt weiterhin stumm da und scheint sich gerade in seinen Gedanken zu verlieren.

«Heinz?»

Er sieht mich an, als hätte ich ihn aus einer tiefen Trance geholt.

«Entschuldigung, wo waren wir stehengeblieben?»

«Sie wollten mir erklären, wie das goldene Erzengelschwert in Abels Brust gelandet ist, vermute ich.»

Er nickt und sammelt sich. «Es gibt da doch diese Wanderausstellung, vielleicht haben Sie davon gehört. Zwölf Skulpturen aus dem Mittelalter, die lange Zeit als verschollen galten. Zusammen bilden sie einen Zyklus zum Tag des

Jüngsten Gerichts. Der gesamte Zyklus konnte erst vor ein paar Jahren vollständig rekonstruiert werden. Und jetzt wird das Ergebnis in allen großen Städten gezeigt.»

«Und was hat das mit Abels Verletzung zu tun?»

«Eine dieser zwölf Einzelstatuen stellt den Erzengel Michael dar, der mit seinem goldenen Schwert den Drachen tötet.»

«Abel ist von einer Skulptur erdolcht worden?», rutscht es mir raus.

«Ja. Leider. So ähnlich zumindest», erwidert Eisen-Heinz. «Diese besagte Skulptur steht auf einem mannshohen Sockel, in den Bibeltexte eingemeißelt sind. Die Besucher, insbesondere die Schulklassen, ziehen bei den Besichtigungen deshalb gewöhnlich an diesem Sockel vorbei.»

Jetzt ahne ich, was passiert ist. «Und dem Erzengel ist das Schwert aus der Hand gefallen. Ich glaube, das nennt man Materialermüdung.»

«Stimmt», sagt Heinz. «Um die tausend Jahre haben der Skulptur tatsächlich stark zugesetzt. Aber es war alles noch viel schlimmer. Nicht nur das Schwert ist runtergekommen, sondern der ganze Erzengel. Abel war zufällig im Ausstellungsraum, als plötzlich kleine Stücke aus dem Sockel bröselten und der Engel nach vorn kippte. Die Skulptur wäre wohl geradewegs in eine Schulklasse gestürzt, wenn Abel sich nicht blitzschnell dazwischengeworfen und die Kinder zur Seite gejagt hätte. Die Statue selbst hat Abel dann verfehlt, sonst wäre er auch wohl auf der Stelle tot gewesen. Aber leider hat ihn das Schwert des Erzengels erwischt.» Heinz lacht bitter auf. «Ist das nicht eine merkwürdige Ironie des Schicksals?», fragt er. «Gott höchstpersönlich wird ausgerechnet von jenem Engel zur Strecke gebracht, der ihm von all seinen himmlischen Heerscharen am nächsten steht.»

Überrascht blicke ich ihn an. «Gott?»

Jetzt ist auch Heinz überrascht. «Sie sind sein Therapeut. Hat Abel Ihnen denn nicht erzählt, dass er Gott ist?»

«Doch, das hat er», sage ich. «Aber ich habe bislang noch niemanden getroffen, der ihm das auch geglaubt hat.»

«Selbstverständlich glaube ich ihm», erwidert Heinz. «Und ich habe nie an seiner Geschichte gezweifelt.»

«Und warum sind Sie sich so sicher?», will ich wissen.

Heinz zuckt mit den Schultern. «Ich habe Ihnen doch erzählt, dass ich als junger Mensch eine Menge Unfug angestellt habe. Ich war auf der Suche nach Antworten auf die elementaren Fragen. Wer bin ich? Wo komme ich her? Und wo gehe ich hin? Was ist der Sinn des Lebens? Ich habe fünfzehn Jahre investiert, um die Antworten auf diese Fragen zu finden. Und ich habe auf allen Kontinenten danach gesucht.» Er hält kurz inne und scheint seinen Erlebnissen in aller Welt nachzuschmecken. «Wissen Sie, mir sind viele weise Menschen auf meinem Weg begegnet, und ich glaube sogar, dass man einige von ihnen als Heilige bezeichnen könnte. Aber so jemanden wie Abel Baumann habe ich noch nie getroffen. Ich spüre, dass er ein Leuchten in sich trägt, das nicht von dieser Welt ist.»

«Sie verlassen sich ganz allein auf Ihr Gefühl?», frage ich erstaunt.

Heinz sieht mich irritiert an. «Ja. Was denn sonst? Es gibt nichts, das konkreter wäre als Gefühle. Das ist der Grund, warum die Menschen sich nicht nach Erkenntnissen sehnen, sondern nach Liebe, Glück und Freundschaft.»

Ich schweige nachdenklich.

Bevor ich etwas erwidern kann, wird am Ende des Flures eine Tür geöffnet und die in Tränen aufgelöste Maria erscheint. Josef hat einen Arm um sie gelegt. Mit der freien Hand tätschelt er seiner Ehefrau behutsam die Schulter.

Christian folgt den beiden. Er wirkt nicht nur gefasst, sondern beinahe beglückt, obwohl er abgekämpft aussieht.

Während Josef Maria langsam zum Ausgang geleitet, überbringt Christian mir die Nachricht, dass Abel nun gerne mich sehen würde.

«War es sehr schwer für Ihre Mutter?», frage ich und schaue der von Weinkrämpfen geschüttelten Maria hinterher.

«Es war ein schmerzliches, aber auch ein reinigendes Gespräch», erwidert Christian und faltet fromm die Hände vor der Brust. «Wie letztlich alle armen Sünder hat auch mein Vater auf dem Totenbett seine Verfehlungen bereut und Abbitte geleistet.»

Heinz und ich wechseln einen kurzen Blick. Wahrscheinlich fragen wir uns beide, was Abels überraschendes Geständnis ausgelöst haben könnte.

«Vater hat zugegeben, dass seine gotteslästerlichen Geschichten nur Erfindungen waren», fährt Christian fort. «Wie wir alle schon lange vermutet haben, wollte er sich damit lediglich vor der Verantwortung für seine Familie drücken. Das ist zwar eine nicht eben rühmliche, aber eine durchaus menschliche Reaktion. Er hätte nur früher die Wahrheit ans Licht bringen müssen. Dann wären seinen Angehörigen und besonders meiner Mutter viele Sorgen erspart geblieben.»

Christian nickt sachte und erhaben. Man weiß nicht, ob er nachdenkt oder mit stiller Begeisterung seinen eigenen Erkenntnissen zustimmt. Er wirkt gerade jedenfalls derart hochmütig und selbstzufrieden, dass mir bei seinem Anblick fast schlecht wird.

«Leider wollte Vater nicht, dass ich ihm die Beichte abnehme. Hoffen wir, dass Gott ihm dennoch seine schweren Sünden verzeiht. Ich werde gleich eine heilige Messe in der Krankenhauskapelle lesen, um die Gnade Gottes für meinen Vater zu erbitten. Sie beide sind herzlich eingeladen, ebenso natürlich auch die übrigen Weggefährten meines Vaters.» Er schaut kurz zu den Artisten, dann nickt er uns aufmunternd zu. «Es würde mich sehr freuen, wenn Sie alle an unseren Gebeten teilnehmen könnten.»

Feierlich schreitet Christian von dannen. Heinz und ich sehen ihm nach.

«Was für ein eitler Pinsel», stößt Heinz zwischen den Zähnen hervor. «Es ist kaum zu glauben, dass er in gewisser Weise Gottes Sohn ist.»

«Ich finde es irgendwie tröstlich, dass selbst Gott Probleme mit seinen Kindern hat», sage ich und mache mich auf den Weg zu Abel.

Das Krankenzimmer ist in trübes Licht getaucht. Als ich die Tür schließe, herrscht augenblicklich Ruhe. Ein leichter Geruch von Desinfektionsmitteln hängt in der Luft. Leise versehen die Diagnosegeräte ihren Dienst. Das monotone Blinken ist irgendwie beruhigend. Noch schlägt Abels Herz also.

«Bist du es, Jakob?», fragt er mit schwacher Stimme.

Das goldene Schwert, das in seiner Brust steckt, zittert ein wenig.

«Ja, ich bin es», sage ich und füge rasch hinzu: «Beweg dich nicht, ich komme zu dir.» Ich habe große Angst, dass sein Herz kollabieren könnte.

Er erinnert an einen Feldherrn, der seine letzte Schlacht geschlagen hat. Ich erschrecke, als ich sein aschgraues Gesicht sehe. Er bemerkt es.

«Ich bin selbst erstaunt, Jakob. Aber die schlichte Wahrheit lautet: Es ist vorbei. Ich habe eine halbe Sekunde lang nicht aufgepasst, und jetzt werde ich sterben.»

«Sie können dir hier helfen, Abel. Du musst es nur ...»

Mit einer winzigen Handbewegung bringt er mich zum Schweigen.

«Es ist vorbei, Jakob. Ich wurstele seit Jahrtausenden hier vor mich hin, ohne irgendetwas zu erreichen. Das Schwert hier ist nur das Tüpfelchen auf dem i. Sehen wir der Wahrheit ins Gesicht! Ich bin erledigt. Das war ich schon, lange bevor wir uns getroffen haben, ich wollte es nur nicht wahrhaben.» Er atmet flach.

«Hast du deswegen Christian angelogen?», frage ich. «Weil du aufgeben willst?»

«Nein. Weil ich den dreien nicht noch länger das Leben schwer machen will. Wenn sie unbedingt an einen perfekten Gott glauben möchten, dann sollen sie das tun. Ich kann es ihnen nicht mal verdenken. Es ist wirklich ein bisschen viel verlangt, an einen Gott zu glauben, der ständig Fehler macht.» Sein Mund verzieht sich zu einem schiefen Lächeln. «Genau deshalb glaubt ja auch niemand an mich.»

Ich kann nicht verhindern, dass mir Tränen in die Augen treten, und versuche, sie herunterzuschlucken. «Heinz glaubt an dich. Das hat er mir eben selbst gesagt.» Wieder muss ich schlucken. «Und ich glaube an dich.»

Für einen kurzen Moment ist ein schwacher Glanz in seinen Augen zu sehen. «Dann hoffe ich mal, dass zwei Gläubige ausreichen, um mich vor dem Nirwana zu bewahren.»

«Es gibt hier noch viel für dich zu tun», wende ich ein.

Er lächelt matt. «Ich hab alles versucht, Jakob. Vielleicht ist es gar nicht so schlecht, dass ich mich jetzt mal eine kleine Ewigkeit lang ausruhe. Das Nirwana scheint mir ein passender Ort für einen ausgedienten Gott zu sein.»

«Du hast nicht ausgedient, Abel. Du darfst nur nicht aufgeben. Du könntest noch viele Menschen überzeugen. Aber dazu musst du erst wieder auf die Beine kommen …»

«Lass gut sein, Jakob. Falls die Menschen mich eines

Tages wieder brauchen, dann können sie mich ja rufen. Sofern ich dann nicht allzu sehr damit beschäftigt bin, tot zu sein, komme ich gern.»

Ich muss lächeln, obwohl sich meine Augen wieder mit Tränen füllen. «Was ist mit denen, die dich *jetzt* brauchen?», frage ich mit belegter Stimme.

«Ich bin sicher, du kommst ganz gut allein zurecht.» Er kann ein kurzes Husten nicht unterdrücken. Das Schwert in seiner Brust zittert.

«Vorsicht, Abel! Beweg dich nicht!», bitte ich.

«Zu spät», haucht er. Ich sehe, dass seine Augenlider flattern.

«Abel. Warte! Bitte! Bleib hier!»

Langsam schüttelt er den Kopf und flüstert: «Danke für alles, Jakob.»

Ich sehe, dass Blut aus der klaffenden Wunde unter seinem Herzen quillt und springe auf, um Hilfe zu holen, da ertönt ein schriller Sinuston. Entsetzt starre ich auf die ohrenbetäubend pfeifenden Geräte.

Die Tür wird aufgerissen. Krankenhauspersonal stürmt herein. Eine Schwester befreit Abels leblosen Körper von den Elektroden, eine andere stellt das enervierende Fiepen ab.

«Wir brauchen sofort einen OP!», ruft ein blutjunger Arzt mit raspelkurzen Haaren. «Und jemand soll Dr. Kessels holen! Los, los! Beeilung!»

Es dauert nur Sekunden, bis die Klinikmitarbeiter Abels Bett auf den Flur geschoben haben. Als die Tür ins Schloss fällt, herrscht augenblicklich Stille. Erschöpft und verzweifelt lasse ich mich auf einen Stuhl sinken.

Wenn ich könnte, würde ich jetzt beten. Aber zu wem? Bis heute war ich ein Ungläubiger, der Gott an seiner Seite hatte. Jetzt bin ich ein gottloser Gläubiger.

GOTT GEHT

Gott ist tot. Er verstarb am Nachmittag des 28. Dezembers, weil sein Herz kollabierte. Während die Ärzte noch um sein Leben kämpften, hatte Gott selbst diesen Kampf bereits aufgegeben. Zuletzt wirkte er müde, mutlos und am Ende seiner Kräfte. Enttäuscht von seiner Schöpfung und im Stich gelassen von seinen Geschöpfen verließ Gott die Welt, und vermutlich verließ er sie für immer.

Ich habe nicht glauben wollen, dass er tot ist, und ich kann es auch jetzt noch nicht fassen. Nachdem die Ärzte die Wiederbelebungsmaßnahmen eingestellt hatten, verfrachtete man Gottes leblosen Körper in einen Kühlraum. Der Bestatter entkleidete und wusch ihn, vernähte die Wunde unter seinem Herzen und puderte das Gesicht, um die Leichenblässe zu überschminken. Dann streifte man Gott ein weißes Hemd und einen dunklen Anzug über und legte ihn in einen schlichten Sarg aus Kiefernholz. Er wurde zur Friedhofskapelle gebracht, wo man den Leichnam auf Wunsch der Angehörigen aufbahrte.

Als Gott dort lag, wich ich nicht von seiner Seite, denn ich glaubte fest daran, dass er plötzlich die Augen öffnen und mich überrascht ansehen würde, als wäre nichts geschehen. Ich glaubte an dieses Wunder, weil ich verstanden hatte, dass die Welt einen Gott braucht. Selbst dann, wenn dieser Gott so unvollkommen ist, dass man ihn kaum von einem begabten Zirkusartisten unterscheiden kann.

Am Ende ist nämlich ein zwar ohnmächtiger, aber gütiger Gott immer noch besser als gar kein Gott.

Ganz nebenbei spekulierte ich natürlich auch auf Gottes Talent für große Auftritte. Eine Auferstehung von den Toten hätte die Liste seiner bisherigen Wundertaten um eine echte Attraktion erweitert. Schon deshalb war ich davon überzeugt, dass Gott es nicht zur Beerdigung von Abel Baumann kommen lassen würde.

Doch ich habe mich geirrt. Ich sah, wie der Sargdeckel sich über dem leblosen Körper schloss. Ich hörte das Weinen und Wehklagen der Angehörigen und Freunde, die frommen Worte des Zeremonienmeisters Christian und den trägen Trauermarsch, gespielt von schwerblütigen Zirkusmusikern. Und dann sah ich, wie der Sarg sich langsam in die Erde senkte, wie die Trauernden Blumen auf den Sargdeckel warfen, der Familie kondolierten und schließlich nach und nach den Friedhof verließen.

Jetzt sitze ich immer noch auf einer Bank an seinem Grab. Selbst Maria, Josef und Christian sind schon vor Stunden gegangen. Die Totengräber haben inzwischen eine dicke Schicht Erde auf die sterblichen Überreste Gottes gewälzt. Sie mussten den gefrorenen Boden zertrümmern und mit einem kleinen Bagger auf den Sarg kippen. Fast sah es so aus, als würde die Erde sich dagegen wehren, Gott zu begraben.

Jetzt ist Stille eingekehrt. Es dämmert bald. Die Luft ist kalt und klar. Von Ferne hört man ab und zu das Explodieren einzelner Feuerwerkskörper, obwohl das neue Jahr erst in ein paar Stunden beginnen wird. Die Menschen scheinen voller Ungeduld darauf zu warten, das alte ablegen und das neue begrüßen zu können.

Als leichter Schneefall einsetzt, stehe ich auf. Ich habe meine letzten Tränen vergossen und meine letzten Hoffnungen auf ein kleines Zeichen Gottes zusammen mit Abel Baumann begraben. Jetzt ist mir kalt, ich bin müde und hungrig. Vielleicht werde ich mich auch besaufen, ich weiß es noch nicht so genau. In jedem Fall möchte ich nicht erleben, wie der Schnee diesen Ort in den Mantel des Vergessens hüllt. In weniger als einer Stunde wird man Abels Grab nicht mehr von all den anderen hier unterscheiden können. Der frische Schnee wird es so aussehen lassen, als wäre heute nicht einmal jemand hier gewesen.

Ich wandere eine Weile ziellos durch die Straßen, um einen Ort zu finden, an dem ich allein unter Menschen sein kann. Das ist nicht einfach, denn die meisten Bars und Restaurants sind ausgebucht. Und wer noch einen freien Tisch hat, gibt ihn nur ungern einem einzelnen Herrn, der nicht in Silvesterstimmung zu sein scheint. Da ich den Jahreswechsel nicht allein in Mutters viel zu großem Haus erleben möchte, komme ich auf die Idee, zu Freddys Pizzeria zu fahren. Der Laden ist in einem nicht sehr attraktiven Viertel und hat kaum Laufkundschaft. Außerdem hat Heinz mir gesagt, dass Freddys Frau eine miserable Köchin ist. Falls Freddys Pizzeria also Silvester geöffnet hat, könnte ich dort mit etwas Glück einen Platz finden.

Meine Kalkulation geht auf. Nur wenige Tische sind besetzt. Ich bestelle eine Flasche Rotwein und eine Pasta, die selbst Freddys Frau Valentina hinbekommen müsste.

Als ich meinen Blick durch das Lokal schweifen lasse, erkenne ich zu meinem Erstaunen jenes Paar wieder, dessen Hochzeitsfeier genau hier in einem Eklat endete. Offenbar haben die beiden sich versöhnt, denn sie wirken verliebt und glücklich. Und der schmächtige Bräutigam scheint sich auch von der Attacke auf seine Weichteile erholt zu haben. Er sitzt vor einer üppigen Portion Sahnetortellini und isst mit großem Appetit.

Der Rotwein, den Freddy mir kredenzt, ist ebenso passabel wie die Pasta seiner Frau. Da ich weniger erwartet habe, bin ich angenehm überrascht. Während ich esse, frage ich mich, wie es dem Brautpaar seit der Hochzeit ergangen sein mag, als plötzlich die Schwester der Braut erscheint. Sie begrüßt die beiden sehr herzlich, setzt sich dann dazu und bestellt ebenfalls etwas zu essen.

Ich bin erstaunt. Haben die drei sich etwa arrangiert? Am Tag der Hochzeit sah es so aus, als hätte das Liebesgeständnis der Schwester die junge Ehe schlicht ausradiert. Heute könnte man denken, dass die beiden Frauen sich den Mann geschwisterlich teilen.

Ich lege das Besteck beiseite, lehne mich zurück und denke an den Abend der Hochzeitsfeier zurück. Damals habe ich Abel für einen Clown mit psychischen Problemen gehalten. Heute glaube ich: Mir ist Gott begegnet. Er ist fehlerhaft. Er ist schwach und machtlos. Vielleicht ist er nur ein Gedanke aus einer anderen Zeit. Oder aus einer anderen Welt. Trotzdem habe ich diesen Gedanken für mich entdeckt. Jetzt ist er da. Und zu meinem eigenen Erstaunen kann ich Gott nun nicht mehr wegdenken.

Freddy kommt an meinen Tisch. «Noch alles okay bei Ihnen?»

«Danke», erwidere ich und blicke immer noch grübelnd zu den dreien.

«Kennen Sie die Herrschaften?», fragt Freddy.

«Ich war zufällig hier, als die Hochzeitsfeier aus dem Ruder lief», erwidere ich. «Und jetzt wundere ich mich ein bisschen.»

«Ja. Das ist in der Tat eine verrückte Geschichte», sagt Freddy und fügt vertraulich hinzu: «Möchten Sie sie hören?»

Ich sehe ihn an, und während ich noch über meine Antwort nachdenke, höre ich mich sagen: «Nein, vielen Dank. Nicht nötig.»

Freddy zuckt gleichgültig mit den Schultern und macht sich auf den Weg zum nächsten Tisch.

Ich habe gerade etwas begriffen: Im Grunde macht es keinen Unterschied, ob Abel Baumann ein psychisch angeschlagener Zirkusclown oder Gott höchstpersönlich war. Und es ist auch nicht wichtig, ob er tatsächlich Wunder vollbracht oder lediglich Zaubertricks präsentiert hat. Was zählt, ist, dass die Erlebnisse mit Abel mich und mein Leben auf den Kopf gestellt haben. Mehr kann man von Gott nicht verlangen, finde ich.

Während ich mir Valentinas Pasta schmecken lasse, komme ich auf die Idee, heute Nacht mit Abel Baumann anzustoßen. Wenn auch nur im Geiste. Ein Blick auf die Uhr verrät mir, dass ich noch genug Zeit habe, um zuvor in Ruhe mein Silvestermahl zu genießen.

Es ist kurz vor Mitternacht, als ich das Dach jenes Hauses betrete, auf dem ich Weihnachten mit Abel Baumann gesessen habe. Damals befanden wir uns in einer Welt, in der es mich nicht gab. Heute Nacht ist es genau umgekehrt. Es hat inzwischen aufgehört zu schneien. Ich habe eine Flasche Rotwein und zwei Gläser mitgebracht. Ich stelle die Gläser auf die kleine Mauer, die den Dachrand markiert, und schenke ein.

Noch vier Minuten bis Mitternacht. Man hat einen schönen Blick von hier oben. Ich genieße ihn, solange es noch ruhig ist.

Mein Handy vibriert. Eine Nachricht von Mutter. Sie hat mir ein Video geschickt. Ich hätte nicht gedacht, dass sie sich derart gut mit moderner Kommunikation auskennt. Beeindruckend.

Es dauert einen Moment, bis die Datei geladen ist. Was

ich dann sehe, erfüllt mich mit Wehmut. Jonas, Hanna und Mutter stehen an einem Traumstrand unter karibischer Sonne. Mein Bruder hat einen Arm um seine Geliebte, den anderen um Mutter gelegt. Die drei wirken nicht nur entspannt, sondern auch ein bisschen euphorisch.

«Hallo, Bruder», sagt Jonas. «Ich weiß nicht, wie ich dir jemals für all das danken soll, was du für mich getan hast. Mutter und Hanna haben mir alles erzählt. Ohne dich würde ich jetzt sicher nicht hier stehen. Und ich hätte vielleicht auch nie erfahren, dass ich Vater werde. Dabei ahnst du überhaupt nicht, wie viel mir das bedeutet ...»

«Und es bedeutet ihm wirklich sehr viel», fällt Hanna ihrem Geliebten ins Wort. «Ich habe nicht im Traum daran gedacht, dass Jonas mich bitten könnte, bei ihm zu bleiben, geschweige denn ... ihn zu heiraten.»

«Ja, Bruder, das ist die Neuigkeit des Tages. Wir werden heiraten!», ruft Jonas lachend. «Und du bist definitiv dabei. Wir warten auf dich. Selbst wenn es Monate dauern sollte. Versprochen.»

«Ich möchte mich ganz herzlich für Ihre Hilfe bedanken. Wenn Sie nicht gewesen wären ...» Hanna unterbricht sich und überlegt, dann sagt sie mit einem glücklichen Lächeln: «Ich glaube, Sie wissen schon, was ich sagen will.»

«Und ich glaube, du kannst ihn ruhig duzen», sagt Mutter in ihrer forschen Art. «Schließlich ist er bald dein Schwager. Außerdem sollten wir Jakob nicht zu sehr loben, sonst wird er noch hochnäsig.» Sie lächelt freundlich und zupft dann ein wenig verlegen an ihrem Sommerkleid, um sich für die folgende kleine Ansprache zu sammeln. «Andererseits kann ich mich Hanna und Jonas nur anschließen. Du hast uns allen sehr geholfen, mein Sohn. Deshalb hoffe ich, dass jetzt auch dir das Glück winkt.»

«Das hoffen wir natürlich auch!», wirft Jonas ein.

«Und darum», fährt Mutter fort, «wünschen wir dir ein tolles neues Jahr mit allem, was dazugehört.»

«Mit Glück und Gesundheit», ruft Hanna.

«Und viel Geld», ergänzt Jonas mit einem breiten Grinsen.

Ein tadelnder Seitenblick unserer Mutter lässt ihn rasch hinzufügen: «Wobei Geld ja nicht das Wichtigste im Leben ist, wie wir alle wissen.»

«Danke für alles, Jakob», fasst Mutter zusammen, und sichtlich bewegt fügt sie hinzu: «Pass gut auf dich auf, mein Sohn. Wir lieben dich.»

Jonas nickt bestätigend, Hanna wirft mir lässig ein Küsschen zu.

Ich starre auf mein Handydisplay und bin zutiefst gerührt. Gerade fühle ich mich auf eine Art und Weise umarmt, wie sie im Hause von Bartholomäus Jakobi bislang völlig unüblich war.

Jonas verschwindet aus dem Bild, ich vermute, er will die Kamera abstellen. Gerade bin ich im Begriff, das Video zu beenden, da ruft Mutter: «Sekunde noch, Jonas. Das Wichtigste hätte ich ja beinahe vergessen.» Sie blickt wieder direkt in die Kamera. «Jakob, schau doch bitte mal in die obere rechte Schublade im Schreibtisch deines Vaters. Ganz vorn liegen ein paar Unterlagen, die für dich bestimmt sind. Du wirst wissen, was damit zu tun ist. Hoffe ich zumindest. Mir ist klar, dass du nur ungern Geschenke von deiner Mutter annimmst, aber diesmal wäre es blöd, wenn du dich wieder stur stellst. Das Geld ist nämlich so oder so futsch. Betrachte die Sache also bitte einfach als einen Wink Gottes.»

Eine kurze Pause entsteht, dann hört man Jonas fragen: «Okay? War es das? Kann ich ausmachen?»

Mutter nickt, und das Bild friert ein.

Erstaunt tippe ich das Video an, um die Menüführung aufzurufen. Sekunden später höre ich erneut Mutters entscheidenden Schlusssatz: «Betrachte die Sache also bitte einfach als einen Wink Gottes.»

Ich schaue in den Nachthimmel. Im gleichen Moment ertönt Glockengeläut, und die ersten Raketen verwandeln sich in Funkenregen. Dazu hört man nun das anschwellende Pfeifen, Rauschen und Krachen des neuen Jahres und den Jubel all jener, die es voller Hoffnung begrüßen.

Mein Blick fällt auf die Weinflasche mit den zwei Gläsern. Wenn ich gerade wirklich ein Zeichen Gottes bekommen habe, dann sollte ich mich jetzt wohl auf den Weg machen. Andererseits habe ich Gott als jemanden kennengelernt, der gern mal ein Gläschen trinkt und sich höchst ungern hetzen lässt. Ich beschließe, einen Schluck auf sein Wohl zu nehmen und dann aufzubrechen.

Auf den Straßen herrscht Chaos. Ich habe nicht damit gerechnet, ein Taxi zu bekommen. Leider ist jedoch auch der öffentliche Nahverkehr gerade zusammengebrochen. Niemand weiß, wie lange die Störung dauern wird. Obwohl es ein längerer Fußmarsch bis an den Stadtrand ist, mache ich mich auf den Weg. Es hilft ja nichts.

Plötzlich stutze ich. Auf der gegenüberliegenden Straßenseite erkenne ich Hauptkommissarin Jutta Kroll. Sie sitzt in einem alten Golf und scheint zu telefonieren, ich würde aber darauf wetten, dass sie mich observiert. Es ist ihr offenbar ein persönliches Anliegen, den Fall Jonas Jakobi doch noch aufzuklären, wenn sie nicht einmal davor zurückschreckt, mir am Silvesterabend nachzustellen.

Ich schlendere auf die andere Straßenseite und klopfe dezent gegen das Seitenfenster. Kroll erkennt mich sofort und öffnet mit den Worten: «Nanu, Dr. Jakobi, was machen Sie denn hier?»

«Ich wollte Ihnen ein frohes neues Jahr wünschen», erwidere ich. «Außerdem habe ich mich gefragt, ob Sie mich vielleicht nach Hause fahren könnten. Da Sie mir ja sowieso folgen würden, hätten wir beide was davon.»

«Okay. Steigen Sie ein!», sagt sie nach kurzem Zögern und nimmt dann wieder das Handy ans Ohr: «Ich melde mich später noch mal, Schatz.»

«Privatgespräche im Dienst?», unke ich mit gespieltem Ernst. «Passen Sie auf, dass Ihr Vorgesetzter keinen Wind davon bekommt.»

«Ich bin nicht im Dienst», entgegnet sie und fährt los. «Und das eben war tatsächlich ein Privatgespräch. Mein Mann. Er ist gerade in Japan.»

«Interessant. Was macht er denn beruflich?», möchte ich wissen.

«Er ist ein Sushi-Tsu. Ein Sushimeister. Aber er arbeitet nicht in Japan, falls Sie das meinen. Er besucht dort seine Eltern.»

Hauptkommissarin Kroll hat einen Japaner geheiratet? Gerade stelle ich mir vor, wie sie einen schmächtigen Asiaten, den sie um zwei Haupteslängen überragt, zum Traualtar zerrt, da fragt sie: «Kennen Sie vielleicht den Turm zu Babel? Das ist so ein Konzeptrestaurant. Da ist er der Sushi-Tsu.»

Das Bild des schmächtigen Japaners löst sich in Luft auf, und vor meinem geistigen Auge taucht die imposante Statur des japanischen Kampfsportkochs aus dem Turm zu Babel auf.

«Nein. Kenne ich nicht, aber werde ich sicher mal ausprobieren», lüge ich.

Sie nickt versonnen und setzt den Blinker. Langsam entfernen wir uns von der City. Wir schweigen eine Weile.

«Was die Sache mit Ihrem Bruder betrifft, da bin ich

tatsächlich nicht mehr zuständig», sagt sie plötzlich. «Und ich habe heute wirklich keinen Dienst. Falls Sie also observiert werden, dann sicher nicht von einem meiner Mitarbeiter.»

«Und Sie fahren mich trotzdem heim?», erwidere ich. «Das ist wirklich nett von Ihnen. Danke.»

«Das mache ich gern. Ich will ja nicht gleich behaupten, dass ich Ihnen etwas schuldig bin, aber ich gebe zu, dass ich Ihnen das Leben nicht eben leicht gemacht habe. Es war mir nämlich schon ein persönliches Anliegen, Ihren Bruder zur Strecke zu bringen.»

«Ein persönliches Anliegen?», frage ich. «Wieso das? Und wieso: war?»

«Ganz einfach. Weil die Sache mich persönlich anging. Meine Mutter bezieht eine kleine Pension aus einem Fond, den Ihr Bruder ruiniert hat. So ist es ja meistens: Wenn drei Milliarden verschwinden, dann betrifft das erstaunlicherweise nie ein paar hundert Millionäre, sondern immer ein paar hunderttausend arme Schweine. Und ich war überzeugt davon, dass die Sache im Fall Ihres Bruders genauso liegen würde.»

«Aber?», frage ich gespannt.

«Aber Ihr Bruder hat es geschafft, die Verluste in Kapitalgesellschaften zu bündeln, deren Kundschaft so exklusiv ist, dass diesmal nur reiche Leute den Schwarzen Peter gezogen haben. Fragen Sie mich nicht, wie er das gemacht hat. Einer unserer Finanzexperten hat versucht, es mir zu erklären. Aber leider vergeblich.»

Wir sind da. Sie lenkt den Wagen auf den Seitenstreifen.

«Für mich ist jedenfalls die Hauptsache, dass meine Mutter ihre Pension behält. Dafür hat Ihr Bruder wundersamerweise gesorgt», fährt sie fort. «So seltsam es klingt, aber ich muss ihm in dieser Hinsicht dankbar sein.»

Ich schaue hinaus. Immer noch ist der Himmel von Feuerwerk erleuchtet.

«Danke, dass Sie mir das erzählt haben», sage ich. «Ich bin froh, dass mein Bruder wenigstens ein bisschen Ganovenehre im Leib hat.»

Sie lächelt. «Mehr noch. Es spricht einiges dafür, dass er auch deshalb getrickst hat, weil er seinen Leuten helfen wollte. Das ist zwar nicht aus purer Nächstenliebe geschehen, denn es ging ja auch um seinen Kopf, aber wenn ich das richtig einschätze, dann hat Ihr Bruder beschlossen, alles auf seinen Deckel zu schreiben, damit die anderen aus der Schusslinie sind.»

«Und warum?», frage ich.

Sie zuckt mit den Schultern. «Würde mich auch interessieren. Es sieht jedenfalls nicht danach aus, dass er relevante Summen für sich zur Seite schaffen konnte. Vielleicht ist er am Ende ja doch ein ehrlicher Kerl, der einfach nur Pech hatte.»

«Klingt fast so, als würden Sie ihn am liebsten laufen lassen», unke ich.

«Er hat gute Chancen, auch so davonzukommen. Vorausgesetzt, er ist clever genug, da zu bleiben, wo er ist. Aber ich glaube, in Sachen Cleverness steckt Ihr Bruder uns beide in die Tasche.»

Ich öffne die Autotür.

«Grüßen Sie ihn von mir», sagt sie.

Ich nicke und lasse die Tür ins Schloss fallen.

Wenig später sitze ich im Dunkeln am Schreibtisch meines Vaters. Ich habe hinter der Gesamtausgabe von William James einen sehr alten Brandy gefunden, und diesmal trinke ich ein Glas auf Bartholomäus Jakobi. Die Lichtblitze der Silvesterraketen zucken über die Wände. Man hört das Feuerwerk hier nur noch als fernes Gewitter.

Erst jetzt schalte ich die Schreibtischlampe ein und öffne die obere rechte Schublade, um zu sehen, was Mutter hier für mich deponiert hat.

Es sind Tickets für eine Kreuzfahrt, ausgestellt auf ihren Namen. Die Route führt von Hamburg über London nach Miami, es folgen die Bahamas und dann … ich stocke beim Lesen … Kuba.

Ich rechne rasch aus, dass ich in knapp zwei Wochen in Havanna sein werde. Das Schiff legt übermorgen ab. Genug Zeit, um die Formalitäten zu erledigen und eine neue Badehose zu kaufen. Zufrieden gieße ich mir noch einen Brandy ein.

GOTT LEBT

Die MS *Buatier* ist ein Schiff für Nostalgiker. Der Ozeanriese sieht aus, als wäre er zu Beginn des letzten Jahrhunderts vom Stapel gelaufen. Dabei steckt unter dem retrodesignten Rumpf die allerneueste Technik, wie man der schiffseigenen Postille, die ebenfalls im Stil des frühen 20. Jahrhunderts gestaltet ist, entnehmen kann. Es handelt sich also um eine Art schwimmendes Disneyland. Man gibt den Passagieren das schöne Gefühl, sich in einer Zeit zu bewegen, in der die beiden Weltkriege noch ebenso fern waren wie das Internet oder die Immobilienspekulationsblase. Die Gäste sollen den Duft des Kolonialzeitalters schnuppern, als man Raubzüge in fernen Ländern noch Expeditionen nannte und dafür obendrein nicht vor irgendwelche Menschenrechtstribunale gezerrt wurde.

Die Stewards an Bord sind durchweg Briten. Sie befehligen ein Heer von größtenteils philippinischen Untergebenen, die mit den Passagieren keinen direkten Kontakt pflegen. Damit alle Mitarbeiter des Schiffes auf den ersten Blick zu erkennen sind, tragen sie blaue Uniformen. Die Stewards sprechen sich untereinander mit Nachnamen an, rufen aber die Hilfskräfte beim Vornamen. Das wirkt immer dann irritierend, wenn ein blutjunger Steward gestandene Männer herumkommandiert. Mr. Higgins, der verantwortliche Steward im Fitnessbereich, ist so ein Fall. Ohne Uniform würde man den Schlaks mit Pferdezähnen wohl für einen Collegeboy halten. Auf der MS *Buatier* hat er das Kommando über ein halbes Dutzend Handtuchträger, darunter zwei weißhaarige Inder, denen man wahrscheinlich beharrlich verschweigt, dass die Briten den Subkontinent längst verlassen haben.

Auch der Fitnessraum ist im Retrostil gehalten, lediglich die Geräte sind neueren Datums. Wahrscheinlich würde sonst keine Versicherung mitspielen. Das Durchschnittsalter der Passagiere liegt nach meiner Einschätzung irgendwo jenseits der siebzig. Fitnessgeräte aus der Kaiserzeit würden die Zahl der Knochenbrüche an Bord bestimmt glatt verdoppeln. Zumal ich bei den ältesten Mitreisenden die Befürchtung habe, dass ein leichter Windstoß ausreichen könnte, um sie auf das nächsttiefer gelegene Deck zu wehen. Immerhin ist die MS *Buatier* auf solche Eventualitäten vorbereitet. Es gibt ein Ärzteteam und einen OP an Bord, beides ausnahmsweise nicht im Retrostil. Bei einer Schiffsführung habe ich erfahren, dass die medizinische Versorgung erstklassig und auf dem allerneuesten Stand ist. Das erklärt vielleicht auch, dass die besonders betagten Passagiere erwägen, bei den Landgängen in Hafennähe zu bleiben. Oder aber das Schiff gar nicht erst zu verlassen.

Immerhin passt meine neue Badehose sehr gut zum gängigen Stil an Bord: ein türkisfarbenes Retromodell, das ich preiswert und vor allem schnell erstanden habe, ohne es mir zuvor genau anzusehen. Damit falle ich inmitten von Damen mit Blumenbadehauben und Herren in Badehosen, die tatsächlich in den Sechzigern gekauft wurden, überhaupt nicht auf. Würde ich jetzt noch zum Dinner Anzug und Krawatte tragen und eine Dame mit einem übergroßen Hut zum Tisch geleiten, könnte man mich glatt für einen normalen Passagier halten – abgesehen vielleicht vom Altersunterschied. Ich verzichte lieber auf das mehrgängige Essen im großen Saal und lasse mir in einem der übrigens Restaurants ein schnelles Steak servieren.

Die Abendunterhaltung gestaltet sich schwierig. Ich könnte mir im Kino *Singin' in the rain* ansehen oder im Theater die Grethe-Weiser-Revue. Außerdem gibt es einen Tanztee im Königin-Viktoria-Saal und ein Wettpuzzeln in der Schiffsbibliothek. Vielleicht sollte ich versuchen, erst das Wettpuzzeln zu gewinnen und dann beim Tanztee die Bekanntschaft einer flotten Neunzigjährigen zu machen.

Während ich überlege, nach einem Abendspaziergang und einem letzten Drink einfach früh ins Bett zu gehen, finde ich mich plötzlich im Casino wieder.

Es herrscht kaum Betrieb. Die beiden Roulette-Tische sind verwaist, aber beim Black Jack haben sich zwei Spieler eingefunden. Eine alte Dame, die von Zeit zu Zeit an einer leeren Zigarettenspitze zieht und ein Endfünfziger, dem sein dichtes, schwarzes Haupt- und Barthaar ein düsteres Aussehen verleiht.

Ich geselle mich dazu, was den gedrungenen Croupier auf der anderen Seite des Tisches kurz innehalten lässt. Gerade wollte er austeilen, nun wartet er noch einen Moment, bis ich mich gesetzt und mein Geld hervorgekramt habe. Seinem Namensschild entnehme ich, dass er aus Osteuropa stammt: Frantisek Holler. Vielleicht ein Tscheche, denke ich und lasse mir kleine Chips für fünfzig Dollar geben. Mit etwas Glück komme ich damit über die nächste Stunde. Ich rechne beim Black Jack nie mit Gewinnen. Es reicht mir schon, wenn ich nicht allzu viel verliere. Ich lege einen Chip auf den Tisch, und Frantisek beginnt, die Karten zu verteilen.

Eine Weile spielen wir schweigend. Nur das Vokabular des Black-Jack-Spiels ist in gedämpfter Lautstärke zu hören: «Hit. Stay. Bust.»

Stoisch und im Tonfall eines Gebete vor sich hin murmelnden Mönchs zählt Frantisek die Punkte. Kommt es zu einem Black Jack, verkündet er das nicht nur ohne die geringste Begeisterung, er klingt dann sogar ein wenig resigniert, als wolle er sagen: Seht her! Das ist also nun mein Leben, ich spiele Karten mit gelangweilten Touristen.

«Where do you come from?», fragt mein Sitznachbar. Sein österreichischer Akzent ist unüberhörbar. Außerdem stelle ich fest, dass er aus nächster Nähe wie ein Werwolf aussieht, der mitten in der Verwandlung steckengeblieben ist. Seine Augenbrauen sind jedenfalls genauso buschig und pechschwarz wie der Rest seiner Haarpracht.

«From Berlin», antworte ich.

«Ach, sieh an!», entgegnet er. «Ich komme aus Wien. Kennen Sie Wien?»

«Ein bisschen», sage ich und hoffe, dass er meine Einsilbigkeit als Hinweis darauf versteht, dass ich mich gerade lieber nicht unterhalten möchte.

«Gestatten. Albert Reiter», sagt er, erhebt sich dabei vom Hocker und reicht mir die Hand.

Die Dame mit der Zigarettenspitze interessiert sich entweder nicht für unser Gespräch oder spricht eine andere Sprache. Sie nippt gelangweilt an einem großen Brandy. Frantisek wartet geduldig darauf, das Spiel fortsetzen zu können. Es schmeckt ihm offenbar nicht, dass wir plaudern, statt uns auf die Karten zu konzentrieren, aber als Croupier auf einem Kreuzfahrtschiff ist man vermutlich Kummer gewohnt.

Ich ergreife die Hand des Wiener Werwolfs und erwidere: «Jakob Jakobi. Freut mich, Ihre Bekanntschaft zu machen.»

Er nickt und setzt sich wieder. «Und was machen Sie so, wenn Sie gerade nicht über den Atlantik schippern?», fragt er und tippt nebenbei auf den Tisch, um eine Karte anzufordern. «Beruflich, meine ich.»

«Ich bin Psychologe, will mich aber beruflich perspektivisch neu orientieren», antworte ich und bedeute Frantisek mit einer kurzen Handbewegung, dass ich mit meinen siebzehn Punkten bedient bin.

«Das ist ja ein Zufall», erwidert Reiter, sichtlich erfreut. «Ein Kollege, also. Ich bin nämlich auch Psychologe. Lehre und Forschung. Universität Wien.»

Ich nicke höflich, sage aber nichts. Albert Reiter hat mir diesmal ausnahmsweise keine Frage gestellt, vielleicht können wir also jetzt wieder ein Weilchen schweigen. Außerdem hätte ich gern noch ein Glas Wein, weshalb ich damit beschäftigt bin, die Aufmerksamkeit des wahnsinnig unaufmerksamen Kellners zu erregen.

Frantisek kommt mir zu Hilfe, indem er ein ebenso ruhiges wie verbindliches «Service» in Richtung Theke schickt, was den dort dösenden Barmann spontan in Bewegung versetzt.

Während Frantisek erneut austeilt, sehe ich, dass Reiter nachdenklich wirkt. Ich befürchte, gleich wird er an unser Gespräch anknüpfen.

«Jakobi», sagt er in diesem Moment gedehnt. «Sie sind aber nicht zufällig mit Bartholomäus Jakobi verwandt?»

Ich habe befürchtet, dass das Gespräch diese Wendung nehmen könnte, denn in Fachkreisen ist der Name meines berühmten Vaters selbstverständlich ein Begriff. Deshalb passiert es mir auch andauernd, dass ich mich als sein überhaupt nicht berühmter Sohn zu erkennen geben muss.

«Er ist mein Vater», sage ich nach kurzem Zögern und merke im gleichen Moment, dass der leise Groll, den ich seit Jahren bei solchen Gelegenheiten verspüre, urplötzlich verflogen ist. Hätte ich früher in einer Situation wie dieser das Bedürfnis gehabt, meinem Gegenüber das komplexe Verhältnis zwischen mir und meinem Vater darzulegen, so merke ich jetzt gerade, dass unsere ganze lange und schwierige Geschichte mit diesen wenigen Worten erzählt ist: Er ist mein Vater.

Albert Reiter nickt anerkennend und merkt gar nicht, dass Frantisek schon wieder auf eine Reaktion von ihm wartet. Dann streicht der Wiener Psychologe durch seinen gewaltigen Bart und sagt: «Ich habe eine seiner Vorlesungsreihen in Wien besucht. Das muss Ende der Achtziger gewesen sein. Damals war ich von Ihrem Vater sehr, sehr beeindruckt.»

Ein kurzes Schweigen. Wieder hoffe ich, dass es ein längeres wird.

«Für Leute, die lediglich plaudern möchten, gibt es auf diesem Schiff übrigens recht hübsche Liegestühle», sagt nun die Dame mit der Zigarettenspitze in ausgesucht höflichem Tonfall. Ein Lächeln huscht über Frantiseks Gesicht. Immer noch wartet er darauf, dass Albert Reiter sich endlich wieder auf das Spiel konzentriert. Lässig tippt der Wiener Werwolf nun auf den Tisch.

«Twenty-five. Sorry, too much», stellt Frantisek fest. Tatsächlich tut es ihm kein bisschen leid. Reiter hatte stolze achtzehn Punkte. Man sieht dem Croupier an, dass er kein Verständnis dafür hat, wenn man dann noch eine Karte zieht.

Der Mann aus Wien erhebt sich, krempelt die Hemdsärmel herunter und greift nach seinem über dem Hocker hängenden Sakko. «Wollen wir vielleicht irgendwo noch einen Drink nehmen?», fragt er mich.

«So war das jetzt aber nicht gemeint», wirft die alte Dame ein. «Ich wollte Sie nicht vertreiben.»

Reiter winkt ab. «Haben Sie nicht, gnädige Frau. Ich

hätte sowieso jetzt Schluss gemacht.» Er haucht ihr einen angedeuteten Kuss auf die Hand. «Habe die Ehre.» Dann wendet er sich wieder mir zu. «Also. Noch ein letztes Glas, Herr Kollege?»

«Danke. Aber lieber ein anderes Mal», erwidere ich und erhebe mich ebenfalls. Meine fünfzig Dollar haben sich schneller als erwartet in Luft aufgelöst. Da ich aber gerade auch keine Lust verspüre, mit Albert Reiter zu fachsimpeln, beschließe ich, mich zur Nachtruhe zu begeben. Es ist dafür zwar noch ein bisschen früh, aber vielleicht kann ich meiner Bettschwere mit einem Nightcap nachhelfen.

Frantisek und die alte Dame wechseln einen Blick. Er zuckt bedauernd mit den Schultern. «Sorry, M'am. Minimum two players.»

Der Croupier scheint nicht unglücklich darüber zu sein, dass er den Tisch jetzt schließen muss, weil nicht genug Spieler da sind.

«Dann kann ich ja jetzt endlich meine Abendzigarette rauchen», sagt die alte Dame und zieht ein silbernes Etui hervor, dem sie eine filterlose Zigarette entnimmt, die sie nun vorsichtig in ihre Zigarettenspitze dreht. Sie nickt Reiter und mir zu. «Danke für Ihre Gesellschaft, meine Herren», sagt sie und schreitet galant davon.

«Ja. Ich fand es auch nett. Vielleicht sieht man sich mal wieder», sagt Reiter und reicht mir die Hand.

«Würde mich freuen», lüge ich und schlage ein.

Als ich wenig später in meine Kabine komme, finde ich auf dem Bett eine Sonderausgabe der schiffseigenen Zeitung. Auf der Titelseite prangt ein großformatiges Schwarzweißfoto von Albert Reiter. Zumindest glaube ich das auf den ersten Blick. Tatsächlich handelt es sich um das Konterfei von Joseph Buatier, der unter dem Künstlernamen Buatier de Kolta zu einem der wichtigsten Zauberer des

19. Jahrhunderts avancierte. Die Sonderpostille erwähnt sogar, dass man von einigen Kunststücken des Meisters bis heute nicht weiß, wie sie funktionieren.

Zu Ehren des ungewöhnlichen Namenspatrons der MS *Buatier* wird es morgen Abend jedenfalls nicht nur eine, sondern gleich zwei große Zaubershows im Schiffstheater geben. Die Zusatzvorstellung wurde laut Postille kurzfristig aufgrund der starken Nachfrage angesetzt. Das Management bittet dennoch um Reservierung, da auch der zweite Termin rasch ausgebucht sein dürfte.

Ich setze mich auf die Bettkante, nippe nachdenklich an einem doppelten Scotch, den ich mir auf dem Weg in die Kabine in einem der Bistros besorgt habe, und genieße das Rauschen des Meeres. Ich kann mein winziges Kabinenfenster leider nur einen mikroskopisch kleinen Spalt öffnen, weil der Raum sonst binnen Minuten auskühlt. Aber immerhin genügt das, um den inspirierenden Klang der Wellen zu hören. Ich merke, dass meine Gedanken jene Frage umkreisen, die mich nicht erst seit dem Lesen der Schiffspostille umtreibt: Hat Gott hier seine Finger im Spiel? Ist er entgegen eigener Befürchtungen doch noch am Leben? Hat er also Abel Baumanns Körper verlassen und sich einen neuen gesucht, um sein Werk fortzusetzen? Und ist dieser Mensch, der eigentlich Gott ist, hier an Bord? Bin ich ihm womöglich schon begegnet? Ich muss lächeln.

Anders gefragt: Glaubt Gott wirklich, dass ich so blöd bin, ihn nicht in Gestalt eines Wiener Psychologieprofessors zu erkennen, der zufällig die Physiognomie des vielleicht größten Zauberers aller Zeiten hat?

Die Handschrift ist jedenfalls eindeutig. Gott mag Glücksspiele. Albert Reiter ebenfalls. Gott mag Zauberei. Reiter könnte die Wiedergeburt von Buatier de Kolta sein. Und dass er zufällig Psychologe ist, obendrein in Wien, wo einer der größten Psychologen aller Zeiten wirkte, und meinen Vater verehrt, ist ziemlich typisch für Gottes Humor. Nebenbei hat Reiter offensichtlich meine Nähe gesucht, zumindest ging das Gespräch von ihm aus.

Ich beschließe deshalb, Gott in Gestalt von Albert Reiter aus der Reserve zu locken. Ich werde dem Wiener Psychologen anbieten, dass wir morgen nach einem langen, gemeinsamen Essen zusammen in die Zaubershow gehen und danach noch ins Casino. Das Angebot ist bewusst aufdringlich. Reiter müsste allein deshalb ablehnen, weil zu befürchten ist, dass ich für den Rest der Reise wie eine Klette an ihm hänge. Wenn er dem Plan also zustimmt, spricht das für meine Theorie, dass ich einen alten Bekannten vor mir habe, der sich einen Spaß daraus macht, mich an der Nase herumzuführen. Gott nämlich. Der Gedanke daran, dass er am Leben ist, vertreibt mit einem Schlag die leise Melancholie, mit der ich diese Reise angetreten habe.

«Großartiger Plan!», tönt Reiter, als ich ihm am nächsten Tag meinen völlig übergriffigen Vorschlag unterbreite. «Danach spendiere ich uns dann aber auch noch eine Cohiba und einen schönen großen Brandy in der Smoker's Lounge.»

Reiter spricht beim Essen über seine fast drei Jahrzehnte währende Ehe, die seiner Meinung nach nur deshalb glücklich und beständig ist, weil die beiden sich möglichst selten sehen. Seine Frau ist Galeristin und hat viel in New York zu tun. Zum gemeinsamen Urlaub wird sie in Miami zusteigen.

«Wie heißt Ihre Frau?», frage ich. «Nicht zufällig … Maria?»

Er wirkt verwundert. «Nein. Aber Magdalene. Wie kommen Sie denn auf Maria?»

«Nur so», lüge ich.

Irritiert nippt er an seinem Wein.

Vor dem Eingang des Theaters ist ein Plakat mit dem Bild von Buatier de Kolta zu sehen. Reiter bleibt stehen und mustert es. Ich warte geduldig. Unmöglich, dass meinem Wiener Kollegen die Ähnlichkeit nicht auffallen könnte.

«Hässlicher Kerl», urteilt Reiter schließlich und stapft ins Theater.

Die Zaubershow ist ein bisschen langweilig, vor allem wenn man bedenkt, dass sie einem der größten Zauberer aller Zeiten gewidmet ist. Ich sehe jedenfalls in der ersten Hälfte der Show keinen einzigen Trick, der mich aus den Socken haut.

Mein Begleiter urteilt noch viel gnadenloser. «Diesen Amateur würde ich ja nicht mal beim Kindergeburtstag auftreten lassen», wettert Reiter und nippt an seinem Pausenbrandy. «Wollen wir nicht gleich ins Casino gehen und uns die zweite Hälfte einfach sparen?»

Ich nicke erfreut. Mir steht auch nicht der Sinn nach noch mehr lahmen Zaubernummern, außerdem habe ich längst erfahren, was ich wollte: Albert Reiter hat allerhöchste Ansprüche, wenn es um professionelle Zauberei geht. Fast so, als wäre er selbst mal ein Zauberprofi gewesen, denke ich und folge ihm ins Casino.

Wir treffen dort alte Bekannte. Frantisek steht am Black-Jack-Tisch und teilt aus. Vor ihm sitzt die Dame mit der leeren Zigarettenspitze, neben ihr der dauermüde Barmann.

«Ich habe Sie beide schon sehnsüchtig erwartet», sagt die Lady mit einem vornehmen Lächeln. Sie trägt ein ebenso extravagantes Kleid wie gestern, die schmalen Lippen sind dezent geschminkt. Wahrscheinlich ist sie bereits über siebzig, aber man sieht ihr immer noch an, dass sie einmal atemberaubend schön gewesen ist.

«Ich musste sogar diesen Kretin an den Tisch holen, um überhaupt spielen zu können», erklärt sie und meint offensichtlich den Barkeeper, der ihre Beleidigung aber nicht verstanden hat, denn sein Gesichtsausdruck ist so trüb wie immer. Sie drückt dem Kerl ein paar Jetons in die Hand. «Thank you very much. And would you be so kind to bring me another brandy?»

Der Barkeeper macht sich rasch davon.

«Habe die Ehre, gnädige Frau.» Albert Reiter begrüßt die Dame mit einem Handkuss.

Weil ich nicht unhöflich sein möchte, schließe ich mich an. «Jakob Jakobi.»

«Dr. Jakob Jakobi», ergänzt Reiter. «So viel Zeit muss sein, Herr Kollege.»

«Anastasia von Haffenberg», erwidert sie. «Aber lassen Sie uns nicht zu viel Zeit mit Formalitäten verplempern. Ich möchte lieber spielen.»

Reiter nickt. Der Wunsch einer Dame ist ihm Befehl. Also setzen wir uns, und Frantisek teilt aus.

«Sie haben Glück, dass wir so früh gekommen sind», sagt Reiter nach einer Weile. «Wäre die Zaubershow nicht katastrophal langweilig gewesen, dann hätten wir uns wahrscheinlich das ganze Programm angesehen.»

«Das war mir vorher klar», entgegnet Anastasia. «Ich kenne den Zauberer aus Madrid und finde ihn gänzlich unbegabt. Wussten Sie, dass er sich ernsthaft für den wiedergeborenen Buatier de Kolta hält?»

Ich merke auf. Einen Wiedergeborenen wähne ich auch hier am Tisch.

«Dann ist er also nicht nur unbegabt, sondern obendrein ein Spinner», bemerkt Reiter.

Frau von Haffenberg lächelt milde und schweigt. Sie ist gerade damit beschäftigt, ihr Blatt zu teilen.

«Glauben Sie an Reinkarnation?», frage ich beiläufig.

«Also ich nicht», erwidert die alte Dame. «Ich finde es tröstlich, dass das ganze Elend hier irgendwann mal ein Ende hat.»

«Geht mir ähnlich», stimmt mein Wiener Kollege zu. «Außerdem stehe ich als Wissenschaftler solchen Dingen ohnehin eher skeptisch gegenüber.»

«Das war bei mir genauso», sage ich. «Bis ich Gott getroffen habe.»

Reiter, der gerade im Begriff ist, eine neue Karte zu ordern, hält inne. «Nanu. Was kommt jetzt? Eine Erweckungsgeschichte?»

«Einer meiner Patienten hielt sich für Gott ...»

«Oh! Interessanter Fall», wirft Reiter ein, während Frantisek mit gleichgültiger Miene den neuerlichen Sieg der Bank verkündet: «Black Jack.»

«Er hat leider vor einer Weile das Zeitliche gesegnet ...», fahre ich fort.

«Oh? Gott ist tot? Wie das?», wirft Reiter amüsiert ein.

«Mein Patient ist tot», korrigiere ich sachlich. «Aber ich gebe zu, er hat mich zuvor davon überzeugt, dass er Gott war.»

Die Köpfe meiner beiden Mitspieler drehen sich synchron zu mir.

«Es stimmt», sage ich und nicke nachdrücklich. «Es klingt verrückt, aber ich bin sicher, dass ich Gott habe sterben sehen. Glücklicherweise spricht einiges dafür, dass er wiedergeboren wurde.»

«Sie meinen, dem Grab entstiegen?», wirft Reiter erneut ein.

«Nein, das nicht», erkläre ich. «Ich vermute, er wird in einem Menschen wiedergeboren. Es ist so eine Art Seelenwanderung.»

«Das klingt wirklich ein bisschen verrückt», bemerkt die alte Dame.

«Und es wird noch viel verrückter», fahre ich fort. «Ich glaube nämlich, dass mein Wiener Kollege die Reinkarnation Gottes ist. Nein, ich glaube es nicht nur, ich würde sogar darauf wetten, dass er noch vor ein paar Tagen Abel Baumann war.»

Stille. Frantisek blickt irritiert in die Runde. Er hat das Spiel unterbrochen, denn ihm ist aufgefallen, dass gerade eine seltsame Stimmung herrscht.

Reiter mustert mich aufmerksam.

«Sie haben einen seltsamen Humor», höre ich Anastasia sagen.

Immer noch schaut Reiter mich an.

«Man hat mir gesagt, dass ich diese Reise als einen Wink Gottes begreifen soll», sage ich. «Und? Haben *Sie* mir ein Zeichen gegeben, Professor?»

Reiter runzelt die Stirn. «Ich kann Ihnen leider nicht weiterhelfen, Dr. Jakobi.» Er steigt vom Hocker, nimmt sein Sakko und zieht es über. «Sie entschuldigen, aber ich bin im Urlaub. Ich habe tagtäglich mit Verrückten zu tun. Wenigstens in den Ferien möchte ich normale Gespräche mit normalen Leuten führen. Adieu.» Er nickt mir zu, haucht Frau von Haffenberg einen Kuss auf den Handrücken und geht rasch davon.

Die alte Dame wartet einen Moment, dann fragt sie: «Möchten Sie Gott hinterherlaufen, oder spielen wir noch eine Runde? Ich persönlich habe ja nichts gegen Verrückte.»

Ich überlege, ob ich Reiter tatsächlich folgen soll. Seine ebenso ehrliche wie schroffe Reaktion hält mich davon ab. Ich habe mich offenbar geirrt.

Schon will ich mich wieder dem Spiel zuwenden, da fällt

mir etwas auf. «Wieso kennen Sie eigentlich diesen Zauberer?», frage ich Anastasia. «Und woher wissen Sie von der Sache mit der Reinkarnation Buatier de Koltas?»

Sie sieht mich prüfend an. «Sie werden es nicht glauben, aber ich kenne sogar einen Abel Baumann. Sicher ein Zufall. Ich vermute, den Namen gibt es tausendfach.»

«Ich meine einen Zirkusclown, der in Wahrheit ein großer Zauberer war.»

Sie zieht an ihrer Zigarettenspitze. «Dann meinen wir doch den gleichen.»

Der Satz hallt nach. Schweigen. «Schade, dass er tot ist. Ich kannte ihn nicht sehr gut. Außerdem ist das schon eine Ewigkeit her. Ich habe früher einen Zirkus besessen», sagt sie und leert ihren Brandy in einem Zug. «Ich befürchte, damit passe ich ganz gut in Ihre seltsame Theorie, oder? Vielleicht bin ich ja ... Gott.»

Ich starre sie an. Anastasia nimmt ihre Handtasche und erhebt sich. Sie wirkt verärgert, dass das Spiel diese Wendung genommen hat. «Entschuldigen Sie, Dr. Jakobi, aber jetzt reicht es mir ebenfalls. Vielleicht machen Sie einfach mal einen Termin bei Ihrem Kollegen aus Wien.»

Sie schreitet davon.

Ich merke, dass meine Schultern nach unten sacken. Peinliche Nummer, die ich hier gerade abgezogen habe. Wirklich peinlich.

Frantisek steht unbeweglich da. «Sorry, Sir. Minimum two players.» Er schaut auf meine Jetons und wartet, dass ich sie an mich nehme, damit er den Tisch schließen kann.

Ich nehme die Jetons, Frantisek lässt ein weißes Tuch über den Tisch gleiten. Fast im gleichen Moment ist das dumpfe Geräusch einer fernen Explosion zu hören, und es geht ein Ruck durch das Schiff, der mich vom Hocker haut. Das Tuch rutscht herunter, in der Bar klirren Flaschen und

Gläser. Der dösende Barmann wird ebenfalls zu Boden gerissen. Frantisek kann sich nur mit Mühe auf den Beinen halten. Er wirkt besorgt und beeilt sich, mir zu helfen. «Are you hurt, Sir?»

Ich schüttele den Kopf. Frantisek hilft mir auf einen Stuhl. Dann eilt er davon, um nach dem Barmann zu sehen.

Irritiert schaue ich dem Croupier nach und erinnere mich dabei an Gottes Faible für Glücksspiele. Ist Frantisek vielleicht …?

«Nein. Er ist es auch nicht», höre ich eine Stimme sagen.

Erschrocken schaue ich mich um, aber da ist niemand.

«Das ist aber jetzt auch nicht wichtig», fährt die Stimme fort. «Die Explosion hat ein Loch in die Außenwand gerissen. Vierzehn Decks tiefer sind mehr als zwanzig Leute in einem Mannschaftsraum eingeschlossen. Die Tür muss aufgestemmt werden. In nicht mal zehn Minuten wird der Eingang unter der Wasseroberfläche verschwunden sein.»

War das gerade etwa die Stimme von Abel? Ich rappele mich hoch und laufe zu den Fahrstühlen, vorbei an Frantisek und seinem Kollegen. Die beiden genehmigen sich hinter der Bar gerade einen Drink auf den Schreck.

Als der Fahrstuhl in die Tiefe rauscht, schlägt mein Herz bis zum Hals. Ist Gott etwa doch noch am Leben? Bevor ich mir die Absurdität dieses Gedankens vergegenwärtigen kann, öffnen sich die Fahrstuhltüren, und ich höre Stimmengewirr.

Der Gang vor mir hat eine deutliche Schräglage und liegt etwa zur Hälfte unter Wasser. Inmitten einer Gruppe aufgeregt diskutierender Filipinos erkenne ich meinen Wiener Kollegen Albert Reiter, der sich gerade die Hemdsärmel hochkrempelt.

«Ach, Sie schon wieder», sagt er, als er mich sieht. Er lächelt freundlich und winkt mich zu sich heran.

Vor Reiter verbreitert sich der Gang. Die Stelle sieht aus wie ein kleiner Teich. Was sich im Wasser verbirgt, kann man nicht erkennen.

«Hier führt eine Treppe nach unten», erklärt Reiter. «Wir tauchen ein paar Meter geradeaus, bis wir eine weitere Treppe erreichen. Oberhalb dieser Treppe liegt eine Tür, die wir aufbrechen müssen. Er da ...» Reiter deutet auf einen der Filipinos. Wie ich erst jetzt bemerke, ist der Asiate klatschnass. «... hat versucht, die Tür aufzubrechen, aber ohne Erfolg. Eben lag sie noch zur Hälfte über Wasser. Aber wir müssen uns beeilen. Das Schiff legt sich ziemlich schnell auf die Seite, hab ich das Gefühl.»

«Wir», wiederhole ich tonlos.

«Ja. Wir», bestätigt Reiter. «Sie sind doch gekommen, um zu helfen.»

Ich nicke. «Dann lag ich mit meiner Vermutung also doch richtig.»

Er lächelt und schüttelt den Kopf. «Nicht ganz. Ich bin es nicht. Ich bin nur einer wie Sie. Ein Mensch, der Gott getroffen hat. Aber wir waren ihm die ganze Zeit sehr nahe.»

Er sieht mein fragendes Gesicht, und sein Lächeln wird breiter.

«Anastasia von Haffenberg.»

Ich stehe da mit offenem Mund, unfähig mich zu rühren.

«Ich würde sehr gerne noch mit Ihnen plaudern», fährt Reiter fort. «Aber wir haben hier einen Job zu erledigen. Wollen wir uns nicht in New York verabreden? Übermorgen zum Dinner?»

Ich nicke mechanisch.

«Schön. Sagen wir im Balthazar», fährt Reiter fort. «Vorausgesetzt, wir kriegen einen Tisch. Und vorausgesetzt, wir überleben die Sache hier.»

Wieder nicke ich.

«Dann los!», sagt mein Kollege und stürzt sich in die Fluten.

Ich schaue ihm nach und versuche, meine Gedanken zu ordnen. Es will mir nicht gelingen. Ich spüre jedoch, dass ich ein seltsames Glück dabei empfinde, auf einem sinkenden Ozeanriesen zu stehen und gleich mein Leben zu riskieren für Leute, die ich nicht mal kenne.

Die schwarze Haarpracht Albert Reiters taucht aus den Fluten auf. «Es ist nicht weit, keine sechs Meter, würde ich sagen. Wir schaffen das. Aber ich brauche Ihre Hilfe.»

Ich nicke, ziehe rasch mein Sakko aus und werfe es zur Seite.

«Möge der Himmel uns beistehen», sagt Reiter.

«Das wird er ganz bestimmt», entgegne ich.

Dann springe ich ins kalte Wasser.

Das für dieses Buch verwendete FSC®-zertifizierte Papier
Lux Cream liefert Stora Enso, Finnland.